DIE SELBSTVERGESSENEN

FÜR MEINE FAMILIE, DIE SEIT 17 JAHREN
MEINE SCHREIBATTACKEN ERTRÄGT.

FÜR KREUZ-, PIK- UND KARODAME.
I LOVE YOU, GIRLS.

UND FÜR ALLE NICHT PERFEKTEN MENSCHEN.

ANNA PALM

DIE SELBST-VERGESSENEN

ROMAN

Herzklopfen Fantasy

INHALT

PROLOG

Die Wände sind weiß und steril. Der lange Flur ist fensterlos. Als hätte man Angst, jemand würde in einem plötzlichen Ich-will-hier-raus-Anfall den Abflug machen. Wie in einer geschlossenen Anstalt. Na ja, eigentlich ist »Internat« ja auch nur der Codename für »Anstalt«.

Großartig, Sam, denke ich. Großartig.

Meine lilafarbenen Sneakers sehen auf dem blank geschrubbten Linoleum fehl am Platze aus. Sie hinterlassen schmutzige Spuren. Das gefällt mir, aber an Rache reicht mir das noch lange nicht aus. Die können mich nicht zwingen hierzubleiben. Ich mein, ich bin jung. Fehler gehören zur Jugend dazu.

Es ist menschenleer und die Luft schmeckt nach Desinfektionsmittel. Die hellen Neonröhren blenden. Seitlich von mir hängt ein schlichter Spiegel. Ein Blick genügt. Ich sehe richtig scheiße aus in diesem Licht. Wie eine Wasserleiche.

Ungeduldig trete ich gegen die makellose Wand und starre auf die gegenüberliegende verschlossene Tür. Gleich kommt ein Herr Stauber, der hoffentlich nicht so eine Antiquität ist, wie ich befürchte, setzt sich mir mit Frankenstein-Blick gegenüber und verkündet, Drogen seien auch keine Lösung. Richtig, sie sind ein Feststoff.

Drogenberatung! Ich bin neu an der Schule und als Allererstes geht es zum Pillenpsychologen. Ich check das echt nicht. Mein bisher schlimmstes Vergehen war die Wasserpfeife. Ja, ich bin zwar nicht fromm, würde ich im Beichtstuhl all meine Sünden aufzählen, der Pfarrer könnte in der Zwischenzeit den Jakobsweg einmal hin und zurück laufen. Aber ich bin clean!

Wenn ich es mir recht überlege, vielleicht war es doch schlau, keine Fenster in diesen Gang einzubauen. Das Weiß der Wand schmerzt in meinen Augen. Vor mir sehe ich das Grinsen meines besten Freundes Jasper, den herausfordernden Spott in seinen braunen Augen. Früher hätten wir nach unseren Carhartt-Ruck-säcken gegriffen, die bunten Spraydosen ausgekippt und unsere Definition von Kunst an die Wände gesprüht. Grell, bunt, bei-ßend, jeder Buchstabe ein Zeichen an die Erwachsenen, dass sie uns nicht ändern können. An meiner alten Schule war jede Wand knallbunt, ich hatte sogar meine eigene, persönliche Sam-Wand. Und wenn es uns mal an Spraydosen gemangelt hat, dann haben wir uns unsere Eddings gegriffen und die letzten Zentimeter Weiß beschmiert. Ich habe mehr an die Wand geschrieben als in mein Schulheft. Aber diese Wand ist einfach nur weiß. Ohne Farbe und ohne Jas.

Nachdem ich mit dem Pillenpsychologen mein Leben durch-gekaut habe, wird mich niemand mehr aufhalten können. Denn Jas ist auch hier. Der einzige Lichtblick in dieser sterilen Anstalt. Wir werden es genauso machen wie früher. Den Älteren das Kölsch klauen, das sie unter der Matratze verstecken, Strichliste über alle Rendezvous führen, die ein bisschen körperlicher wur-den, und natürlich sprayen. Jas ist zwei Monate vor mir geflogen und vielleicht ist es Schicksal, dass ich ihm nun gefolgt bin. Per-sönlich beeinflusstes Schicksal, haha. Wir werden dieses Toten-haus so lange mit Heavy Metal rocken, bis die Leichen wieder aufwachen. Ein zufriedenes Grinsen rutscht mir über die Lippen.

Wie lange braucht Herr Stauber denn noch? Durch die ge-schlossene Tür dringt ein hässliches Knarzen, als würde jemand mit einem Fingernagel über eine Schultafel kratzen. Kurz darauf poltert etwas.

Ich schaue genervt den Gang hinunter, der aussieht, als ob er niemals endet, und verharre. Ein Mädchen kommt mir entgegen. Oh, das gefällt mir. Dichtes, blondes Haar fällt ihm in sanften Wellen über den Rücken. Ein Hüftschwung – woah. Besser als Shakira. Meine Kinnlade sackt herunter und ich bemühe mich, jeglichen Speichel zu schlucken. Ich mime den Bad Boy und ver-suche, der Kleinen lässig zuzuzwinkern, aber sie sieht mich nicht an, tut, als wäre ich auch nur ein Stück weiße Wand. Ihre Augen sind von einem träumerischen Blau. So ähnlich wie das Meer auf Malle. Sie lächelt, zuckersüß, Wahnsinn, das kribbelt ja direkt, aber sie lächelt nicht mir zu, sie lächelt die Wand an. Ich räuspere mich. »Hi«, sage ich und stelle entsetzt fest, dass ich rot werde. Ich werde niemals rot! Ich bin noch nicht mal rot geworden, als ich meinem letzten Date nach einem blinden Griff in den Rucksack statt Pralinen Kondome überreicht habe.

Und dann ist sie auch schon wieder weg. Das ist wirklich bitter. Sie hat mich nicht mal wahrgenommen. Dieses Lächeln, dieser Glanz, diese sanften Schritte, dieser Hüftschwung. Sie ist schön. Sie ist so was von schön. In tausend Jahren könnte ich nicht mit ihr zusammenkommen. Sie ist eindeutig zu hot für mich.

Moment, diese Einstellung passt gar nicht zu mir. Ich wundere mich über mich selbst, runzele die Stirn. Was bin ich nur für ein Idiot. Vorsichtig schlucke ich den restlichen Speichel herunter und schlage dann einmal wütend gegen die Wand. »Ich bin kein sentimentaler Softie!«, knurre ich und wünsche mir einen Ausschalter für mein klopfendes Herz. So perfekt. So unglaublich schön.

»Samuel Kristener?«

Ich blinzele.

»Adam Stauber. Du hast heute einen Termin bei mir.«

Krampfhaft konzentriere ich mich auf die Zukunft und schaue dem Typen ins Gesicht. Er trägt eine entsetzliche polierte Eulenbrille und hat einen Schnurrbart. Jas' Opa hat auch einen und dem klebt immer die Hälfte seines Essens darin. Adam Stauber ist ein Nerd. Jemand, der eigentlich quadratische Augen haben sollte, weil er so viel vor dem Computerbildschirm sitzt. Und trotzdem trägt er einen Hugo-Boss-Anzug und hat makellose Nivea-Haut. Sein Haar ist dicht und dunkel, ich suche nach aschgrauen Strähnen, finde sie aber nicht. Sogar sein Schnurrbart kommt mir irgendwie gestylt vor. Das klingt vielleicht albern, aber ich finde ihn unheimlich.

»Komm rein, Samuel«, sagt er mit sanfter Stimme. Warum redet er so komisch? So ähnlich sprechen die Wahnsinnigen in den Horrorfilmen, bevor sie ihre Opfer zerstückeln.

Ehe ich's mich versehe, sitze ich auf einem Zahnarztstuhl. Adam Stauber steht lächelnd vor mir, zieht sich einen Lederhocker heran und setzt sich.

»Warum tragen Sie Hugo Boss?«, frage ich und erhalte keine Antwort. »Warum sitze ich auf einem Zahnarztstuhl?« Wieder erhalte ich keine Antwort. »Kann ich aufs Klo?«, versuche ich es, weil ich mich irgendwie abregen muss.

Adam Stauber neigt milde den Kopf. Er sitzt zwar, bewegt sich aber, als würde er tanzen. Ich habe das absurde Gefühl, dass er mich gleich anspringt. In einem panischen Satz fahre ich hoch.

Herr Stauber rollt sachte und fast in Zeitlupe zur Tür und schließt sie mit einem Klicken. »Wie früh hast du angefangen, Drogen zu nehmen, Samuel? War es auf einer Party?«, fragt er.

»Gar nicht. Ich bin clean«, nuschele ich. »Kann ich bitte aufs Klo?«

»Entspann dich, Samuel«, sagt eine andere Stimme und ich drehe mich um.

Oh. Die ist aber schön. Eine dunkelhaarige Frau mit Elfenbeinhaut und breitem Lächeln schiebt mich mit weichen Händen in den Stuhl zurück. »Es ist alles gut«, sagt sie sanft.

Wieso trägt sie einen Arztkittel?, fragt eine leise Stimme in mir.

»Du kannst mich Sandra nennen«, flüstert die schöne Frau. Ihre Hände sind glatt. Glänzend. Getaucht in Discokugellicht.

Tatsächlich blendet mich plötzlich etwas, aber es ist keine Discokugel. Über mir befindet sich eine überdimensionale Neonröhre. Ich kneife erschrocken die Augen zu, zeitgleich sticht mich etwas in den Oberarm.

»Ah«, mache ich. »Ah, mich hat etwas gestochen. Sandra, das tut irgendwie weh.« Ich zwinkere verwirrt.

Sandra und Adam Stauber beugen sich über mich. Die Schränke sind weiß, der Boden ist weiß, die Wände sind weiß, in Gedanken sprühe ich Worte an sie, in Rot, in Blau, in Grün. Warum liege ich hier? Was ist das?

»Ich nehme keine Drogen, ich kiffe nicht mal, ich schwöre«, nuschele ich und versuche, mich zu bewegen, aber meine Arme sind so schwer und plötzlich kribbelt es überall. Bitte, die sollen das Licht ausmachen.

Noch eine Person, sie lächelt, sie schiebt etwas heran, einen seltsamen Apparat. Was ist das, ist das ein Messer, was wollen die schneiden, wollen die mich aufschneiden? Sandra streicht mir über die Wange, sie ist verdammt schön, ich mag ihren Mund und ihre Berührung, die das unerträgliche Kribbeln etwas abschwächt. Das Neonlicht beißt, ich muss gleich heulen, so sehr beißt es.

Und dann ist es plötzlich dunkel.

I. KAPITEL

AUSGESPIELT

»Lebenskunst besteht zu neunzig
Prozent aus der Fähigkeit,
mit Menschen auszukommen,
die man nicht leiden kann.«

SAMUEL GOLDWYN

Er hätte es gern perfekt. Er hat ein genaues Bild im Kopf und erwartet, dass wir eine fantasielose Kopie anfertigen. Die Zeiten, in denen Kreativität und eigene Ideen gefördert wurden, sind wohl eindeutig vorbei – armes Deutschland.

Mit einem falschen Lächeln auf den Lippen rühre ich eine Mischung aus Ocker und Weinrot auf meiner mit Alufolie bedeckten Palette an. Ich werde für Albert Luxemburg eines von zwanzig identischen Bildern malen: ein gelbes Haus, davor ein Weinberg, im Hintergrund ein schlichter grauer Himmel.

Wenn ich vermeiden will, dass Herr Luxemburg mich um die Ecke bringt, darf mein Ocker nicht zu Orange werden und wehe, mein Weinberg besteht nicht nur aus Tupfen.

Fee sitzt mit blassrotem Gesicht vor mir und nagt nervös an ihrer Unterlippe. Maître Luxemburg hat ihr soeben erklärt, sie wäre dabei, ihr Bild zu ruinieren. Sie könne die Weinreben ruhig in diesem Grün malen, solle aber bitte nicht mit einer guten Note rechnen.

»Komm schon, Fee«, flüstere ich aus meinem linken Mundwinkel heraus. »Jemand, der aussieht wie eine Mixtur aus Mafiaboss und Kermit der Frosch schafft es doch nicht, dich zu verunsichern!«

Fee kichert angespannt, ihre blonden hochgesteckten Locken sind zerwühlt und werden nur notdürftig von einem Bleistift gehalten. »Mafia-Kermit?«, raunt sie.

»Aber sicher, Fee, solche Ziegenbärte haben nur die ganz Harten. Glaubst du, der frisiert den mit dem Lockenstab seiner Frau? Glaubst du …«

»Sofia Wilden, ich notiere mir eine mündliche Sechs für die heutige Stunde. Ich scheine den Beginn der Tea Time verpasst zu haben.«

Ich verdrehe die Augen, stütze mein Kinn auf meine linke Hand auf und lächele meinen Kunstlehrer süßlich an. Ich habe schon eine Antwort auf der Zunge, da wird mir plötzlich eine Faust in die Seite gerammt. Vor Erstaunen verschlucke ich mich, ich presse mir die Hand auf den Mund und drehe mich verwirrt zu meiner Zwillingsschwester Mila um, die ihren Pinsel aus der Hand gelegt hat und mich böse anschaut. Ihre Botschaft ist eindeutig: Ich soll die Klappe halten.

Ich deute auf Fee, ziehe die Mundwinkel nach unten, um anzudeuten, dass das ohnehin nicht gerade üppige Selbstbewusstsein unserer Freundin gerade im Begriff ist, sich vollkommen zu verflüchtigen. Dann hebe ich die Arme und klopfe mir in einer ausladenden Geste auf die Brust, um zu zeigen, dass ich sie davor bewahren wollte.

Oh, du Held, spotten Milas Augen, dann wendet sie sich ab, greift nach ihrem Pinsel und malt das gelbe Haus.

Ich will kein gelbes Haus malen. Ich male jetzt ein violettes. Genüsslich drehe ich die Lilatube auf und lächele Albert Luxemburg unverwandt an. Ich hasse diesen Mann. Ich hasse sein nachtblaues Jackett, seinen Ziegenbart, seine dunkelgrauen Augen und seine unnatürlich roten Lippen.

»S, what's going on?«, nuschelt jemand. Es ist Hannes, der sich seit Neuestem cooler fühlt, wenn er englisch spricht. Er hängt wie ein Schluck Wasser in der Kurve auf seinem Stuhl. Sein Grinsen hinterlässt niedliche Grübchen in seinen Wangen. Wer sagt, dass Milch schön macht, muss davon ausgehen, dass Hannes darin gebadet hat. Aber das ist egal, denn er ist ein typischer I-don't-care-Penner. Er bricht Herzen, aber Gott sei Dank nicht meines.

Ich hebe meinen in lila Farbe getauchten Pinsel, um Fee zu zeigen, dass ich gleich eine Revolution anzetteln werde. Meine Freundin sieht auf. Ich lächele triumphierend und senke den Pinsel auf die Leinwand. Fee schüttelt wild den Kopf. Er bringt dich um!, warnt ihr Bambiblick.

»Mila Wilden.« Kurz bevor die violette Farbe die Leinwand berührt, verharre ich. Er verwechselt mich mit meiner Schwester – und das, obwohl wir uns bei genauem Hinsehen schon voneinander unterscheiden. Er meint Sofia Wilden.

Ich genieße den Moment. Ich habe schon einen Spruch auf den Lippen und hebe den Kopf, aber Albert Luxemburg steht tatsächlich vor meiner Schwester und guckt höhnisch. Mila erwidert seinen Blick halbwegs gelassen.

Mit einem Mal ist es totenstill. Wie die Aasgeier warten zwanzig Schüler auf die Worte des Kunstlehrers. Ich bin verwirrt. Die durch die Fenster scheinende Hochsommersonne mischt sich mit klebrigem Schweiß und gibt mir das Gefühl, in einem Tropengefängnis zu sitzen.

»Das ist nicht dein Ernst, nicht wahr?«

Mila ist sichtlich unwohl.

»Worum geht es denn?«, fragt sie leise, ihre Stimme ist glatt, aber ihre Ohren färben sich rot. Sie zupft an ihrem mit Farbe bekleckerten Kittel.

»Das fragst du noch, Madame? Hast du die Aufgabenstellung nicht verstanden? Wir gestalten das impressionistische Bild eines Weinbergs und malen nicht mit Fingerfarbe! Ich weiß, dass dir jegliches künstlerisches Talent fehlt, aber könntest du dich nicht wenigstens ein bisschen bemühen? Abkratzen, kratz die ganze Farbe ab! Man muss die Pinselstriche sehen. Weg damit, das lässt mich brechen!«

Die Stille ist allumfassend. Fee ist so nervös, dass sie Schluckauf bekommt. Mila streicht sich langsam und nach Worten ringend das dunkelbraune Haar zurück.

Ich schiebe meinen Stuhl zurück und stehe auf. »Herr Luxemburg, entschuldigen Sie, ich möchte dazu gern etwas sagen, in Ordnung?«

»Sofia …«, setzt Mila an, doch ich schneide ihr das Wort ab.

»Danke schön, Herr Luxemburg. Ich möchte das Gesagte kommentieren. Also erstens finde ich es schade, dass in diesem Kurs jegliche künstlerische Freiheit verloren geht und dass Sie so wenig mit gesellschaftlichen Umgangsformen vertraut sind. Ich finde das moralisch sehr … Okay, tut mir leid, ich habe keine Lust, so zu reden. Sie sind unhöflich und ich denke nicht, dass man sich das in diesem Beruf erlauben kann. Sie müssen *brechen*? Ich kotz Ihnen gleich vor die Füße! Ach, und wieso sollte ich dich eigentlich noch länger siezen? Du bist doch auch nicht besser, du ...«

»Sofia, es reicht!«, zischt Mila.

Nein, das denke ich nicht. »Fehlt dir jegliche Erziehung, weißt du nicht, wie man mit Menschen umgeht? Bist du kein Homo sapiens sapiens? Es tut mir leid, aber man sollte kein Kunstlehrer werden, wenn man grobmotorisch wie ein Affe ist und keinerlei, keinerlei emotionale Intelligenz besitzt und ...«

»Sofia!«, nuschelt Hannes.

Ich rede mich richtig in Rage, mir wird heiß, während ich spreche, ich stemme die Hände in die Hüften und hole zu einer Geste aus, die ihm zeigen soll, was für ein Perversling er ist. Mit dem Ellbogen treffe ich Milas mit Apfelschorle gefüllte Glasflasche. Ich versuche noch, sie zu fangen und festzuhalten, aber sie entgleitet mir, fliegt durch die Luft und schlägt mit voller Wucht an die Tafel. Auf meinen Kunstlehrer regnen Scherben. Ich halte die Luft an.

»Das war's, Sofia Wilden. Du wirst dieses Gebäude nie wieder betreten.«

Albert Luxemburg löst sich aus seiner Starre und will auf mich zulaufen, aber ich bin schneller. Ich werde diesen Raum nicht wie ein getretener Hund verlassen, deswegen renne ich einfach raus.

Auf dem Flur angekommen, frage ich mich, was ich jetzt tun soll. Den Rest des Tages mache ich am besten frei. In meinem Kopf habe ich schon eine nette kleine Vision von Muffins mit weißer Schokolade und Kaffee, natürlich schwarz. Beides viel besser als Kunstunterricht. Da komm ich glatt darüber hinweg, dass mein violettes Haus wohl nur ein Hirngespinst bleiben wird. Und sollte ich doch noch extreme Lust darauf bekommen, sprüh ich es eben an die Hauswand vom Luxemburg.

Mit einem freudigen Lächeln auf dem Gesicht verlasse ich das Schulgelände und laufe fast gegen einen dieser hässlichen Frank-Grimm-Aufsteller. Die ganze Stadt ist mit dem Gesicht dieses

Typen zugepflastert. Keine Ahnung, was er macht, auf jeden Fall wird es jede Menge Frauen geben, die ihn heiraten und dann töten wollen. Er ist stinkreich und sponsert alles und jeden. Er hat steile Augenbrauen und schwarzes gelocktes Haar. Seine Augen sind auffällig grün. Ich mag sein strahlendes Lächeln nicht. Auf diesem Plakat wirbt er für eine Partei. Aus Jux kratze ich so lange über seinen Mund, bis der nicht mehr da ist. Tja, irgendwann vergeht einem halt das Lachen.

Kaum habe ich den Gedanken beendet, ertönt passend dazu ein kindliches Wimmern. Ich drehe den Kopf zu allen Seiten. Die Straßen sind weitestgehend leer, gegenüber preist ein Verkäufer Kirschen und Pfirsiche an, auf einer einsamen Parkbank ruht ein lebensmüder Jogger, der wohl kurz davor ist, sich einen Hitzschlag zu holen, und zehntausend Kilometer über mir verziert ein Flugzeug den Himmel mit Kondensstreifen.

Aber das Wimmern kommt von woanders. Ich nähere mich vorsichtig dem dichten dunklen Gestrüpp, das neben dem Schultor wächst, und sehe nun zwei Jungen: der eine vielleicht neun, der andere circa dreizehn.

Der Jüngere der beiden liegt winselnd im Dreck, seine blonden Locken sind schmutzig und sein Fiepen erinnert mich ein bisschen an Fee. Der Ältere steht breitbeinig und süffisant grinsend über ihm und streift sich mit einem provokanten Augenbrauenzucken die Ärmel seines Hemdes hoch. Das weißblonde Haar ist perfekt gescheitelt. Er heißt Moritz Leukamm und ist der Sohn des Direktors. Interessant. Ich verharre regungslos und beobachte die beiden Jungen.

»Du wirst nicht weiter Hockey spielen. Ich bin der Beste und ich bleib auch der Beste. Verstanden?«

Jetzt erkenne ich auch den blond gelockten Jungen, der sich am Boden windet.

Sein Name ist mir unbekannt, aber der Kleine war mehrfach in der Zeitung, weil er wohl Hockey spielt wie ein Gott. Mit neun Jahren hat er Moritz fast überholt.

»Aber ...« Der kleine Supersportler versteht nicht ganz.

Moritz bückt sich, packt ihn am Kragen seines roten Shirts und drückt ihn tiefer in den Dreck. »Du sagst deiner Mami, dass …«

Diesen Satz wird er leider nicht mehr beenden können. Ich steuere geradewegs auf den Direktorensohn zu, packe ihn an den Haaren und zerre ihn hinter mir her.

»Aaah, waaas?«, schreit Moritz Leukamm.

»Du mieses kleines Frettchen! Von Neid zerfressen bist du! Kickt man dich von der Bühne? Denkst wohl, dass du ein bisschen Druck machen kannst, und dann bekommste deinen Platz zurück?« Ich schüttele ihn kräftig, während wilde Wut durch meine Adern rast. »Hör zu, du Gleitcremefrisur, du wirst ihm nichts mehr tun! Du glaubst wirklich, du hättest das Recht dazu, aaaber«, ich wedele mit meinem Zeigefinger vor seiner Nase herum, »fail. Ich weiß, dass dein Leben schwer ist. Deine Mutter sieht aus, als wäre sie deine Oma, und dein Vater könnte auch von einem Wildschwein abstammen, trotzdem kann man sich so nicht benehmen, mein Lieber. Und das hier brauchst du auch nicht.«

Ich reiße die silberne ganz nach einer Rolex aussehende Uhr von seinem Handgelenk, hebe langsam die Hand und lasse sie dann auf den Gehweg fallen. Das Glas über dem Ziffernblatt zerspringt. Der Obstverkäufer hebt den Kopf. Ich lächele zuckersüß.

Moritz Leukamm starrt mich an. In seinen blassgrauen Augen stehen die Tränen. Er fällt auf die Knie, sammelt die Einzelteile seiner Uhr ein. Ich bin kurz davor, alles zurückzunehmen, überlege, wieso ich seine Uhr ruinieren musste, da schaut er mit berechnendem Blick auf, streicht sich den Pony aus der Stirn und sagt lächelnd: »Sofia Wilden, nicht? Ich glaube, das war's für dich. Game over.«

Ich werde jetzt nicht länger darüber nachdenken. Dieses feige Kind hat meinen Zorn genauso verdient wie mein Kunstlehrer.

Und meine Handlungen sind vollkommen logisch, wenn nicht sogar ehrenwert. Ich komm da schon wieder raus. Ich schaff doch immer alles. Muss ich ja auch – bei der Mutter. Sie ist alleinerziehend, hypersensibel und naiv. Sie weint so oft und heftig, dass die schwarzen Wimperntuschelinien praktisch schon dauerhaft auf ihren Wangen zu sehen sind. Und jede Woche steht ein neuer Idiot vor der Haustür, immer den gleichen Blumenstrauß vom Gemüseladen um die Ecke in der Hand und verkündet, er würde Linda gern kennenlernen und sich auch darüber freuen, Zeit mit Mila und mir zu verbringen. Ich liebe meine Mutter, aber ich bin erwachsener, als sie es je war. Seit frühester Kindheit habe ich alles selbst gemacht: Mit sechs Jahren habe ich mir überlegt, meine Klamotten und Accessoires selbst zu designen, und mir schief und krumm einen Beutel zusammengenäht. Meine Mutter hat mich sage und schreibe drei Wochen damit zur Schule gehen lassen, ohne es zu bemerken. Erst dann fragte sie entgeistert, was das eigentlich sei, was ich da mit mir herumschleppe. Ich gehe einkaufen, ich halte unsere Katze am Leben und ich sortiere die Typen für meine Mum aus. Einer mit 'nem Gemüseladenblumenstrauß kann wohl kaum der Richtige sein. Mila ist Mums Gesprächspartnerin und häufiger auch ihre Psychologin, für Seelenpflege fehlt mir leider die Geduld. Da stell ich meiner Mutter zum Trost lieber ein Nutella-Glas mit Löffel hin.

Gedankenversunken betrete ich mein Lieblingscafé und stelle mich in die Schlange. Als ich einen süßen, schlaksigen Typen mit rotblonden Haaren entdecke, der gerade einen Erdbeermilchshake entgegennimmt, überprüfe ich mein Aussehen rasch in der Vitrinenscheibe. Meine Haare fallen in dunklen Wellen über meine Schultern, mein eines Auge ist blau, das andere grün. Meine Haut ist so weiß wie eh und je. Hannes findet das immer ganz besonders witzig, hält seine gebräunten Hände an meine und verkündet: »Haha, guck mal, Milchschnitte.«

Mein Handy klingelt. Ich ziehe es unwillig aus meiner Hosentasche. »MILA«, leuchtet es mir entgegen und ich drücke auf den grünen Hörer. »Ja, liebste Schwester, what's up? Halt ... warte kurz, ganz kurz.« Ich klemme mir mein Motorola zwischen Ohr und Schulter, nehme Muffin und Kaffee entgegen, bezahle und gehe raus.

»Sofia? Sofia, bist du da?«, höre ich Milas Stimme.

»Komm runter! Bin da«, sage ich seufzend.

»Komm runter?«, fragt Mila, einen selten hysterischen Tonfall in ihrer ansonsten so glatten Stimme. »Bist du irre geworden? Bei aller Liebe, was bildest du dir ein, Sofia? Du kannst unmöglich so mit einem Lehrer sprechen! Grobmotorisch wie ein Affe? Du kotzt ihm gleich vor die Füße? Verdammt, S, das war's, verstehst du das? Du fliegst!«

Ich sehe mein Handy einen Moment verärgert an und beiße von meinem Muffin ab. »Ich habe dich beschützt, Mila«, sage ich mit vollem Mund.

»Ja, lobenswert, und dann bist du total ausgerastet, so wie immer. Ich liebe dich, Sofia, das weißt du, aber du machst es immer wieder! Mit jedem von Mums Typen, mit jedem Lehrer und manchmal auch einfach nur aus Langeweile! Für wen hältst du dich? Für den Messias, oder was?«

Ich bin relativ baff. Ich habe Mila geholfen und irgendjemand musste dem Luxemburg doch mal das gehässige Maul stopfen. »Mila, wenn niemand was sagt, sag ich halt was. Und deshalb werde ich schon nicht gleich von der Schule fliegen.«

»Du sagst immer was, Sofia, jedes Mal, und damit hast du dir selber deinen Galgen gebastelt. Es tut mir leid, aber du versaust dir alles. Ich wünsch es dir zwar nicht, dass du von der Schule fliegst, aber irgendwie hättest du es auch ein bisschen verdient.«

Vor Überraschung muss ich mich auf die nächstgelegene Bank setzen. »Mila? Geht's noch? Verdient?«

»Du verstehst nicht, Sofia. Der Luxemburg meint das ernst. Erst recht nach der Attacke mit der Apfelschorle.«

»Das war keine Absicht! Ich wollte ihn nicht treffen!«, protestiere ich. »Und jetzt ruinier mir nicht länger meinen Tag.«

»Warte, S ...«, ruft Mila mit heiserer Stimme und dann habe ich sie auch schon weggedrückt. Ich habe mich für sie eingesetzt und jetzt fällt sie mir derart in den Rücken. Ich widerstehe der Versuchung, mein Handy im nächsten Gully zu versenken.

Es vibriert nun. SMS. Nein, ich will sie nicht lesen, ich habe absolut keine Lust … und trotzdem öffne ich sie: »Ich liebe dich trotzdem. Auch wenn's echt nicht leicht mit dir ist.«

Ich verdrehe die Augen und stecke das Telefon weg, dann mache ich mich auf den Nachhauseweg. Als ob der Luxemburg Ernst machen würde.

Ich schließe die Tür mit einem Klicken auf und gehe geradewegs in die Küche. Unsere Wohnung ist halbwegs aufgeräumt, aber überhitzt. Mum hat vergessen, die Heizung abzudrehen. Morgens sei ihr immer so kalt – im Sommer! Fluchend stelle ich das Ding auf null. Auf dem Esstisch stehen noch Erdbeerschnitten von gestern. Ich strecke mich, sodass meine Arme knacken. Nein, ich werde bestimmt nicht fliegen. Bestimmt nicht. Das können die nicht machen. Ich brauch Mila und Fee und Hannes. Ende.

»Hallo, Sofia.« In der Küchentür steht meine Mutter. Ich bin nur fünf Zentimeter größer als sie, muss aber ehrlich sagen, dass ich sie bis jetzt übersehen habe.

»Sorry, Mum, hätte ich dich bemerkt, hätte ich Hi gesagt«, entgegne ich grinsend und pule einen Muffinkrümel aus meinem Mundwinkel. »Pass auf, der Luxemburg wollte Mila so richtig in den Boden stampfen und ich hab's ihm gegeben. Ich fand, dass …«

»Ich weiß«, sagt meine Mutter und starrt mich an.

»Woher?«, frage ich verwirrt und gleichzeitig verärgert, weil sie meine Show ruiniert hat.

Ihre dunklen Locken sind verwuschelt und sie müsste dringend ihre Brille putzen. »Ich habe soeben einen Anruf vom Direktor erhalten. Er sagt, dass sie deinetwegen eine Schulkonferenz einberufen. Das war's für dich. Endgültig. Sie wollen, dass du gehst.«

Ich runzele die Stirn und versuche, die Kälte, die sich in meiner Brust ausbreitet, zu ignorieren. »Das stimmt nicht, der Direktor mag mich«, sage ich.

»Nicht, seit du ihn mit einem Wildschwein verglichen hast«, sagt meine Mutter hart. »Ich verstehe es nicht, Sofia. Ich verstehe dich nicht. Warum willst du nur immer und überall im Mittelpunkt stehen und warum suchst du immer Ärger? Warum musst du dich an dem Direktorensohn vergreifen?«

Ich schlucke. Mein Hals ist trocken. »Moritz Leukamm. Ich bring das kleine Miststück um«, zische ich und trete heftig gegen einen Holzstuhl, der quer durch die Küche schlittert.

»Nein, das wirst du garantiert nicht. Du wirst keine Gelegenheit dazu haben«, sagt meine Mutter.

»Mum, ich kann nicht von der Schule fliegen! Das kriegen wir schon wieder hin! Ich *brauche* meine Freunde. Lass uns bitte mit dem Leukamm reden.«

»Sofia, man will dich da nicht mehr haben. Es sind ja nicht nur dein Kunstlehrer und Moritz Leukamm. Ich erinnere dich an Frau Magenta, die du mit einer Hassrede auf ihr Unterrichtsfach zum Heulen gebracht hast, oder an Carsten, der nicht mehr zur Schule kommen wollte, weil er Angst hatte, dass du ihn fertigmachst, weil er mit Mila Schluss gemacht hat.«

»Wo soll ich denn sonst hin?«, frage ich, während mir trotz der Augusthitze kälter und kälter wird und ich mich unwillkürlich danach sehne, die Heizung wieder aufdrehen zu können.

»Die Schule empfiehlt das Internat Hellenwald.«

Ich verschlucke mich.

Ich muss mich verhört haben. Das meint sie nicht ernst. Das meint sie unmöglich ernst. »Das soll ein Witz sein, oder?«, frage ich und suche hinter den verschmierten Brillengläsern meiner Mutter nach ihrem Blick. »Bitte, Mum, lass das mit den Witzen, das ist nicht deins.«

»Nein, Sofia, Hellenwald ist ein Internat für schwer erziehbare Kinder und genau das Richtige. Die Schule hat einen sehr guten Ruf. Dort haben sie es schon geschafft, Straftäter zu Stipendiaten zu machen. Außerdem hat das Schuljahr gerade erst angefangen, es sollte also kein Problem sein, dich dort unterzubringen.«

»MUM!«, schreie ich. »Hast du sie noch alle? Ich bin doch kein Straftäter!« Ich gehe auf meine Mutter zu, packe sie an den Schultern und schüttele sie. »Hallo? Hallo?«, brülle ich ihr entgegen.

»Hör auf damit.« Meine Mutter stößt mich zurück. »Dein Kunstlehrer hat eine Verletzung, weil du ihn mit einer Glasflasche beworfen hast. Und du hast den Direktorensohn bedroht.«

Ich habe das Gefühl, vor Wut und Hilflosigkeit zu zerspringen. »Ich wollte ihn nicht bewerfen! Und ich hab den kleinen Schisser nicht bedroht!«

»Sofia, vergiss es! Keine weitere Diskussion! Du hast die Uhr von Moritz ruiniert. Sachbeschädigung nennt man das. Komm von deinem hohen Ross runter und pass bloß auf, dass du nicht mit deinem Heiligenschein an die nächste Tür stößt.«

»Mum, weißt du was?«, frage ich hysterisch. »Organisier doch erst mal *dein* Leben und projizier deine Probleme nicht auf mich. Du gehörst auf dieses Internat, du gehörst in die Anstalt!«

Und dann brennt meine Wange. Überrascht fasse ich mir ans Gesicht. »Du hast mich geschlagen«, stammele ich, schaue auf ihre Hand und ihre vor Wut zitternden Lippen.

»Du wirst nicht hierbleiben, Sofia. Du wirst gehen«, sagt meine Mutter. Nach einer kurzen Weile fällt mir auf, dass ich inzwischen vor Kälte zittere.

Mila sitzt vor mir auf meinem Bett. Ich schüttele wieder und wieder den Kopf. »Nein. Das kann nicht sein. Es ist nicht so. Ich werde nicht gehen. *Ich werde nicht gehen*!«

Mila legt ihre Hände auf meine. »Bitte schrei nicht so!«

»Verstehst du nicht? Mum ist irre geworden! Sie will mich loswerden, dabei ist sie selbst gar nicht überlebensfähig! Internat für Straftäter? Als ob ich eine Mörderin wäre, Mila!«

Mila beißt sich auf die Lippe. Ihre blauen Augen sind traurig und ihr sommersprossiges Gesicht ist blass.

»Weißt du, Sofia, vielleicht musst du ein wenig sanfter sein. Überleg mal, du hast es ihr wirklich nicht leicht gemacht. Ich erinnere dich daran, dass du diesem Leopold seine Blumen ins Gesicht gehauen und gesagt hast, er soll daran ersticken. Oder dass du gedroht hast, den Nachbarsrottweiler auf diesen Nico loszulassen. Oder daran, dass du, als Mum weg war, spontan beschlossen hast, eine Riesenparty zu schmeißen. Salami an der Decke, Kotze in der Badewanne und ein fremdes Pärchen in Mums Bett und ...«

»Danke. *Ich* war auch auf dieser Party!«, fahre ich Mila wütend an.

»Am heftigsten fand ich es ja immer noch, als hier plötzlich die Polizei vor der Tür stand«, beginnt meine Schwester von Neuem und durchbohrt mich mit vorwurfsvollem Blick.

»Fang nicht damit an!«, fauche ich. »Der Typ hat Mum bei ihrem Vorstellungsgespräch erzählt – ich zitiere: ›lebensunfähige Hausfrauen mit dem Scharfsinn einer Weißwurst haben bei uns keinen Platz‹. Nicht, dass ich mich bei ihrem jetzigen Verhalten je wieder für sie einsetzen werde, aber das damals war echt nötig.«

»Ja, ist natürlich total logisch, daraufhin ›Wichser‹ an seine Hauswand zu sprühen und ihm die Autoreifen zu zerschneiden«, spöttelt Mila mit funkelnden Augen.

»Ist ja klar, dass dann direkt Bullen vor der Tür stehen. Nehmen wir statt perversen Stiefvätern lieber 16-jährige Mädchen fest. Und bitte, jetzt hör auf, all meine Sünden aufzuzählen. Auf wessen Seite stehst du eigentlich?«

Mila seufzt leise, rutscht über die Bettdecke zu mir heran und legt mir ihre Arme um den Hals. Ich wehre mich und versuche, sie wegzustoßen, aber sie gibt nicht nach und umarmt mich eisern weiter.

»Auf deiner Seite, Sofia. Ich stehe immer auf deiner Seite. Und ich sage das, weil ich wirklich glaube, dass du so nicht weitermachen kannst. Ich finde es toll von dir, dass du aufstehst, wenn alle anderen sitzen bleiben. Aber du kannst nicht jeden, der sich dir in den Weg stellt, mit dem Morgenstern zu Boden schlagen.«

Ich funkele sie böse an und umschlinge meine Knie, dann starre ich mein altes Beatles-Poster an, festgeheftet mit bunten Reißzwecken, daneben Fotos von Fee, Mila, mir – und Hannes, der gern mit drei Mädchen rumläuft. Jeden Sommer sind wir zusammen am See.

Mila und ich lassen Steinchen springen und Hannes wirft Fee ins Wasser und macht ihr Hoffnungen, die er danach wieder zerstört. Ich habe ein Foto, auf dem er ihr mit einem hinreißenden Lächeln die Lippen auf die linke Wange drückt. Fee sieht dabei unendlich glücklich aus. Mistkerl.

Dann komme ich gedanklich wieder zu *meinem* Problem zurück. Nämlich, dass Fotos wie diese Vergangenheit sein werden. Und nicht nur das. Sie wollen mich auch von Mila trennen. Von meiner Schwester und allerbesten Freundin. Von der Person, der ich am meisten vertraue. Von der einzigen Person, der ich überhaupt so richtig vertraue. Das geht nicht. Ich werde nicht auf dieses Internat gehen. Den Teufel werde ich tun.

»Sofia, Süße. Wenn du dich ab jetzt top verhältst, vielleicht bist du dann ganz schnell wieder hier. Du musst aufhören, die Rebellin zu spielen, du machst dich selbst kaputt und ich hasse es, dich kaputt zu sehen.«

»Aufgeben, ja?«, frage ich und bemühe mich sehr, nicht zu heulen.

Auf meinem Nachttisch aus Ebenholz steht ein halb volles Wasserglas. Mila versucht, schneller als ich zu sein, muss sich dabei aber über mich beugen. »Sofia!«, stöhnt sie, aber da habe ich schon ausgeholt, das Glas gegriffen und von mir geschleudert. Es zerbricht, Wasser fließt die Wand hinunter.

»Scheiße«, flüstere ich.

Und lasse mich dann von Mila umarmen. Sie macht ein paar beruhigende Laute und schaukelt mich hin und her. Ich komme mir vor wie ein Kleinkind in der Wiege.

»Ich will nicht gehen, Mila«, schluchze ich. »Ich will nicht.«

Nach zwei weiteren Kuschelminuten löse ich mich schwerfällig aus der Umarmung meiner Schwester und konzentriere mich auf die Zukunft. Die sieht verdammt schwarz für mich aus.

»Okay. Internat. Ich werde brav sein. Brav wie die Kinder aus Bullerbü.«

»Bullerbü? Waren die brav?«, fragt Mila leise und streicht mir eine Haarsträhne aus der Stirn. Sie blinzelt.

Ich stocke. Die Augen meiner Schwester glitzern. In ihren Wimpern hängt eine dicke Träne, die sich nun löst und langsam ihre Wange hinunterrollt.

»Nein, bitte nicht, wein nicht, wenn *du* weinst, dann, dann …« Der Rest des Satzes geht in meinem Schluchzen unter und dann weinen wir beide mein Kissen und meine Bettdecke und danach Milas Kissen und Milas Bettdecke voll.

Unsere Gesichter sind völlig verklebt, wir sehen aus wie Vamp-Waschbären. Aber zu zweit ist das nur halb so schlimm. Ich gehe in Richtung Bad, um mir das Gesicht mit kaltem Wasser zu waschen. Meine Mutter steht mit dem Rücken zur Tür im Wohnzimmer und bügelt.

»Wie kann man nur so unbarmherzig sein?«, stottere ich im Vorbeigehen, aber sie ist vollkommen ungerührt, bügelt einfach weiter auf ihrer fliederfarbenen Bluse herum. Pass bloß auf, dass du unser Haus nicht abfackelst, denke ich und marschiere weiter.

13 TAGE SPÄTER

Es ist wahr. Ich werde nach Hellenwald gehen. Ich werde mit Verbrechern essen. Im wahrsten Sinne ein Krimidinner erleben. Ich atme tief ein und aus, damit ich nicht hyperventiliere. Mein Leben mag nicht perfekt sein, aber es macht mich glücklich. Und jetzt will man es mir wegnehmen.

Morgen geht es los. Ich habe eigentlich nicht vor, mich von meiner Mutter hinfahren zu lassen, ich werde sie nie wieder angucken.

Aber leider ist das Internat isoliert und liegt auf einem von Bäumen umgebenen Hügel. Unmöglich mit öffentlichen Verkehrsmitteln zu erreichen. Mum schickt mich ins Bootcamp. Nicht zu fassen.

Okay, ablenken. Ich muss hier und jetzt leben. Das ist mein letzter Abend, mein letzter Abend mit Mila, Fee und Hannes. Wir werden Cocktails trinken gehen, lachen und das Ganze vergessen, Fees Herz wird glühen, wenn Hannes sie anschaut, und es wird wehtun, wenn er eine andere anschaut. Wir werden tanzen, wir werden genießen, wir werden einfach Freunde sein – so wie bisher.

Ich schlüpfe in mein kurzes, schwarzes Seidenkleid. »Hilf mir mal, Mila!«, rufe ich, eine große Haarklemme im Mund.

Mila schaut auf. Nur ihr linkes Auge ist geschminkt. Sie kommt herüber und zieht den Reißverschluss zu. Ich lächele sie an, so gut es mit Haarklemme zwischen den Lippen geht, und binde mir die Haare zu einem hohen Pferdeschwanz zusammen. Ich kann meine High Heels vor Freude klappern hören. Der letzte Abend. Ich stecke mir die Haarklemme, auf der eine schwarze Stoffrose klebt, in die Haare und drehe mich ein paar Mal.

»Wunderschön, wie immer«, flüstert Mila, während sie ihren Kajalstrich zieht.

»Nicht schöner als du«, sage ich mit einem Zwinkern.

Mila trägt ebenfalls ein Kleid, allerdings in einem Nude-Ton und mit Ballonschnitt. Sie hat sich wunderschöne Ringellöckchen gedreht.

»Sei nicht albern, wir sehen uns verdammt ähnlich!«, sagt Mila und streckt mir die Zunge raus.

»Nö, ich seh immer aus wie grün und blau geschlagen«, schmunzele ich.

»Ich liebe deine Augen. Das ist so krass schön und so selten. Jadegrün und eisblau. Wahnsinn, ich seh mich nie satt dran. Warum sind wir eigentlich nicht eineiige Zwillinge, dann hätte ich die auch?«

»Komm runter, du würdest auch nicht immer angeguckt werden wollen, als wärst du das letzte Exemplar einer aussterbenden Tierart«, sage ich.

Mila grinst. Ich schnappe mir mein Lacktäschchen und wir machen uns auf den Weg. Zum letzten Abend unter guten Freunden.

Hannes, Fee, Mila und ich sitzen in der Bar, alle einen Cocktail vor uns. Ich hab irgendwas mit Kokosnuss und sehr viel Sahne, wirklich nichts für die schlanke Linie. Aber ich werde aus Protest eh nichts mehr essen, sobald ich in Hellenwald bin.

»Wie wär's mit 'nem Schuss Rum?«, fragt Hannes und schenkt mir sein smartestes Lächeln.

Spar's dir für Fee auf, denke ich. »Ich hab noch nie Rum getrunken«, erwidere ich.

»Hast du denn schon mal *rum*gemacht?«, fragt Hannes.

Ich überlege kurz, wieso ich Alkohol produzieren sollte, erst dann verstehe ich sein Wortspiel. »Oha, Hannes, ist der schlecht!«, rufe ich lauthals prustend und boxe ihm gegen die Schulter.

»Warum lachst du dann?«, entgegnet er schmunzelnd.

»Weil deine Witze immer so schlecht sind, dass man lachen muss.«

Ich werde meinen Lieblingspenner ganz schön vermissen.

Mila schüttelt grinsend den Kopf, nur Fee sitzt ungerührt in ihrem selbst genähten Kleidchen mit Borte auf ihrem Höckerchen. Bestimmt geht sie gleich aufs Klo, hört *It is what it is* von Lifehouse und versucht zu akzeptieren, dass Hannes sich niemals ändern wird. Ich schaue Fee in die Rehaugen und schüttele unauffällig den Kopf. Ihre Augen werden groß, aber nur für eine Zehntelsekunde, dann versucht sie, die Verwirrte zu mimen und legt ihre Elfenbeinstirn in Falten. Aber ich weiß, dass sie genau weiß, was ich meine.

»Du wirst auch keinen Rum trinken, Sofia«, greift Mila das Thema wieder auf. »Alkohol verzehnfacht deine Launen nur.«

»Danke, Mama«, sage ich fade grinsend. Ich muss schon zugeben, dass eine Lotta aus der Krachmacherstraße hier jetzt nicht so angebracht wäre.

»Du siehst heut Abend toll aus«, sagt Hannes zu Fee und ihre Gefühle zeigen sich in einem Zehntelsekundenstrahlen auf ihren Lippen. Dann wird sie von hinten angeschubst und verzieht unwillig das Gesicht. »Aua!«, beschwert sie sich.

Ich recke den Hals. »Hey, du hast ihr wehgetan, entschuldige dich gefälligst …«

Meine Worte gehen in ersticktes Murmeln über, weil Mila mir blitzschnell ihre Handfläche auf den Mund presst.

»Ganz sicher nicht, S«, sagt sie. »Lass uns nach Hause gehen. Du musst morgen früh raus.«

Ich stehe unwillig auf, wende mich Fee zu und umarme sie. Sie riecht nach Veilchenparfüm. Danach umarme ich auch Hannes.

»Bye bye, best friend«, raunt er supercool in mein Ohr.

»Spiel nicht mit ihr«, erwidere ich. »Ich werd dich vermissen.«

»Hä? Spielen?«, sagt Hannes mit fragendem Blick.

Ich lächele ihm zu. Dann gehen Mila und ich in Richtung Tür.

»Ich versteh dich nicht …«, höre ich Fee hinter mir. Oha. Mutig. Der Anfang eines klärenden Gesprächs?

»Ich hab doch gar nix gesagt«, entgegnet Hannes ihr verwirrt.

»Jeeesus«, rufe ich aus und verdrehe die Augen – synchron mit meiner Schwester.

Das hier war bis jetzt mein Leben.

2. KAPITEL

HOFFNUNGSVOLL

»Did you think I'd crumble?
Did you think I'd lay down and die?
No, not I, I will survive.«

I WILL SURVIVE – GLORIA GAYNOR

H ellenwald holt Ihre Kinder zurück auf den richtigen Weg und formt sie zu vorbildlichen jungen Erwachsenen. ›Ich bin so froh, diese Schule zu besuchen‹, sagt Elena Klee, vor zwei Jahren noch Crystal-abhängig und ohne Zukunft. Nach ihrem Abitur im kommenden Jahr will sie in Heidelberg Medizin studieren und ihr Engagement in Sachen Umweltschutz ausweiten.

Überzeugen Sie sich selbst. Hellenwald trennt Ihre Kinder von jeglichen schädlichen Einflüssen, lässt sie gefährliche Angewohnheiten überdenken und bietet qualifizierten Unterricht, unter anderem mit dem Naturkundeprofessor Dr. Friedhelm Jason. Sie denken, Ihr Kind sei bereits verloren? – Hellenwald ist *seine* Chance.«

»Also eins weiß ich: Die sind verdammt gut mit Photoshop«, stöhne ich und klatsche Mila das glänzende Prospekt auf die Oberschenkel.

Das gesamte Heftchen sieht aus, als wäre es mit Zuckerguss überzogen worden. Auf einem hellgrünen Hügel thront ein burgähnliches Gebäude. Über dem Eingang steht in goldenen Lettern: »Hellenwald – die Chance«.

»Nicht zu fassen«, sage ich. »Wie in so einem ekelhaften Songtext. Your last chance.« Ich greife mir an die Brust.

Die Burg ist weiß gestrichen, so weiß, dass sie fast durchsichtig ist. Ein drei Meter hoher Stacheldrahtzaun umgibt sie, will man hinein, muss man durch ein imposantes schwarzes Eisentor. Vor dem Haus hat man Blumenbeete angelegt mit großen, hellgoldenen und blassrosafarbenen Rosen. Ich muss ganz ehrlich sagen, die Rosen sehen aus, als wären sie ins Bild reinkopiert worden. Hellenwald ist abartig. Das weiß ich jetzt schon. Genauso gut könnten sie mich nach Alcatraz schicken.

»Guck sie dir doch mal an!«, zische ich und deute auf Elena Klee. Ein brünettes Mädchen mit karamellfarbener, makelloser Haut und Samtkostüm. Spöttisch zeigte ich auf Elenas dunkelblaue Manga-Augen. »Photoshop. In echt ist der Schwan sicherlich ein hässliches Entlein.«

Mila schweigt seit einer halben Stunde eisern und starrt aus dem Fenster. Die Bäume rasen als Schatten am Auto vorbei. Vorne sitzt meine Mutter, aber mit der rede ich nie wieder. Ich balle die Fäuste und knirsche mit den Zähnen. Passenderweise läuft im Radio *Take me home.*

»Tja, ich würde auch gern zurück nach Hause«, fauche ich den Vordersitz an.

»Komm schon, S, wirst du dessen nicht langsam müde?«, fragt Mila leise.

»Nein, ich mag Sarkasmus, ist meine Muttersprache«, erwidere ich süßlich und drücke meine Knie gegen den Vordersitz und damit in den Rücken meiner Mutter.

»Sofia!«, keift sie.

»Mach dir bloß keine Sorgen, Mutter, auf der Rückfahrt ist mein Sitz leer«, sage ich mit einem eiskalten Lächeln. Den Tritt hat sie eindeutig verdient.

Mila zieht mich weg von unserer Mutter und ins dunkle Unterholz. Schließlich bleibt sie stehen und sieht mir in die Augen.

»Hauen wir jetzt ab?«, frage ich strahlend.

»Reiß dich zusammen, S. Reiß dich zusammen, bau dir einen Maulkorb für dein Mundwerk und hau dir selbst ab und zu mal eins auf den Dickschädel. Dann kommst du da auch wieder raus. Ich wünsche mir so sehr, dass es anders gelaufen wäre. Ich verabschiede mich hier richtig von dir, ich kann das nicht mit tausend Menschen um mich rum. Ich werd dich entsetzlich vermissen. Ach Gott, das klingt weichgespült, aber es ist so. Ich werde jeden Morgen aufwachen und als Erstes ›Sofia ist weg‹ denken. Pass auf dich auf, ja? Du bist kein schlechter Mensch, du bist einfach nur zu krass. Wie ein Tsunami. Aber du schaffst das, Wave.«

Ich muss lächeln. Mila nennt mich nicht oft Wave. Als wir jünger waren, haben wir uns immer Wave und Ocean genannt. Ich war stürmisch, ungehemmt und rasant, sie war still und tief.

Ich beiße mir auf die Lippe, um nicht schon wieder zu weinen, und umarme meine Zwillingsschwester. Und plötzlich habe ich dieses Gefühl, dieses Gefühl, dass irgendetwas schiefläuft. Nicht nur so schief, dass ich auf ein Internat gehen muss, das *die Chance* heißt, sondern schlimmer, allumfassender. Ich spüre es an Milas wild pochendem Herzen und ihrer festen, sorgenvollen Umarmung, an ihrem Blick, als sie sich von mir löst. Blödsinn, denke ich. Schlimmer kann es nicht mehr werden. Hiernach kommt nur noch die Hölle.

»Ich meine es ernst, Sofia. Pass auf dich auf«, sagt Mila ohne zu lächeln. »Hier, ich hab etwas für dich. Öffne es erst, wenn du allein bist.« Sie zieht eine kupferfarbene Kette aus ihrer Hosentasche, an der ein kleines Medaillon hängt, und lächelt.

Hellenwald sieht nicht aus wie eine Schule, es sieht aus wie eine psychiatrische Klinik. Wie ein Platz für Verbrecher mit Psychose, für Menschen, die andere Menschen um die Ecke bringen, weil sie denken, diese Menschen wären irgendwelche außerirdischen Angreifer, oder so.

Ich könnte so kotzen. Mila, Mum und ich steigen gerade die Treppe zur Eingangshalle hinauf. Die Stufen sind aus Marmor, die Geländer geschwungen. Zu beiden Seiten des Türrahmens thronen zwei schwere Engelsskulpturen, deren Flügel zu den Stufen weisen.

»Ein lächerlicher Versuch, eine Klapsmühle Cinderella-mäßig aufzupimpen«, kommentiere ich trocken. Meine Mutter und meine Zwillingsschwester haben sich in Schweigen gehüllt und lassen mich meine Wut ungehindert ausleben. Die Wut, die jede Pore meines Körpers so sehr ausfüllt, dass für Elend und Verlustängste nur ein ganz kleines bisschen Platz bleibt. Gerade genug, um einen sauren Geschmack auf meiner Zunge zu hinterlassen.

Ich schlucke verärgert und drehe mich noch einmal sehnsüchtig um. Auf der anderen Seite des schwarzen Tors befinden sich Abermillionen Bäume. Der Himmel färbt sich am Horizont rot und taucht die Baumkronen in blutiges Licht. Makaber, aber passend. Auf dieser Seite des Zaunes befindet sich frisch gemähter Rasen. Aber er riecht nicht. Wirkt wie betäubt. In der Mitte der Rasenfläche steht ein Pavillon, der ungefähr fünf Quadratmeter groß ist, auch dieser ist umschlungen von Rosen. Ansonsten ist es leer, still und kalt. Im geruchlosen Gras windet sich ein weißer Weg. Der Weg in die Hölle. Jetzt ist Galgenhumor gefragt. Böse Mädchen kommen eben nie in den Himmel.

Mit einem breiten Grinsen betrete ich mein zukünftiges Zuhause. Die Wände sind weiß. Und leer. Unwillkürlich frage ich mich, ob gerade Malerarbeiten stattfinden oder ob das Internat hier gerade erst eingezogen ist. Ich meine, ich erwarte keine Kim-Anderson-Kunstdrucke wie in meinem Zimmer, aber wenigstens ein paar Bilder, auf die mit gutem Willen etwas Farbe getupft wurde.

Ich wende den Kopf nach allen Seiten, aber es ist keinerlei Dekoration vorhanden, die Innenarchitektin war wohl noch nicht da. Wozu dann dieser Engelschnickschnack und der Rosenpavillon? Mein Grinsen rutscht mir innerhalb von zwei Sekunden von den Lippen. Der Boden trägt ein Schachbrettmuster.

Hinter einer weißen Theke steht eine Frau und winkt uns heran, als wäre dies ein Nobelhotel. »Sofia Wilden, wie schön«, sagt sie mit weicher Singsangstimme und lächelt. Ihre Haut ist so makellos weiß wie die Wand hinter ihr. Ihre weißblonden Haare fallen ihr in langen Locken über die Schultern und bis zu den Hüften. Sie streicht sich den glänzenden Pony aus der Stirn. »Ich bin Alessia Johansson, fühl dich willkommen. Wir werden etwas aus dir machen. Frau Wilden? Seien Sie beruhigt.« Alessia lächelt wie die Frauen in einem Kosmetik-Werbespot und schüttelt meiner Mutter die Hand. Dann wendet sie sich an Mila, die sich bis jetzt im Hintergrund aufgehalten hat. »Und du bist?«

»Die Schwester«, sagt Mila leise und in einem Ton, der signalisieren soll, dass sie nur eine unwichtige Nebendarstellerin in diesem Schauspiel ist.

Warum ist diese Empfangsdame nur so unglaublich perfekt? Was ist mir ihr passiert? »Haben Sie 'nen Schönheitschirurgen zum Mann?«, frage ich sie geradeheraus.

»SOFIA!«, zischt meine Mutter.

Alessia blinzelt kurz, runzelt die Stirn, dann wendet sie sich einem Stapel Unterlagen zu und tut so, als hätte ich kein Wort gesagt.

»Also, Sofia, du bekommst gleich sämtliche Papiere von mir inklusive der Hausordnung, des Sportangebots und dem dieswöchigen Speiseplan. Wir wollen ja, dass du dich hier wohlfühlst.« Sie strahlt mich an und wirft ihre Locken nach hinten. Warum ist sie nur so aalglatt und so liebenswürdig?

»Tun Sie nicht so, als ob ich Paris Hilton wäre, ich bin ein Verbrecher«, erwidere ich kühl und bemühe mich, die Verwirrung, die ich empfinde, nicht durchblicken zu lassen.

Sie winkt uns, ihr zu folgen. Auf Zehn-Zentimeter-Absätzen stolziert sie los. Ihr Hüftschwung ist weich und rhythmisch und ihre taubenblaue Bluse sitzt makellos in ihrer Wespentaille.

Mum lächelt mir vorsichtig zu. Vielleicht ist es ganz cool hier, sagen ihre nussbraunen Augen. Sie bemüht sich, so zu tun, als wäre sie 16. Ich grinse breit, dann deute ich an, mir einen Finger in den Hals zu stecken. Meine Mutter presst die Lippen aufeinander und fühlt sich in ihrer Entscheidung, mich hier hinzubringen, wohl bestätigt.

Der gesamte Flur ist weiß und ebenfalls ohne jede Dekoration. Ah, doch nicht, am Ende des Ganges, direkt am Fenster steht eine weitere Engelsskulptur. Aus leeren, weißen Augen starrt sie uns entgegen. Wo sind die Schüler? Ist das hier eine Schule ohne

Kinder? Ich habe ärgerlicherweise eine Gänsehaut, aber das geht doch auch gar nicht anders bei dieser komischen Atmosphäre.

Alessia berichtet vom exzellenten Programm, das sich aus Ballett, Tennis, Golf, Schach und Musik zusammensetzt. Und einer demnächst anstehenden Modedesign-AG.

»Das ist ja super, ein klasse Angebot!«, freut sich meine Mutter.

»Schon scharf«, raunt sogar Mila.

Ich funkele sie wütend an und laufe fast gegen eine Engelsstatue, der ich gern die Flügel abschlagen würde. »Ich nehm am besten Geigenunterricht. Wenn ich mich daran versuche, sterben nämlich alle an geplatztem Trommelfell und ich kann hier weg«, entgegne ich im Flüsterton. Aber niemand reagiert.

»Mal ernsthaft«, sage ich schließlich.

»Oh Sofia, wirklich, eine ernsthafte Frage?«, meint meine Mutter. Okay, der Punkt gehört ihr, ausnahmsweise.

»Warum geben Sie vor, eine Eliteschule zu sein?«, frage ich. »Sind wir hier falsch? Ist das Internat für Straftäter nicht Hellenwald, sondern Hellenbaum? Yeah, dann lasst uns gehen.«

»Diese Schule nimmt Straftäter auf und zeigt ihnen, was sie aus ihrem Leben machen können. Hier erhält jeder ein goldenes Angebot und damit auch eine goldene Zukunft«, sagt Alessia und fährt blitzschnell herum. »Ach ja, dein Handy, bitte.«

»Hä, warum?«, frage ich und blöderweise fährt meine Hand automatisch zur Tasche in meiner Jeans.

»Hellenwald isoliert die Schüler von sämtlichen schädlichen Einflüssen. Damit du dich entfalten kannst, müssen die technischen Spielereien weg.«

Ich schnappe nach Luft und starre in Alessias ungerührte, graue Augen. »Haha«, mache ich langsam.

Alessia streckt ihre feingliedrige Hand aus.

»Sie kriegen mein Handy nicht. Damit das klar ist«, sage ich und atme schneller.

Mila steht stumm neben mir. Ich drehe mich Hilfe suchend zu ihr um. Sie zuckt fast gelangweilt mit den Schultern. Das enttäuscht mich.

»Kommen Sie schon, bitte!«, flehe ich und kann selbst nicht glauben, dass ich auf die Knie gehe. »Ich brauch mein Handy, ich brauch den Kontakt, ich telefonier auch nur mit Mila, *bitte*!«

»Wenn du dich weigerst, wende ich mich an den Direktor«, sagt Alessia kühl.

»Sofia, mach schon«, fordert Mila.

Ich fahre verletzt zu ihr herum und suche ihren Blick, aber sie weicht meinem aus.

Langsam lasse ich mein Handy in Alessias Porzellanhand fallen. Ich gebe mein letztes bisschen Hoffnung aus der Hand.

Alessia lächelt zufrieden und nimmt es an sich. Ich starre sie schmerzerfüllt an. Das können die nicht machen. Ich fühle mich, als wäre gerade meine Verbindung zur Welt getrennt worden. Ich weiche zurück und bin plötzlich so unendlich müde. Nie wieder will ich aufwachen. Ich schließe die Augen und möchte einfach nur noch sterben.

»Sofia?«, meldet sich wieder Alessias Honigstimme. »Ich möchte dir deine Zimmergenossin vorstellen. Das hier ist Elena Klee.«

Ich blinzele erschöpft zwischen meinen Wimpern hervor. Vor mir steht kein hässliches Entlein. Elena Klee ist dem Prospekt entsprungen. Sie ist atemberaubend schön.

Eigentlich hab ich gelogen, Elena Klee ist nicht nur schön, sie ist sogar noch schöner als auf dem Prospekt. Ihre Haut ist ebenmäßig und funkelt und ihre Haare bewegen sich in sachten, dunklen Wellen, obwohl ich mir ganz sicher bin, dass nirgendwo eine Windmaschine steht. Ich starre sie entgeistert an, mache die Augen zu und öffne sie wieder.

Zweiter Versuch. Ich schließe die Augen noch einmal.

»Ich freue mich, *mein* Zimmer mit dir zu teilen«, flötet die laut Prospekt vorbildliche Ex-Drogenabhängige und streckt mir auffordernd die Hand hin.

Sie ist umgeben von einer Audrey-Hepburn-Aura und ich bin mir nicht ganz sicher, ob sie will, dass ich ihre Hand schüttele oder sie küsse. Irgendwo in meinem Kopf rattert ein entsetztes Stimmchen: Sofia Wilden, wann ist dir das letzte Mal so die Spucke weggeblieben?

Ich durchsuche meinen Kopf nach irgendwelchen Worten. »Hi, Elena«, sage ich schließlich lahm und immer noch nicht weniger schockiert.

Mila tritt an meine Seite und gibt Elena die Hand. »Ihre Schwester«, sagt sie mit distanziertem, aber höflichem Lächeln.

Ich schaue an Elenas linkem Ohr vorbei zu einer weiteren blinden Engelsstatue und konzentriere mich. Auf meinen Lippen liegt schon das: »Ich habe leider nicht vor, auch nur irgendetwas anderes mit dir zu teilen als das Zimmer«, doch dann mache ich den Fehler, sie wieder anzusehen, und vergesse, was ich sagen wollte. Das macht mich gleichzeitig wütend und verwirrt. »Ähm, hä?«, sage ich schließlich.

Meine Mutter zieht die Augenbrauen hoch. Ich schlucke. Alles ist okay. Nichts ist ungewöhnlich. Ich fühle mich immer noch genauso gut wie vorher. Bis jetzt war ich von meinen schlanken Beinen und vollen Haaren immer überzeugt, aber irgendwie … Ein unbehagliches Zittern ergreift meinen Körper. Schluss jetzt. Sofort.

Alessia beginnt wieder von Hellenwald zu schwärmen, als wäre dies Paris und sie eine Stadtführerin, eine mit Körbchengröße C und Wimpern, die so lang sind, dass sie einen erdolchen könnten. »Es ist natürlich bedauernswert, dass du jetzt erst zu uns kommst, wo das Schuljahr bereits begonnen hat, denn damit hast du die Begrüßungsrede von Direktor Franssen verpasst. Die wäre die ultimative Einführung gewesen«, flötet sie und zieht einen kleinen Schlüssel hervor.

Elena Klee hat sich uns angeschlossen. Ich rase über den Flur, will, dass sie hinter mir bleibt, damit ich sie nicht ständig ansehen muss. Als Alessia plötzlich stehen bleibt, laufe ich direkt in sie hinein und grinse peinlich berührt. Dieses unsofiahafte Verhalten behagt mir überhaupt nicht. Alessia ist sichtlich pikiert und richtet sich mit angestrengtem Lächeln die Locken, dann fährt sie fort. Sie dreht den Schlüssel im Schloss. Ich bete, in keinem Iglu leben zu müssen. Alessia hält inne, bevor sie die Tür aufstößt.

Endlich habe ich meine Stimme wiedergefunden. »Jetzt machen Sie schon!«, motze ich atemlos.

»Elena wird übernehmen. Sie ist eine hervorragende Schülerin. Den Rest kann sie dir problemlos vermitteln. In einer Stunde findest du dich bitte im Büro von Direktor Franssen ein. Hier dein Zimmerschlüssel. Danke sehr.« Und damit drückt sie Elena meine Papiere und mir den Schlüssel in die Hand, rauscht an uns vorbei und ist verschwunden. Meine Mutter schaut ihr verunsichert nach.

»Die hervorragende Schülerin vermittelt?«, frage ich so spöttisch wie möglich.

»Ich bin Vertrauensschülerin und Umweltschützerin«, erläutert Elena.

Meine Mutter ist der Meinung, auch mal wieder etwas beitragen zu müssen. »Lobenswert«, sagt sie und schaut mich mit großen Bitte-hör-jetzt-auf-Augen an.

Kannst mich mal, denke ich.

»Außerdem möchte ich in Heidelberg Medizin studieren. Vielleicht schaffe ich es ja, Seuchen wie dich auszurotten.«

Wow, das war eine Warnung, mich nicht mit ihr anzulegen. Wie kann sie so etwas mit einer Stimme sagen, als würde sie bei einem Latte macchiato mit einem Jungen flirten?

Irritiert und unzufrieden sehe ich mich in … dem Iglu um. Elena steht in ihrem Teil des Zimmers. Sie passt perfekt hinein, man müsste sie fotografieren und das Ganze an die *Vogue* oder so weiterschicken. Ihr dunkelblaues Samtkleid schmiegt sich an ihren Körper. Die Wände sind – oh Wunder – kalkweiß, Elenas Bett ist so blau wie ihr Kleid. Sie hat einen cremefarbenen Kleiderschrank ohne Macken und ein gleichfarbiges Pult, auf dem ein iMac steht. Auf ihrem Nachtschränkchen steht eine Keramikschale mit grünen Äpfeln, aber ich sehe kein einziges Foto oder irgendetwas Persönliches. Meine Möbel sehen aus wie ihre. Ich warte schon jetzt sehnsüchtig auf den Augenblick, in dem ich Fotos an die Wand pinnen kann, es juckt mir förmlich in den Fingern.

Ich werfe einen raschen Blick durch das Fenster nach draußen. Saubere, unbelebte Tennisplätze, dahinter erstreckt sich eine weite Wiese: der Golfplatz. »Tennis und Golf für Straftäter, ich glaub's nicht«, murmele ich.

Abgesehen von Alessia und Elena habe ich hier noch niemanden gesehen, aber bestimmt haben alle Unterricht.

Elena bindet sich ihre Haare mit einer Samtschleife zurück.

»Fertig fürs Klavierkonzert?«, versuche ich mich erneut an einem Schlagabtausch. »Oder machst du dich nur schick für die Currywurst?«

»Klavier spielen kann ich jedenfalls. Aber ich bevorzuge gute Küche. Currywurst passt vielleicht zu einer Vorstädterin wie dir, zu mir passt solcher Fraß aber ganz gewiss nicht. Entschuldigen Sie, Frau Wilden, das soll kein Seitenhieb sein.«

Meiner Mutter ist deutlich unwohl. Sie umfasst sich selbst mit den Armen und versucht zu lächeln.

»Du wolltest das, Mum«, sage ich kalt.

Mila steht regungslos herum. »Versuch, dein Tennisspiel zu verbessern. Wir haben schon ewig kein Match mehr gemacht«, sagt sie sanft zu mir.

Elena geht auf Zehenspitzen durch den Raum, dreht eine vollendete Pirouette – Ballett kann sie also auch noch – und nähert sich der Tür. »Selbst als Vorstädterin dürftest du keine Analphabetin sein. Du kannst dir also alles selbst durchlesen. Hier die Hausordnung und deine Papiere. Nach der Verabschiedung von deiner Familie und deiner Besprechung mit Direktor Franssen gibt es Abendessen. Und, Frau Wilden, bitte nehmen Sie es nicht persönlich: Sofia ist ein schwieriger Fall, aber Sie haben Ihr Bestes gegeben.«

Und dann ist sie weg. Fassungslos sehe ich ihr hinterher, hole Luft, möchte etwas sagen, kann es aber nicht. Meine Mutter beißt sich auf die Lippe.

»Los, holen wir deine Sachen«, sagt Mila und hilft uns damit aus der unangenehmen Situation.

❧

Der Abschied ist glatt und vorbildlich. Ich drücke meine Schwester kurz und schicke ihr einen letzten Vermiss-dich-jetzt-schon-Blick.

Meine Mutter schluckt und nestelt an den Knöpfen ihres Strickcardigans herum. »Sofia ...«, setzt sie an und überlegt, die Arme nach mir auszustrecken.

»Das ist nicht dein Ernst«, entgegne ich. »Nein.« Ich gehe an ihr vorbei, hieve Reisetasche und Koffer aus dem Kofferraum und steuere auf das dunkle Eisentor zu. »Ihr könnt gehen. Ich schaff das schon«, sage ich, ohne mich noch einmal umzudrehen. Mein Mund fühlt sich an, als hätte ich eine Zitrone ausgelutscht und anschließend Salz in mich hineingelöffelt. Elena Klee steht am Tor, die Abendsonne malt einen Heiligenschein über ihre dunkle Haarmähne. »Einen schönen Abend, Frau Wilden!«, ruft sie meiner Mutter zu. »Ich möchte mich bei Ihnen für meine schnippischen Kommentare entschuldigen. Ich war verletzt.«

Mein Koffer rutscht mir aus der Hand.

Elena lächelt meine Mutter an, den Ausdruck eines verwundeten Welpens in den Augen, dann wendet sie sich mir zu. »Es tut mir ehrlich leid, wir werden bestimmt eine angenehme Zeit haben«, sagt sie und grinst. »Frag mich bei jedem Problem, Süße.«

Ich suche nach Worten, gleichzeitig konzentriere ich mich darauf, die Tränen nicht hervorquellen zu lassen.

Elena dreht sich um. Ihr dunkles Haar schwingt ein letztes Mal in der roten Abendsonne, dann stolziert sie davon.

Kaum ist sie weg, stampfe ich zornig auf und verfluche mich für meine Sentimentalität, meine Sprachlosigkeit und sie für ihre unberührte Schönheit. Ich trete heftig gegen meinen Koffer, er öffnet sich und meine Kleidung verteilt sich auf dem Boden. Nicht heulen. Nicht hier, nicht jetzt. Ich krabbele auf allen vieren herum, sammele meine gepunkteten Lieblingsstrümpfe, meine Jogginghose und meine Unterwäsche ein und beiße mir fest auf die Lippe.

Als ich mich nun doch nach dem Auto meiner Mutter umschaue, stelle ich fest, dass es fort ist, und für einen ganz kleinen Moment habe ich das Gefühl, an dem Salz in meinem Mund zu ersticken.

Zurück in der schneeweißen Eingangshalle, konzentriere ich mich auf die Fotos, die ich an meine Wand hängen werde: Fee im Lillifee-Kostüm, Hannes und sein Kumpel Cam beim Bouldern, Mila und ich mit Erdbeerbowle, Sprühsahne und riesengroßen Pilotenbrillen auf der Nase. Ich lasse die Arktis in diesem Zimmer schmelzen, ich schaffe das. Ich bin zäh wie Kaugummi, niemand schluckt mich einfach runter.

Ich nicke zur Bestätigung, schaue mich selbst in der Glastür an, hinter der sich der Flur mit den Zimmern der Schülerinnen befindet, und streiche mir die Haare hinter das Ohr. Ich bin doch halbwegs ansehnlich. Wäre alles gut, wenn Elena Klee nicht in meinem Kopf erscheinen und mit abgespreiztem kleinen Finger Zigarillos rauchen würde. Schon wieder zähneknirschend stoße ich die Tür auf und renne fast zu meinem Zimmer, wobei ich wegen Koffer und Reisetasche unangenehm von links nach rechts schwanke. »Blödes Labyrinth«, fluche ich in die kühle Stille hinein.

Ich drehe den Schlüssel im Schloss und wuchte mein Gepäck auf das Bett. Dann gebe ich der Tür einen Tritt, setze mich neben meine Reisetasche und umarme sie ein bisschen, um mich nicht ganz so allein zu fühlen.

Herr Direktor Franssen darf ruhig noch ein wenig warten. Ich muss mich erst selbst wiederfinden. Ich esse einen dicken Karamellriegel, der ordentlich an den Zähnen klebt, und sprühe mich mit meinem Lieblingsparfüm ein, dann sprühe ich eine unsichtbare Grenze zwischen Elenas und meinem Teil des Zimmers. Der Geruch beruhigt mich und mein unruhiges Herz und lässt mich mir eingestehen: Ja, es ist ätzend hier, aber es ist immerhin keine

Zelle. Zumindest nicht im herkömmlichen Sinne. Ich überlebe das. *I will survive.*

Während ich Gloria Gaynors Lied summe, pinne ich die Fotos an die Wand. Karamell statt Zitronen-Salz-Geschmack, Rosenholzparfüm und die Fotos meiner besten Freunde retten mich aus meiner Starre. Ich packe meine Sachen aus und beschließe, erst mal duschen zu gehen. Zusammen mit jeglichem Körperschmutz will ich Elenas hässliche Sätze abspülen. Ich nehme mir Handtuch und Duschgel, greife noch schnell nach dem Schlüssel und mache mich auf die Suche. Die Duschen und Umkleidekabinen sind praktischerweise nur zwei Türen weiter. Ein bisschen Farbe wäre wohl zu viel des Guten, auch hier ist alles weiß.

»Warum so blass?«, murmele ich und stehe wenig später unter heißem Wasser, das mir in den Nacken plätschert. Ich könnte ewig duschen. Ich befinde mich in einer warmen Seifenblase, schließe die Augen, lausche nur den Tropfen, die über die Fliesen in den Abfluss rinnen. Dann finden meine Finger plötzlich Milas Kette. Oje, hoffentlich verfärbt die sich nicht hässlich, ich habe ganz vergessen, sie abzulegen.

Ich drehe das Wasser ab, obwohl mein Körper protestiert, suche nach einem Handtuch und wende das kleine Medaillon. Na, jetzt bin ich aber mal gespannt. »Impress me, sister«, flüstere ich, während das Wasser aus meinen vor Nässe schwarzen Haaren tropft. Vorsichtig öffne ich das Medaillon, ich rechne mit einem besonderen Schnappschuss oder einem Centstück. Aber ein kleines schwarzes Viereck fällt mir in die Hand. Kurz drehe ich es blöde lächelnd herum. Eine SIM-Karte. Wahrscheinlich meine. Ich schaue fragend in den Spiegel über dem Waschbecken – als ob mein gespiegeltes Ich mir mehr sagen könnte! Ich habe mein Handy abgegeben – mit SIM-Karte. Warum um Himmels willen halte ich sie dann jetzt zwischen Daumen und Zeigefinger?

Ja, natürlich! Die Karte war niemals in meinem Handy. Mila muss vorher gewusst haben, dass die Handys eingesammelt werden. Sie hat meine SIM-Karte gerettet. Jetzt muss ich mir also nur noch eines der eingesammelten Telefone zu eigen machen. Vergiss das Centstück! Das hier ist tausendmal besser.

Ich kann es mir nicht verkneifen, ein albernes »Wuhu!« entflieht mir. Ich springe mehrere Male in die Luft, umklammere mit nassen Händen die SIM-Karte und versuche, meine Zwillingsschwester telepathisch zu erreichen. Hundert Millionen I-love-Yous an Mila Wilden bitte. Ich werde das hier schaffen. Diese Zeit wird vorübergehen. Ich überlebe die Eiszeit.

3. KAPITEL

POLIERT

»Perfektion – die Vollkommenheit oder
die Vollendung von etwas, also etwas,
was sich nicht weiter verbessern lässt.«

WIKIPEDIA

A b, alles weg! Wir in Hellenwald legen Wert auf schlichte Eleganz«, sagt Elena Klee und macht eine abfällige Handbewegung.
»Und wenn nicht?«, frage ich, ohne sie anzusehen.

Elena Klee stellt sich direkt neben mich, legt einen Zeigefinger unter mein Kinn und schiebt es hoch, als wäre sie eine feine englische Großmutter, die nur Earl Grey trinkt. Ihre Gesichtszüge sind makellos. Sie lächelt mich an. Irgendwas in mir möchte dieses Lächeln erwidern, denn es ist einfach wunderbar und hübsch, aber ich trete mir gedanklich selbst gegen das Schienbein.

»Wenn nicht, wende ich mich mit Direktor Franssens Erlaubnis, zu dem du dich übrigens mal auf den Weg machen müsstest, an den Hausmeister und dann müssen deine Freunde in den Schredder. Wollen *wir* das?«

Eine Mischung aus Galle und Nervosität steigt in mir hoch, ich trete auf dem weißen Parkett von einem Bein auf das andere. »*Wir* sollten jetzt das Kleid lüpfen und gehen«, entgegne ich schließlich so selbstbewusst wie möglich mit einem Fingerzeig auf ihr Samtkleid.

»Ähnliches wirst du ebenfalls als Schuluniform tragen«, sagt Elena, dreht sich um sich selbst und präsentiert ihr Outfit. »Wenn mir als Vertrauensschülerin auch ein bisschen mehr Luxus vorbehalten ist.« Sie lächelt gönnerhaft, dann dreht sie sich zum Spiegel und trägt konzentriert dunkelroten Lippenstift auf.

Ich weiß, ich bin kindisch und unreif, aber ich kann mich nicht länger kontrollieren. Wütend presche ich auf sie zu, reiße ihr die Samtschleife aus den Haaren und schleudere sie auf den Boden.

Elena bleibt wie eingefroren stehen. Eine blutrote Lippenstiftlinie zieht sich waagerecht über ihr Gesicht. Sie sieht mir stumm in die Augen. »Direktor Franssen wartet«, sagt sie schließlich, bückt sich und hebt ihre Schleife auf. »Und kontrollier dich gefälligst,

Sofia Wilden.« Sie dreht sich zur Wand und reißt meine Fotos herunter. Eines bleibt an einer Reißzwecke hängen. Hannes' Macholächeln teilt sich in zwei Hälften.

Das Reißen schmerzt in meinen Ohren, aber auch unter meiner Haut. Ich würde gern auf Elena losgehen und sie gegen die Wand drücken. Warum eigentlich nicht? Ich mache einen Schritt in ihre Richtung. Fee im Lillifee-Kostüm landet vor meinen Füßen.

Elena sieht mir wachsam in die Augen. »Du sollst dich *beherrschen*. Nach Hellenwald gibt es nichts mehr.«

Ich warte einen Moment, dann drehe ich mich langsam um, gehe hinaus. Ich bemerke gar nicht, dass ich immer schneller gehe, bis ich renne, aber ich höre das Reißen immer noch.

Ich schaff es auch ohne meine Bilder. Ich hab ja die SIM-Karte, die nun wieder in meiner Kette ruht, die ich mir vorsorglich in meine Karobluse gesteckt habe, sodass sie niemand sieht und nach ihr fragen kann. Das Metall schmiegt sich an meine Haut. Nichts ist verloren. Das hier ist alles nur eine neue Herausforderung. Ich irre durch weiße Gänge und warte sehnsüchtig auf ein paar Wandkritzeleien, heiße Liebesschwüre oder ein »Ich war hier«.

»Speisesaal«, steht an einer schweren Tür und ich luge hinein. Hunger hätte ich auch langsam. Zwei lange, weiße Tische ziehen sich durch einen rechteckigen Raum. An der Rückwand führt eine Flügeltür zur Küche. Der Raum ist leer und es riecht kein bisschen nach gebratenem Hühnchen oder anderen wohltuenden Sachen. Kurz überlege ich, einen Abstecher zu machen und den Kühlschrank auszuräumen, aber nach einem Blick auf die Zeiger meiner vergoldeten Armbanduhr sehe ich ein, dass jede weitere Verspätung eine pure Unverschämtheit wäre. »Nach Hellenwald gibt es nichts mehr«, hat Elena gesagt.

Ich gehe zügig und entschlossen weiter und betrete einen neuen Trakt, in dem ich richtig zu sein scheine. Auf weißen Regalen stapeln sich Ordner und Schnellhefter, fein säuberlich alphabetisch sortiert. Direkt daneben hängt ein Türschild mit der Aufschrift »Direktor«. Ich lasse meine unruhigen Finger über die Ordner gleiten, ziehe meine Mundwinkel nach oben und klopfe.

Zwei Sekunden später öffnet sich die Tür. »Komm herein, Sofia.«
Ich fahre ein bisschen zusammen, aber dann grinse ich so breit
wie möglich und trete über die Schwelle. Nicolas Franssen deutet
sanft auf den Stuhl vor seinem Bürotisch. Ich setze mich, stütze
mich mit den Ellbogen auf der Schreibtischplatte aus Nussholz
ab und versuche, ihn nicht anzustarren. Angenehmerweise sind
hier mehr vollgestopfte Schränke als weiße Wände. »Cremer«,
»Dast«, »Daunerich«, lese ich.

»Schülerakten«, sagt Direktor Franssen freundlich.

Widerstrebend wende ich mich ihm zu. Ich bin unhöflich.
Normalerweise ist mir das egal. Seine Haut ist weiß, wie gepu-
dert, so weiß wie die meisten Wände hier, er könnte geradezu
mit ihnen verschmelzen. Seine blauen Augen sind freundlich,
seine Lippen aber einen Stich zu rot. Das an den Schläfen er-
grauende, hellblonde Haar umrahmt sein schmales Gesicht. Er
sieht auf eine angenehme Weise gut aus, sein Aussehen beruhigt
mich irgendwie und gleichzeitig auch nicht. Ich bin vollkommen
durcheinander.

Direktor Franssen legt seine Hand auf meine und erstaunlicherweise fange ich nicht an, mich zu winden. »Du wirst zurecht-
kommen, Sofia, du bist ein starkes Mädchen«, sagt er mit einem
Strahlen, das sanft und unaufdringlich ist.

In meinem Kopf entsteht das Bild eines französischen gepu-
derten Clowns mit aufgemalten Tränen. Nicolas Franssen erinnert vage an einen dieser Clowns und eigentlich ist das kein
gutes Zeichen, denn Clowns sind gruselig – vor allem dann, wenn
man sich bei *Youtube* mal den Mörderclown im Kinderzimmer
angeguckt hat, der sich als Puppe tarnt und die Babysitterin hinters Licht führt.

Ich schüttele den Kopf und zweifele an meiner Stabilität. Ich
bin verrückt geworden. Vielleicht bin ich ja doch richtig hier.
Direktor Franssen ist nett und beruhigend und ich vermute, dass
er eine Giftspritze in der Tasche hat.

»Hast du dir die Unterlagen durchgelesen, die dir Alessia
Johansson gegeben hat?«, fragt mich der Direktor freundlich.

Ich schüttele den Kopf und suche nach meinem Selbstbewusstsein. »Haben Sie etwas Wasser?«, krächze ich. »Ich glaube, ich glaube …«

Herr Franssen nickt sofort, steht auf, reicht mir einen Becher und schenkt mir aus einer Glasflasche Sprudelwasser ein. Erleichtert benetze ich meine Lippen, spüre das Prickeln auf meiner Zunge und komme wieder zu mir. Ich habe gar nicht bemerkt, wie schwindelig ich mich gefühlt habe und wie trocken mein Hals war.

»Ich habe es noch nicht gelesen, aber ich habe meine Sachen schon ausgepackt«, sage ich lächelnd und etwas ruhiger.

»Dein Stundenplan ist dabei«, meint Direktor Franssen und dreht die Mineralwasserflasche zu. »Du wirst dich hier wohlfühlen, man lebt sich ziemlich schnell ein. Ich hoffe, du findest etwas im Programm, das dich interessiert. Warte, ich schaue mal eben in deine Unterlagen, du hast noch ein paar Wahlfächer.«

Er rollt mit seinem Stuhl zum Schrank und zieht einen grünen »Wilden«-Ordner hervor. »Noch ganz leer«, erklärt er lächelnd. »Aber das füllen wir ganz schnell mit guten Zeugnissen und Nachweisen über andere Leistungen, nicht wahr?«

»Ich glaube nicht, dass ich der Typ bin, der Wohltätigkeitsauktionen organisiert«, sage ich.

Direktor Franssen zwinkert mir zu und breitet ein paar Papiere vor mir aus. »Also … wo möchtest du deinen Schwerpunkt haben? Naturwissenschaftlich oder sprachlich? Hattest du Französisch oder Latein?«

»Latein, leider, ich bereue es jeden Tag aufs Neue«, sage ich gelassen. »Wenn ich könnte, würde ich 'ne Zeitreise machen und Cicero 'ne Gehirnwäsche verpassen. Er soll von mir aus alles sein, bloß nicht die Ursache meiner Sechser-Übersetzungen. Warum hätte er nicht Friseur oder Postbote oder was auch immer sein können?«

»Marcus Tullius Cicero vom Paketdienst hier«, sagt Direktor Franssen lächelnd. Es überrascht mich, dass er so angenehm und entspannt ist. Ausgerechnet der Direktor des Eliteknasts. »Also dein Schwerpunkt ist naturwissenschaftlich?«

Ich kichere verlegen. »Okay, jetzt wird es wirklich peinlich, in Physik bin ich noch schlechter als in Latein. Dafür habe ich gute Noten in Deutsch und Englisch und auch Spanisch ist richtig cool! Ich glaube, es gibt nichts Schlimmeres als Latein oder Physik ... Moment, Kunst vielleicht! Unser Lehrer ist abnormal, kennen Sie das, wenn sie jemandem die Augen auskratzen und die Zähne ausschlagen wollen?«

Direktor Franssen sieht mich an und für eine knappe Sekunde verdunkelt sich sein Blick.

Ich zucke zusammen. »Vergessen Sie es, ich ... neige zu solchen Ausbrüchen«, sage ich.

Direktor Franssen verharrt kurz, nimmt sich den goldenen Kuli aus der Brusttasche seines seidenen Hemdes und kritzelt kurz in meiner Akte herum. Dann blickt er auf und lächelt wieder entspannt. »Sei unbesorgt, ich petze bestimmt nicht«, sagt er. »Prima, ein Schwerpunkt auf Sprachen also. Den Rest kannst du ankreuzen und mir ins Fach legen. Bei jeglichen Fragen melde dich einfach. Übermorgen hast du übrigens eine Drogenberatungsstunde.«

Ich ziehe die Stirn kraus. Er muss mich verwechseln. »Ich bin clean«, sage ich verdutzt. »Ich weiß, dass Elena Klee mal abhängig von Crystal war, aber ich habe nie auch nur gekifft.«

»Es ist leider ein Standardtermin. Arbeite ihn einfach ab. Ein knappes Gespräch mit Herrn Stauber und fertig. Ich glaube dir natürlich, du bist zu aufgeweckt, um abhängig zu sein.«

Ich bin immer noch etwas irritiert, bemühe mich aber, es mir nicht anmerken zu lassen. »Alles klar ...«, murmele ich und verschränke die Arme vor der Brust.

»Oh, mach dir keine Sorgen«, entgegnet Direktor Franssen, steht auf und stellt meinen Ordner zurück an seinen Platz.

»Tu ich nicht«, erwidere ich schnell.

»Ich meine deinen knurrenden Magen. Es gibt Essen. Mach dich auf den Weg.«

Ich lege den Kopf schief und spüre der schmerzhaften Leere in meinem Bauch nach. Essen. Ja, sehr gute Idee. Ich fühle mich, als ob ich einen hungrigen Löwen verschluckt hätte. Manche Leute verzehren sich nach Liebe, ich verzehre mich gerade nach einer anständigen Mahlzeit. Das soll nicht heißen, dass es keine Menschen in meinem Leben gibt, die ich liebe, ich hab's nur einfach nicht so mit Gefühlsduselei. Normalerweise.

»Ja, ich gehe jetzt essen«, sage ich und stehe nun ebenfalls auf. Direktor Franssen reicht mir seine glatte, puderweiße Hand. »Ich freue mich, dich hier zu haben, Sofia.«

»Auf Wiedersehen«, sage ich höflich, dann gehe ich hinaus und schließe die Tür.

Kaum bin ich draußen, frage ich mich, warum ich um Himmels willen anfangen musste, meine Lebensgeschichte zu erzählen. Immer noch sind die Gänge menschenleer. Sollte ich feststellen, dass ich auf einer Viermannschule bin, raste ich aus. Ich schlängele mich zurück zur Empfangshalle und steuere erst auf die falsche Tür zu. Als ich es merke, mache ich kehrt, stolpere ein bisschen über meine eigenen Füße und befinde mich schließlich vor dem Speisesaal, der mit ungefähr 150 Schülern gefüllt ist. Diese plötzliche Dichte von Menschen lässt mich erst einmal blinzeln. Langsam und vorsichtig stoße ich die Tür auf und gehe auf Zehenspitzen hinein. Die Tür fällt hinter mir ins Schloss. Es ist unnatürlich still im Speisesaal. Ich spüre ein albernes Ziehen in mir, eine Kraft, die mich wieder aus dem Raum herauszerren will.

Nach unserem Umzug im zweiten Schuljahr sind Mila und ich in eine neue Klasse gekommen. Zwanzig neugierige, skandalsüchtige Augenpaare haben sich am ersten Tag auf uns gerichtet. Ich bin mutig und tapfer vorausgestampft, während Mila vollkommen ruhig geblieben ist. Ich habe von unseren Kaninchen, meiner Lieblingsschokoladensorte und meinen *Harry Potter*-Postern erzählt und war innerhalb einer halben Stunde das neue Schulidol. Aber das hier ist was anderes. Niemand guckt mich an.

Ausnahmslos jeder beugt sich über seinen Teller und löffelt farblose Suppe. Manche Schüler sehen so aus, als ob sie sich unterhalten, aber sie tun es so leise, dass in meinen Ohren nicht einmal ein Flüstern ankommt. Aber dass man mich nicht wahrnimmt, ist

53

nicht das Schlimmste. Das Schlimmste ist, dass jeder in diesem Raum so aussieht wie Elena. Sie sind alle atemberaubend schön.

Ich bleibe stehen, kann mich keinen Zentimeter bewegen. Mir ist gleichzeitig nasskalt und unangenehm feuchtwarm. In meinem Bauch spüre ich immer noch dieses hohle Gefühl. Niemand beachtet mich. Ich existiere gar nicht. Ich würde mir gern ein Loch in den Boden buddeln und mich selbst begraben. Die hundertfünfzigfache Portion schwanenhafter Eleganz und schneekalter Kühle schlägt mir aufs Gemüt.

Die Schüler haben glattes, glänzendes Haar. Ihre Augen funkeln in den Farben von Edelsteinen und ihre goldenen Haare umrahmen ihre makellosen Gesichter. In jedes ist ein Lächeln gemeißelt. Und jeder hat einen sorgfältig gekämmten Pony, der in samtigen Fransen über die Stirn fällt. Niemand lacht, niemand klappert mit dem Besteck und wenn sich die Schüler durch den Raum bewegen und sich in die Schlange am Büfett einreihen, machen sie keine Geräusche. Nicht einmal ihre Schritte sind zu hören.

Ich schlucke. Es ist unmöglich, auch nur einen Meter weiterzugehen. Die Atmosphäre ist gläsern, kristallen, ich suche nach irgendeiner Erklärung. Wie kann das sein? Das sind Straftäter. Solche Menschen haben Narben im Gesicht und nikotingelbe Zähne, ihre Rastalocken sind verfilzt und ihre Schulterblätter tätowiert. Sie schmatzen und rülpsen beim Essen und ihr heiseres, bellendes Lachen ist so durchdringend, als würde es aus einem Lautsprecher kommen. Aber diese Schüler sind geschliffene Diamanten. Allesamt. Außer mir.

Ich wirke deplatziert. In meiner Jeans mit dem Loch im linken Knie, durch das eine verkrustete Wunde zu sehen ist, die ich mir bei einem nächtlichen Trip zum Schwimmbad zugezogen habe. In meinen Haaren sind hässliche Spuren roter Strähnchen und ich habe schon seit Monaten diesen blöden Schnupfen, weswegen ich immer ein bisschen näsele. Bis jetzt hat mich das alles nicht gestört. Bis jetzt.

Ich muss mich bewegen. Ich kann nicht für immer hier stehen bleiben. Schweren Herzens schleppe ich mich ganz ans Ende eines langen, weißen Tisches und lasse mich auf einen Stuhl fallen. Das schwarzhaarige Mädchen neben mir sieht mich nicht an. Sein Profil ist wie gemalt und seine Wimpern werfen Schatten auf die braune Haut. Ich gehöre eindeutig nicht dazu, dabei würde ich es gerade so verdammt gern, auch wenn es lächerlich klingt.

»Hi«, sage ich zögerlich zu dem Mädchen.

Es dreht sich zu mir herum. »Hallo, Sofia Wilden, willkommen in Hellenwald«, sagt es mit perlweißem Lächeln, dann steht es auf und verlässt den Raum.

Mein Kopf tut weh und ich höre meinen pochenden Puls. Ich hab mich lange nicht mehr so einsam gefühlt. Langsam gehe ich zum Büfett, obwohl mein Magen sich inzwischen seltsam taub anfühlt. Mechanisch nehme ich mir ein weißes Tablett und einen Teller Spargelcremesuppe. Die weißen Bankreihen sehen aus wie Seziertische. Ich will nach Hause. Ein trockenes Schluchzen entflieht meinen Lippen. Ich versuche, meinen Suppenteller gerade zu halten, und stoße dabei mit dem Ellbogen an den Rücken eines großen Jungen mit schimmernden braunen Haaren. Ich stolpere wieder einmal über meine eigenen Füße, der Teller rutscht von meinem Tablett und zerspringt auf dem Boden in hundert weiße Mosaikstückchen. Benommen bleibe ich stehen und starre auf meine roten Chucks inmitten der Scherben.

Der Junge dreht sich nicht um, sondern geht einfach weiter und häuft ein bisschen Möhrensalat auf seinem ansonsten leeren Teller auf. Bestürzt und den Tränen nahe beginne ich, die Scherben aufzusammeln. Sie schneiden in meine Handfläche und fühlen sich an wie kleine Nadeln, aber ich muss irgendetwas tun, nur um nicht nichts zu tun. Verdammt. Die Neonbeleuchtung blendet mich. Mein grünes Auge beginnt zu jucken. Ich versuche, es mit einer Hand abzuschirmen, und sammele mit der anderen Hand die Scherben auf.

Die Schüler gehen einfach an mir vorbei, als wäre ich so etwas Nebensächliches wie eine Parkuhr. Nur ein Mädchen bleibt neben mir stehen. Es hat Besen und Kehrblech in der Hand. Rostrote Locken umrahmen sein rotwangiges Gesicht. Es schiebt mich sanft, aber bestimmt zur Seite, kehrt die Scherben gleichmütig auf und lässt sie dann in einen Mülleimer rieseln.

Ich tippe dem Mädchen an die Schulter und flüstere: »Danke.«

»Ich wünsche dir einen angenehmen ersten Tag, Sofia Wilden. Wenn du dich am Glas geschnitten hast, wende dich bitte an die Krankenschwester.«

Damit entfernt sich das Mädchen. Ich starre ihm nach, weil ich nicht weiß, was ich sonst tun soll. Der Junge, den ich angestoßen habe, verlässt mit zwei anderen hochgewachsenen Jungen ebenfalls den Speisesaal. Er hat mich nicht mal angeguckt. Sie gehen elegant, wie in Zeitlupe, als wären sie Teil eines Mercedes-Werbespots. Dann schlägt die Tür zu und die drei Jungen, jeder in einen dunklen Anzug gekleidet, sind verschwunden.

Und ich bin allein, inmitten geschliffener Diamanten ungeschliffen und zerkratzt.

4. KAPITEL

WAHNHAFT

»Das Leben ist wie eine
Schachtel Pralinen,
man weiß nie,
was man bekommt.«

FORREST GUMP

Der Vollmond ist so weiß wie die Wand, von der meine Bilder abgerissen wurden. Ich liege im Bett, Arme und Beine von mir gestreckt, in meiner Jeans und meiner Karobluse. Ich starre mit weit geöffneten Augen an die Decke und weigere mich, dem Brennen nachzugeben und zu blinzeln.

Elena Klee schläft schon seit zwei Stunden. Sie schläft lautlos, aber das war auch nicht anders zu erwarten. Alles, was ich von ihr sehen kann, ist ihr dunkelbrauner Haarschopf. Ich würde mich so freuen, wenn sie schnarchen, mit den Zähnen knirschen oder sabbern würde. Im Schlaf reden, das wäre der Hammer. Ich würde es aufnehmen und als meinen Klingelton einstellen.

In meinem pochenden Kopf ziehen immer wieder Bilder von makellosen Massen vorbei. Warum sind sie alle so schön und so anders als ich? Oder sind es gar nicht sie – bin ich vielleicht einfach nur ungewöhnlich? Bin ich so stachelig und verkratert, dass ich alle anderen hier als Schönheitsgötter wahrnehme?

Ich muss mit Mila reden. Sie wird mir sagen, dass ich zu den Männern mit den weißen Kitteln gehen soll. Sie wird mir sagen, dass ich paranoid bin oder ADHS habe. Sie wird einen Wasserhahn aufdrehen und kühlen Spott über mir ausgießen – und genau das brauche ich. Ich brauche ein kleines sarkastisches Stimmchen, das meine verzerrte Wahrnehmung wieder richtig hinzieht. Und dann wird Mila mir sagen, dass sie mich liebt und dass ich ihre beste Freundin bin, was ich ebenfalls brauche, auch wenn ich mir oft und gern einrede, vollkommen unabhängig von den Meinungen anderer zu sein.

Ich setze mich aufrecht hin und überprüfe, ob das Fenster offen ist, aber dem ist nicht so. Ich werde mir jetzt sofort ein Handy besorgen. Wie weiß ich zwar noch nicht, aber darum kümmere ich mich dann, wenn es so weit ist. Irgendwie werde ich mich schon in ein Büro oder Ähnliches schleichen können. Ich streife mir meine Lieblingsstrümpfe über und tapse dann langsam Richtung Tür. Meinen Blick habe ich fest auf Elenas dunkle Haare gerichtet. Es ist saumäßig kalt. Kein Wunder, wenn ich morgen eine Hals- oder Blasenentzündung hätte. Hellenwald verdient den Namen »Arktis« wirklich.

Gerade als ich meinen Kopf zur Tür drehen will, durchfährt mich ein spitzer, unangenehmer Schmerz. Ich beiße mir fest auf die Lippe, um nicht loszufluchen. Vollkommen orientierungslos bin ich gegen die Kante von Elenas Schrank getaumelt und das mit einem Wumms, als wäre ein Komet eingeschlagen. Alles klar, Elena wird aufwachen und sich gegen den nächtlichen Eindringling bewaffnen, ich kann direkt wieder ins Bett gehen. Atemlos und nervös bleibe ich stehen, warte darauf, dass sie sich umdreht und mit ihrem lolliroten Mund fragt: »Was haben wir denn für ein nächtliches Rendezvous?«

Aber das tut sie nicht. Ihr Körper bleibt bewegungslos liegen, während Sekunden der Stille verstreichen. Gut für mich, dass sie auf Engelswölkchen ruht. Lächelnd drehe ich mich um und gehe rasch hinaus. Die Tür schließt sich mit einem leisen Klicken. »Sehr gut, Elena Klee, schwebe in diamantenen Träumen und hoffe, dass dir dabei kein Crystal begegnet«, kichere ich und gehe ich auf leisen Sohlen den dunklen Flur entlang.

Ich habe immer noch keine Ahnung, wie ich mir ein Handy besorgen kann. Aber egal, ich zettele eine Revolution an – und das am allerersten Tag. Vielleicht bekomme ich sogar ein paar Schönlinge dazu, sich mir anzuschließen. Fußabdrücke schwarzer Motorradstiefel an der blanken Decke – wie wär's?

Ich drücke die Glastür vorsichtig auf, indem ich meine Finger fest an sie presse, und winde mich durch den winzigen Spalt, der sich auftut. Ich bemühe mich, die Tür aufzufangen, bevor sie ins Schloss fällt – vergeblich. Das gesamte Treppenhaus vibriert kurz und die Haare in meinem Nacken richten sich auf. Hastig laufe ich geradeaus weiter in einen anderen Trakt. Diesmal gelingt es mir, ich schleiche durch die Tür und schließe sie so sanft wie möglich. Es ist dunkel. Ich kann die Umrisse meiner Hände nur erkennen, weil durch ein weit entferntes Fenster sahneweißes Vollmondlicht fällt. Ich höre nichts. Es ist geradezu beängstigend ruhig und dieser Gang wirkt wie das Spiegelbild des anderen, den ich eben erst verlassen habe.

Kurz stelle ich mir vor, in einer Parallelwelt gelandet zu sein. Und vielleicht wäre das gar nicht schlimm. Wenn die Schüler dann alle ranzig und unmotiviert wären – prima! Dann wäre dieser Gang auch nicht leer, sondern voller Menschen, alle durch eins vereint: das Kiffen. Ich kenne sie durchaus, diese Menschengrüppchen, die sich glückselig um die Wasserpfeife versammeln und einen verbotenen Glanz auf ihren Lippen haben, sich fühlen, als könnten sie die Unendlichkeit spüren. Aber hier in Hellenwald kifft man nicht, man tanzt lieber das *Schwanensee*-Ballett.

Ich schüttele mich mit einer Mischung aus Unverständnis und Verachtung und gehe weiter den Gang entlang. Dann schält sich etwas Blasses aus der Dunkelheit. Mein Herz macht einen Satz. Ich gefriere zu Eis und starre mit großen Augen hin.

»Hallo?«, murmele ich. »Ich will nur mal aufs Klo …«

Das Gegenüber antwortet nicht.

Langsam und zögerlich mache ich einen Schritt zurück, während mein Blick sich allmählich schärft. Das ist … na, klasse, eine dieser bescheuerten Statuen. War bestimmt eine Sammelbestellung. Die blinden Augen fixieren mich ungerührt. Steinerne Locken umrahmen das makellose Porzellangesicht. Genauso makellos wie die Gesichter der Schüler. Ich knurre unzufrieden.

Plötzlich höre ich sanfte, tödliche Schritte auf der Treppe. Nur die Tür trennt sie von diesem Trakt. Ich fahre herum, Adrenalin schießt durch meine Adern. Ein sehr bewusstes und zielstrebiges Klackern hat nun den Treppenabsatz erreicht und steuert auf die Tür zu.

Ich schüttele mich mit größter Mühe aus meiner Schockstarre, drücke die nächstbeste Türklinke herunter, stürze in das Zimmer und schlage die Tür hinter mir zu. Mein Atem geht viel zu schnell, während meine Blicke durch den aufgeräumten Raum fliegen, der sich kaum von Elenas und meinem unterscheidet. In dem linken Bett liegt ein großer Junge mit langen schwarzen Locken. Ich kann sein Gesicht nicht sehen, da er es in seinem Kissen vergräbt. Er schlummert seelenruhig und hat meine Ankunft eindeutig verpasst. Das andere Bett ist … leer.

Verwirrt starre ich auf das glatte, weiße Laken, als würde sich dort gerade ein Gespenst in die Luft erheben. Mein Puls dröhnt in meinen Ohren und der Vollmond blendet.

Die Tür zum Jungentrakt wird geöffnet und die Schritte kommen näher. Eine Schweißperle rollt mir in den Kragen meiner Bluse, während ich zappelnd und zitternd ein paar unnütze Schritte mache.

Dann verstehe ich. Das Bett ist leer. Jemand ist ungehorsam und verweigert den Schlaf. Und wenn man mich hier findet, dann ist er sicher auch dran. Aber will ich das? Will ich die winzige Chance ersticken, auf jemanden zu treffen, der sich nicht an die Regeln hält?

Mit einem gequälten Lächeln drehe ich mich um, drücke die Türklinke und laufe den Schritten entgegen. Für diese Tat hab ich von dem Typen mit dem leeren Bett echt einen Orden verdient. Schützend umklammere ich meine Schultern und bleibe stehen, als die Silhouette eines Menschen sichtbar wird. Ich kneife die Augen zusammen, um etwas erkennen zu können. Die Schuhe klackern sanft auf mich zu.

»Hallo«, sage ich schluckend. »Es tut mir leid, ich weiß, dass ich im Bett sein sollte …«

Die Person reagiert nicht. Ungefähr zwei Meter vor mir bleibt sie stehen, sie lächelt. »Sofia Wilden.« Das Vollmondlicht wirft harte Schatten auf ihr Gesicht und lässt es irgendwie wächsern aussehen, wie eine schmelzende Kerze.

»Hi«, sage ich zögerlich. »Es tut mir *wirklich* leid.«

Nach einem plötzlichen, blitzschnellen Schritt steht die Frau an meiner Seite und umklammert fest und unnachgiebig mein linkes Handgelenk. Ihr Griff ist eisern, obwohl sie eher zierlich wirkt. Ihre Augen sind so dunkel wie die Nacht und ihr Haar ist von einem glatten, makellosen Fahlblond.

»Aaah, das tut weh!«, beschwere ich mich.

Die Frau umschließt auch mein zweites Handgelenk. Sie hat Hände wie Stahlfesseln. »Du gehst jetzt sofort ins Bett, Sofia Wilden«, sagt sie mit sehr süßer, weicher Stimme. »Erinner dich: Nach Hellenwald gibt es nichts mehr.« Sie stößt mir ihr spitzes Knie in den Oberschenkel. Wütend und verwirrt versuche ich, mich aus ihrem Griff zu lösen, doch sie schiebt mich ungerührt über den Flur.

»Geh ins Bett, Sofia Wilden. Geh sofort ins Bett«, wiederholt sie und stößt mich mithilfe ihrer Ellbogen durch den Mädchentrakt bis vor meine Zimmertür. Dort lässt sie kurz von mir ab, nur um mich dann an die Wand zu pressen. »Wir dulden das hier nicht, verstehst du das?«

Es bereitet mir ziemliches Unbehagen, hilflos vor einem Porzellanpüppchen zu stehen.

»Verstehst du das?« Ihre Blicke durchbohren mich, ihr Atem ist kalt und süß wie Limonade.

Ich nicke schließlich, wenn ich mich auch selbst dafür hasse. Die Frau lässt von mir ab und stößt mich in Elenas und mein Zimmer zurück.

»Wer sind Sie?«, keuche ich. »Wer sind Sie?«

Einen kurzen Moment lang erklingt nur die Stille der Nacht in meinen Ohren. Dann erhebt die zierliche Frau ihre Stimme: »Wachpersonal.« Damit schließt sie die Tür und lässt mich allein mit meiner Verwirrung und meinem pochenden Herzen.

Wie kann das sein? Wachpersonal? So etwas passt zu einem Knast. Aber warum wurden dann stämmige, kräftige Männer durch kaltsüße Elfen ersetzt, gegen die ich mich nicht wehren kann?

Als ich am nächsten Tag die Augen aufschlage, bin ich überzeugt, keine Sekunde geschlafen zu haben. Und sofort trifft mich ein Schlag. Zwei Zentimeter von meinem Gesicht befinden sich zwei große, überirdisch blaue Augen.

»Aaah, um Gottes willen!«, schreie ich auf und rutsche hastig an die Wand zurück, während ich die Bettdecke zwischen mich und Elena Klee schiebe.

»Guten Morgen, Sofia Wilden, ich hoffe, du hast gut geschlafen«, sagt sie fast lächelnd.

»Willkommen bei der LTU, ich hoffe, Sie haben einen angenehmen Flug«, imitiere ich ihren Ton und ihren Gesichtsausdruck.

Elena lässt das unbeantwortet.

Ich werfe einen Blick auf meinen kleeblattförmigen Wecker, das einzige Stück, das diesem kalten Raum ein bisschen Leben schenkt. Es ist halb sechs. »Bist du irre?«, schnaube ich.

Elena tut so, als wäre sie die Einzige, die an unserem Gespräch teilnimmt, und geht weiterhin nicht auf mich ein. Ihre Haare fallen schwer und dunkel über ihre Schultern, ihre karamellfarbene Haut glänzt und sie trägt ein hellgraues, luftiges Kleid, das sich an ihre perfekten Kurven schmiegt. Es ist halb sechs und sie ist schon die Schönste im ganzen Land. Ich hasse sie aufrichtig. Denn ich habe sicher verquollene Augen, verwuscheltes Haar und vertrocknete Mundwinkel. Wo ist mein Spiegel?

Elena Klee deutet ein feines Lächeln an, als würde sie mir sagen wollen, dass ich ja auch nichts für meine Unvollkommenheit könne. »Um halb sechs stehen wir auf«, teilt sie mir mit glatter Stimme mit. »Deine Schuluniform hängt in deinem Schrank. Von sechs bis sieben gibt es Frühstück, um halb acht beginnt der Unterricht. Das steht allerdings alles in deinen Papieren, du hättest die nur lesen müssen.« Sie blinzelt süßlich. »Deine Drogenberatungsstunde wurde übrigens vorverlegt. Herr Stauber hat morgen leider keine Zeit, ist heute aber für dich da. Punkt drei Uhr.«

Ich sehe sie genervt an. Sie soll um Gottes willen aufhören, mir einen Vortrag zu halten. Ich kann sie mir nicht länger angucken – nicht mit dem Wissen, dass alle außer mir so schön sind wie sie.

»Los, raus hier, raus, raus, raus!«, sage ich, springe aus meinem Bett, taumele ein bisschen und schiebe sie dann aus unserem Zimmer. Erstaunlicherweise gehorcht sie.

Mit bis zum Haaransatz hochgezogenen Augenbrauen schließe ich die Tür, warte kurz und zucke schließlich mit den Schultern. Dann wende ich mich meinem Schrank zu, atme tief durch und versuche zu ignorieren, dass ich einen weiteren Tag als Ente unter Schwänen verbringen werde.

Und ich habe immer noch kein Handy. Allmählich muss ich mir was ausdenken. Mein Kopf tut weh vor lauter Verwirrung. Diese Frau gestern war so unglaublich eigenartig. Hübsch, sicher, mit eisernen Händen. Und wie konnte sie so verdammt schnell bei mir sein? Sie hat mich aufgespürt, als wäre ich ein Stück Fleisch. Sie ist ein schön maskierter Bluthund.

»Ach, Mann!« Ich schlage gegen den Schrank und zerre meine Schuluniform heraus. Sie sieht genauso aus wie die der anderen Schülerinnen. Vielleicht verwandelt sie mich ja auch in einen Schwan. Mit mäßiger Hoffnung ziehe ich mir den dunklen Wollpullover über den Kopf und schlüpfe in den blauen Faltenrock, dann drehe ich mich zum Spiegel. Meine Haare stehen von meinem Kopf ab, als hätte ich sie an einem Ballon gerieben. Ich habe violette Schatten unter den Augen, die augenblicklich die Frage aufwerfen, ob ich frisch verprügelt wurde, Vampir bin oder doch nur suizidgefährdet. Ich sehe echt hässlich aus. »Wer ist die Schönste im ganzen Land?«, kotze ich den Spiegel an, dann drehe ich mich abrupt um und mache mich auf den Weg zum Frühstück.

Zum Frühstück gibt es Dinkelbrot, Butter, Schinken und Spiegelei. Ich sitze wieder ganz am Ende eines langen Seziertisches und schneide meinen Schinken in jämmerliche Stückchen. Wie gestern beim Abendessen nehmen mich die anderen Schüler gar nicht wahr. Alle essen gleichförmig in Stille, das Auffälligste sind ein Junge und ein Mädchen, die sich gerade auf den Weg zum Unterricht machen. Er hält ihre makellose Hand mit blassen Pianistenfingern. Sie ist das Mädchen mit den rostroten Locken, das mir beim Aufsammeln der Scherben behilflich war. Auch ihn habe ich schon mal gesehen – gestern, schlafend, als ich in sein Zimmer geflüchtet bin. Seine Haare sind so lockig wie ihre und umrahmen sein Gesicht. Er legt einen Arm um ihre Taille und drückt seine

Lippen auf ihre. Sie lächelt, während er sie küsst, und schlingt ihre blassen, grazilen Arme um seinen Hals. Ihre Arme sind fast durchscheinend und durchzogen von winzigen blauen Adern. Ihr Kuss wirkt einstudiert wie ein Tanz. Normalerweise möchte ich Pärchen immer mit irgendetwas beschmeißen, zum Beispiel mit dem Spiegelei auf meinem Teller, weil sie so glücklich und sorglos aussehen, aber dieses Pärchen lässt mich seltsamerweise kalt. Sie sind überhaupt nicht romantisch. Weder das Mädchen noch der Junge atmen nach dem Kuss schneller, weil es so aufregend war. Sie läuft nicht vor Verlegenheit rot an, weil sämtliche Leute ihnen zugucken könnten. *Könnten.* Zuguckt hat keiner außer mir. Und er verfällt auch nicht in die übliche Sie-gehört-mir-Pose, Brust raus, Kinn nach oben, während er den Raum nach männlichen Konkurrenten durchsucht.

»Lass uns gehen, Nina«, sagt der Junge mit samtiger Stimme zu seiner Freundin und sucht nach ihrer Hand.

»Wir müssen noch auf Samuel warten«, entgegnet Nina fein und kühl. »Das weißt du doch, Jasper.«

Die beiden schönen Jugendlichen verharren vor der weißen Wand, als würden sie gleich für ein Shooting abgelichtet werden.

Ich sehe wieder auf meinen Teller, überhäuft von in Butter gewälzten Schinkenstückchen. Ich kann nicht essen. Mein Magen sieht das zwar anders, aber mein Kopf sagt mir, ich kann unmöglich mit diesen eigenartigen, glänzenden Vorzeigeschülern frühstücken. Schließlich nehme ich mir eine Scheibe trockenes Dinkelbrot und verlasse damit den Speisesaal. Bis der Unterricht beginnt, stelle ich mich neben eine Statue und rede mit ihr: »Ich heiße Sofia. Hi, übrigens. Ich will hier nicht sein. Ich dachte zuerst, Hellenwald wäre eine Gruft voller Penner, Junkies und Schlägerbräuten. Ich dachte, ich müsste mich dauerhaft in ein Eckchen verkrümeln, um nicht Opfer eines Psychos zu werden. Ich dachte, ich würde am Zigarettenqualm in den Fluren ersticken und immer wieder über leere Spritzen stolpern. Ich dachte, der glänzende Prospekt wäre nur Schein. Aber dem ist nicht so. Das hier ist ein Schloss aus Eis. Ich warte darauf, dass die makellosen Mauern zusammenfallen. Außerdem vermisse ich meine Schwester. Und Hannes und Fee. Ich vermisse meine Fotos und die morgendlichen Croissants mit weißer Schoki vom Bäcker. Ich vermisse es sogar, mit Mila vor dem Badezimmerspiegel zu rangeln, weil wir ihn beide für uns allein haben wollen. Ich hasse es hier.«

Die Statue antwortet nicht.

»Kannst mich mal«, zische ich.

»Sofia Wilden?«, fragt Elena mit typischer Honigstimme.

»Elena Klee?«, imitiere ich ihren Tonfall.

Sie steht lächelnd neben mir. »Komm mit, ich bringe dich zu deinem Geschichtskurs. Dann bist du nicht so allein.« Ihr Tonfall ist freundlich und unschuldig, jeglicher verräterischer Glanz in ihren Augen ist nicht mehr vorhanden. Sie sieht aus wie die beste Freundin, die man sich wünschen kann, und hält mir ihre Hand hin. Aber sie sieht eben nur so aus.

Ich gehe an ihrer ausgestreckten Hand vorbei zum Klassenzimmer. Elena Klee verharrt kurz, dann pustet sie die Haare aus ihrer Stirn, strahlt einmal ins Leere und geht. Die meisten Schüler sitzen auf ihren Plätzen. Sie müssen an mir vorbeigegangen sein, während ich mit der Statue geredet habe. Ich presse meine Unterlagen an meinen Bauch und fröstele. Wo soll ich mich hinsetzen? Auch wenn ich es mir nur ungern eingestehe, ich werde allein sitzen. Allein sein heißt allein sitzen. Beim Essen, beim Unterricht, in der Pause. Ich habe mein Leben lang neben Mila in der letzten Reihe gesessen und angefangen, ihr die Haare zu flechten, wenn mir langweilig wurde. Ich schlucke, mein Magen knurrt, weil nicht mehr drin ist als die klägliche Brotscheibe. Was jetzt?

Wie beim Essen ist es vollkommen still, ich sehne mich so sehr nach hysterischem Mädchenlachen und Jungs, die verbotenerweise im Klassenraum Fußball spielen, dass mein Bauch wehtut.

Ein Mädchen mit Pixie-Cut schreibt säuberliche Zeilen auf ihren Collegeblock. Ich schaue mich hilflos um und erkenne Ninas Freund Jasper, der allein auf der Fensterbank sitzt und Musik hört. Das öffnet sofort mein Herz. Ich stiefele langsam auf ihn zu, während ich mir selbst einrede, dass ich nur mutig sein muss. Das wird schon gut gehen. Wenn man mir nicht ansieht, wie unsicher ich bin, klappt das. Ausstrahlung ist alles. Ich bleibe lächelnd vor Jasper stehen. Er hat sehr weiche Gesichtszüge. Noch scheint er mich nicht bemerkt zu haben, sein Blick ist auf seinen iPod geheftet. Würde er jetzt noch eine Footballjacke tragen, ich würde ihn für Hannes' Bruder halten. Ich muss mir einfach einreden, dass er Hannes ist.

»Hey, na?!«, sage ich möglichst locker und rede einfach mal drauflos, das mach ich ansonsten ja auch so. »Also tut mir leid, dass ich dich anquatsche. Ich weiß, du hast 'ne Freundin, aber irgendwie komm ich mir so blöd vor, wenn ich hier allein rumstehe. Du erinnerst mich an meinen besten Freund, der sieht genauso aus, wenn er auf seinen iPod starrt, richtig lustig ist das. Dann denken immer alle, dass er schläft, weil man nur seine Wimpern sieht. Du bist Jasper, nicht wahr?« Ich warte kurz, ein schmerzliches Lächeln auf den Lippen.

Jasper schaut nun auf, seine Iris ist so dunkel, dass sie seine Pupillen fast verschluckt. Ich hätte nicht gedacht, dass es Hannes in noch schönerer Version gibt. Das hier ist Hannes 2.0.

»Warum sprichst du mit mir?«, fragt Jasper mit melodischer Stimme, die sich sehr von der meines besten Freundes unterscheidet. »Hast du einen besonderen Grund dafür?«

Ich laufe rot an und brauche zwei Sekunden, ehe ich ihm antworten kann. »Ich … ähm … wollte eigentlich nur nett sein, oder so?«, sage ich zögerlich und presse mir die Handflächen auf die heißen Wangen. Komm schon, Sofia. Auch ein Junge, der eine männliche Version von Schneewittchen ist, verschlägt dir nicht die Sprache. »Ist Arroganz hier typisch?«, frage ich schließlich. »Geht sie einher mit glitschigem Charme und geföhnten Locken? Schafft man sich so etwas an, wenn man nicht will, dass man sein Leben lang der Junge bleibt, der mal nackt und vollkommen high im Rinnstein lag?« Mein Atem geht schneller.

Jasper nimmt sich noch nicht mal die Ohrstöpsel raus. »Ich verstehe nicht, wieso ich mit dir reden sollte«, wiederholt er und wendet den Blick ab.

Ich bleibe stehen, immer noch ein elendes Lächeln auf den Lippen, dann drehe ich mich langsam um und setze mich an ein leeres Pult. An der Tafel steht eine sehr große, schlanke Lehrerin. Niemand hier hat eine verfluchte Zahnspange. Ich umklammere mit beiden Händen die Tischplatte und bemühe mich, meiner neuen Geschichtslehrerin zuzuhören. Sie stellt sich als Frau Jordan vor. Ihr weißes Lächeln tut in meinen Augen weh. Ich schaffe das nicht. Ich schaffe es niemals hierzubleiben.

Frau Jordan kommt auf mich zu und hält mir anmutig ihre Hand hin. Erschöpft ergreife ich sie, als könnte sie mich aus einem reißenden Fluss retten.

»Herzlich willkommen, Sofia Wilden. Ich hoffe, dir gefällt es auf deiner neuen Schule, und ich hoffe, ich werde dir ein bisschen etwas über die Historie dieser fantastischen Welt beibringen können. Sofia ist neu, ihr werdet ihr sicherlich alle eure Schokoladenseite zeigen, oder?«

»Sicher, Frau Jordan«, sagen mehrere Glasstimmen.

Jasper hat sich inzwischen hingesetzt und hört selbstverständlich keine Musik mehr. Er sieht mich nicht mehr an.

»Beginnen wir mit dem Unterricht. Wo haben wir aufgehört?«

Ich war bis eben nicht der Meinung, dass mich noch irgendetwas schockieren könnte. Aber ich lag falsch. Zwanzig Finger schießen wie Raketen in die Luft. Der einundzwanzigste Finger gehört mir und liegt regungslos auf dem Tisch.

Frau Jordan wirkt nicht so, als ob sie die Motivation der Klasse beeindrucken würde. »Lennart, bitte!«, sagt sie sanft, während ich mich ernsthaft frage, ob ich nicht einfach nur noch aus dem Fenster springen sollte. Leider sind wir im Erdgeschoss.

Lennart erhebt sich. »Wir haben über das Jahr 1789 und seine Bedeutung für die Französische Revolution gesprochen. 1789 begann ein gigantischer Umwälzungsprozess in Frankreich. Das Parlament wendete sich gegen die konstitutionelle Monarchie, die städtische Bevölkerung erhob sich gegen die Herrschaftsorgane und die Bauern revoltierten gegen die Feudalherren. Noch mehr?« Er streicht sich die Ärmel seines Jacketts zurecht und lächelt Frau Jordan an.

»Das reicht vorerst. Danke, Lennart, sehr gut, wie immer.«
Lennart nickt ihr zu und setzt sich wieder. Ich starre dem Jungen auf den Rücken. Was war *das* denn? Ich kaue kopfschüttelnd auf meiner Lippe herum. Wie kann so was sein?

»Womit wurde die Revolution eingeleitet?«, fragt Frau Jordan und schreibt die Jahreszahl groß an die Tafel. »Ja, Nina?«

Sie steht auf. »Mit der Einberufung der Generalstände«, antwortet sie und ich recke verzweifelt den Hals, um verbotene Notizen unter ihrem Pult zu finden.

»Danke, sehr gut«, sagt Frau Jordan lächelnd. Ich lege meine Arme auf den Tisch und bette meinen Kopf auf ihnen. Ich will weg von hier, ganz, ganz weit weg, egal wohin. Ich kann das nicht.

»Sofia, was weißt du über das Jahr 1789?«, fragt meine Geschichtslehrerin und steht plötzlich neben mir. Sie riecht nach Sahne und Honig.

Ich will nicht aufsehen, ich will nicht in 21 vollkommene Gesichter schauen, deren Besitzer mich wegen mangelnder Schönheit und fehlenden Allgemeinwissens bemitleiden. Es fühlt sich an, als hätte sich ein Vogel in mein Herz gekrallt.

»Sofia Wilden, hast du mich nicht verstanden?«, fragt Frau Jordan in einem gütigen Tonfall.

Ich hebe den Kopf und sehe meine Lehrerin an. »1789«, murmele ich. »1789. Französische Revolution. War das nicht mit Marie Antoinette? Hat die nicht gesagt, das Volk soll Kuchen essen? Und sie hatte immer so Sahnetortenkleider an. Ich bin mal zu Karneval als Marie Antoinette gegangen, aber das ... interessiert vermutlich keinen.«

Der Blick meiner Lehrerin ist gleichgültig, mein Nacken juckt und ich reiße meine Nägel darüber. Allmählich juckt es überall, weil ich so nervös werde, ich muss hier raus, ich bin hier falsch. Ich habe keine Ahnung vom Jahr 1789.

Schließlich wendet sich Frau Jordan ab, sie nimmt einen anderen Schüler dran, der sich ebenfalls erhebt. Sie sind alle Wissenschaftler und ich fühle mich wie das letzte Blondchen. Ich habe mich in meinem Leben noch nie so blöd gefühlt.

»Entschuldigen Sie, mir ist schlecht«, werfe ich in den Raum und bereue es augenblicklich wieder. Ich habe mich nicht gemeldet. Das kommt der Apokalypse gleich. Zu Hause wäre mir das so was von egal. Wenn Hannes, Fee und Mila hier wären, würde ich die Beine auf das Pult legen, mit den Fingern schnipsen und das Ganze mit einem »Wenn ihr sowieso die ganze Zeit steht, dürfen wir eure Stühle dann auch noch haben?« kommentieren.

Frau Jordan mustert mich. »Geh ruhig«, sagt sie schließlich und wendet sich der Tafel zu.

»Janine?«, fragt sie und die nächste Schülerin beginnt zu dozieren.

Ich bin also entlassen? So schnell? Ich sehe mich kurz um, dann nehme ich mir meine Sachen und haste aus dem Klassenzimmer. Kaum bin ich draußen, lehne ich mich an den Türrahmen und schlucke wegen des bitteren Geschmacks in meinem Mund. Es ist so grässlich hier. Ich presse mir die Daumen an die Schläfen und massiere sie. Dann atme ich tief durch. Im nächsten Moment drohe ich zu hyperventilieren, also entferne ich mich ein paar Schritte vom Klassenzimmer, dann gleite ich an der weißen Wand herunter, mache mich so klein wie möglich und umschlinge meine Knie. Beruhigend wippe ich nach vorn und nach hinten, schließe die Augen und stelle mir die Wände schöner vor, als sie jetzt sind. Ich schmücke sie in Gedanken. Ich sprühe große, helle Buchstaben an die Wand. In Karmesinrot, in Türkisblau, in Knallviolett. Ich sprühe Botschaften: »Nobody is perfect – and I am nobody«, »Menschlich sein heißt unvollkommen sein«, »Schwächen machen sympathisch«. Ich werfe Luftballons mit Farbe an die Wand und sehe der Farbe beim Heruntertropfen zu. Bunte Tränen. Leuchtende, funkelnde Feuerwerkstränen. Ich tunke meine Finger in einen großen, blauen Farbtopf und male eine Friedenstaube. Komm runter, S, erklingt Milas Stimme in meinem Kopf. Peace.

Dann öffne ich die Augen langsam wieder, die weiße Wand ist so kalt und unberührt wie vorher. Ich stehe auf, ich gehe den Flur entlang, ich weiß nicht wohin, ich hab verdammt noch mal keine Ahnung, aber ich geh einfach weiter bis zur Tür, die in die Eingangshalle führt. Hinter dem Tresen steht Alessia, einen altmodischen Telefonhörer an ihr Ohr drückend. Ich beobachte sie durch das dicke Glas hindurch, wie sie ohne ein Lächeln das Telefonat führt und auf hohen Hacken hin und her läuft. Sie sind überall. Ich drehe mich langsam um und gehe zurück zum Unterricht. Ich hab ja doch keine Wahl.

Alle Unterrichtsstunden laufen nach dem gleichen Schema ab. Die Schüler sind geradezu allwissend, das Ganze ist eher ein Gespräch, ich habe nicht das Gefühl, dass noch irgendjemand etwas lernen muss. Ich sitze brav auf meinem Stuhl, bohre meinen Stift ins Papier und bemühe mich, solche Dinge wie mein Marie-Antoinette-Kleid nicht noch mal zu erwähnen. Wenn eine der Lehrkräfte mich fragt, gebe ich jedes Mal ein klägliches »'Tschuldigung, das haben wir noch nicht durchgenommen« von mir. Es ist ziemlich erniedrigend.

Ich meine, ich habe die Diskussionen im Englischunterricht geliebt, ich wurde immer für meine akzentfreie Aussprache gelobt. In Deutsch wurden meine Analysen regelmäßig vorgelesen. In Spanisch war ich sogar so beliebt, dass meine Spanischlehrerin mir mit einem Augenzwinkern angeboten hat, mich zu adoptieren. Vielleicht hätte ich das Angebot annehmen sollen, dann wäre ich jetzt nicht hier. Denn hier bin ich einfach nur miserabel und verstehe zum ersten Mal in meinem Leben, wie es sich anfühlt, die Dümmste im Raum zu sein. Ich bin nicht nur die Dümmste, ich bin auch die Unattraktivste, die Unreifste und die Geschmackloseste.

Nach der letzten Stunde sprinte ich aus dem Klassenzimmer, gratuliere mir, das alles durchgestanden zu haben, und bin als Erste im Speisesaal. Mein Mittagessen nehme ich mir mit aufs Zimmer. Ich vergrabe mich mit dem Spinatauflauf unter meiner Bettdecke. Normalerweise hätte ich mich über Spinat beklagt und

71

ihn unauffällig in den Topf zurückgeschmissen, aber Gott, was ist hier noch normal? Missmutig stochere ich in den grünen Blättern und bin wirklich überrascht, dass ich noch zusammenzucke, als Elena plötzlich vor mir steht.

»In den Zimmern darf nicht gespeist werden«, sagt sie lächelnd, nimmt mir meinen Teller weg und geht damit hinaus.

Ich halte Gabel und Messer in die Luft und schaue an die Stelle, wo eben noch mein Essen war. »Behalt es einfach, Elena Klee. Ich hoffe, dass du davon brechen musst«, flüstere ich und wünsche mir sehnlichst, ich hätte noch einen Karamellriegel.

Ich schaue auf meine Uhr. In zehn Minuten habe ich meine Drogenberatung. Ich werde also zu Adam Stauber gehen, ihm erklären, dass Schokolade meine Droge ist, und vielleicht redet er ja dann noch ein bisschen mit mir, damit ich nicht ganz so erbärmlich allein bin.

Ich schnäuze mich und muss anschließend heftig niesen. Na klasse, jetzt zeige ich auch noch Krankheitssymptome. Mein Kopf dröhnt, als hätte ich mit Hochprozentigem im Blut bis vier Uhr morgens getanzt, und ein leichtes Ziehen in meinem Unterleib kündigt meine Regel an. Es ist wirklich so, man sollte nie glauben, dass man den Abgrund erreicht hat. Es wird immer noch schlimmer. Fee meinte mal, nach der dunkelsten Stunde würde immer der Morgen kommen, aber der ist echt nicht in Sicht.

Ein Blick in den Spiegel stimmt mich noch depressiver. Ich sehe einfach nur verquollen aus. »Mama, hol mich hier raus«, wimmere ich und kann nicht glauben, dass ich das gerade tue. Ich straffe die Schultern und ermahne mich zur Disziplin.

Ich zwirbele meine unstylishe Haarflut zu einem hohen Dutt zusammen und stolziere möglichst selbstbewusst aus dem Zimmer zum Treppenhaus. Nachdem ich die Treppe raufgegangen bin und eine weitere, zentnerschwere Tür passiert habe, stehe ich in einem fensterlosen Gang. Die Trostlosigkeit des ersten Stockwerks wird hier noch getoppt. Nicht einmal Engelsstatuen schmücken die endlos scheinenden Gänge. Ich bin mir nicht sicher, ob ich diesen Flur wirklich betreten möchte, denn vielleicht finde ich nachher nicht mehr zurück. Ich sollte das alles schnell hinter mich bringen und meine paranoiden Wahnvorstellungen anschließend bei einem sonnigen Waldspaziergang abbauen. Hätte nicht gedacht, dass Spazieren für mich zum Highlight werden könnte.

Ich gehe auf leisen Sohlen über den Linoleumboden und bewege mich dabei wie ein Einbrecher. Als ich Adam Staubers Büro erreiche, bleibe ich stehen und lehne mich an die Wand gegenüber der Tür. Es heißt, er wird mich hereinbitten. Nervös klopfe ich mit meinen Fingerspitzen die Wand ab. Ich fummele ein paar Haarsträhnen aus meinem Dutt, nur um ihn dann neu zu drehen. Nach einer gefühlten Ewigkeit und doch viel zu früh öffnet sich die Tür.

»Sofia Wilden? Adam Stauber. Du hast heute einen Termin bei mir.«

Mein erster Gedanke ist: Abgefahren! Mein zweiter: Bitte nicht! Adam Stauber ist der geborene Stummfilm-Darsteller, mit einem weißen Zahncremelächeln und blasser, reiner Haut. Ich bleibe stehen, erfüllt von einer seltsamen Mischung aus Nervosität, Verwirrung und Unbehagen. Meine Füße kleben am Fußboden fest. Ich würde mir gern die Augen zuhalten, stopfe meine Hände dann aber doch nur in die Taschen meines Rocks.

»Komm rein, Sofia«, sagt Adam Stauber mit viel zu sanfter Stimme und legt seine Hand auf meine Schulter. Er manövriert mich durch die Tür und wenig später sitze ich auf einem Zahnarztstuhl. Entgeistert starre ich Adam Stauber an und ziehe meine Knie schützend an meine Brust. Seine Hände sehen aus wie große, blasse Reptilien. Er lächelt, es ist ein Lächeln, das seine Augen nicht erreicht. Sie sind stumpf und glanzlos. Ich glaub, ich drehe gleich durch. Ich brauch mal eine kurze Pause.

»Ich muss mal aufs Klo, mir geht's ganz mies, okay?«, rufe ich hastig aus und überrasche mich selbst mit meinem schnellen Sprung aus dem Stuhl.

Adam Stauber steht blitzschnell neben mir und gibt mir einen kräftigen Stoß. Ich stolpere gegen den Lederstuhl. Er rückt seine Brille zurecht. »Wie früh hast du angefangen, Drogen zu nehmen,

Sofia?« Seine Stimme hat eine unheimliche Melodie angenommen. »War es auf einer Party?«

Was redet er für einen Schwachsinn? Ich hab eine zu große Klappe, das weiß ich ja, aber ich bin sauber. Ich habe nie auch nur daran gedacht, Pillen zu schlucken, um meine Sorgen und Nöte zu beseitigen. Ich dachte, die Drogenberatung wäre Routine, ich dachte, er wüsste, dass ich damit nichts zu tun habe.

Aus einem Reflex heraus sprinte ich einmal quer durch den Raum und presse mich mit dem Rücken an eine der weißen Wände. Ich brauche Sicherheit, etwas Festes, Unnachgiebiges, das ich spüren kann. »Ich nehme keine Drogen!«, fauche ich. »Noch nie gemacht! Und ich will hier sofort raus!« Kalter Schweiß läuft mir den Rücken herunter. Ich presse meine Handflächen an die Wand. »Sofort!«, wiederhole ich, während Adam Stauber seltsam bewegungslos dasteht und mich nur aus ungerührten Augen anschaut.

»Entspann dich, Sofia«, sagt eine samtige Stimme und die Wand hinter mir fällt ein. Es ist eine Tür. Ich habe mich an eine weiße Tür gelehnt, die kaum von der Wand zu unterscheiden war.

Vor mir steht ein hochgewachsener Mann mit veilchenblauen Augen und einem Lächeln auf den Lippen. Seine Hände sind groß und sanft und ich werde augenblicklich etwas ruhiger. Dieser Mann sieht sehr gut und sehr angenehm aus, auch wenn er zu alt für mich ist. Seine flachsblonden Haare hängen ihm in weichen Locken in die Stirn.

Ich lächele. Ja, ich bin einfach nur verrückt geworden und er hilft mir jetzt über meine Panikattacke hinweg. Alles wird wieder gut. Es wäre schön, wenn er eine Footballjacke tragen würde, die nach Hannes riecht, das würde mich beruhigen. Aber er trägt ... einen weißen Kittel. Und in seiner Hand befindet sich ... eine Spritze.

»Du kannst mich Matthias nennen«, sagt er mit geübtem Sonnenscheinlächeln und plötzlich ist Milas Stimme in meinem Kopf. Sie bahnt sich wie eine Lanze einen Weg durch meine Gedanken: Hier läuft etwas gewaltig schief. Wenn du da rauskommen willst, verstell dich. Spiel ihnen was vor. Irgendwas.

Matthias beugt sich nach vorne, die Nadel der Spritze blitzt im Neonlicht auf, das von einer Lampe oberhalb des Stuhls kommt und sich gleichmäßig im Raum ausbreitet.

Ich sprinte in die Mitte des Raums, stehe jetzt zwischen Adam Stauber und Matthias. Was tun? Was vortäuschen? Will ich überhaupt was vortäuschen? Ich denke, ich kann Matthias vertrauen, seine Augen sehen aus wie der Lavendel auf einer Sommerwiese …

Stopp! Ich niese.

»Ich komm später noch mal wieder, ich fühl mich ganz furchtbar krank. Ich hab diesen ätzenden Schnupfen, irre Kopfschmerzen und jetzt krieg ich auch noch meine Regel«, während ich spreche, werde ich ruhiger. Meine eigene Stimme erfüllt mich mit Gelassenheit. »Ich sehe ein, dass die Drogenberatung zur Routine gehört und dass Sie keine Ausnahmen machen, aber ich muss gleich brechen.«

Und das stimmt, mir ist dermaßen schlecht vor Entsetzen und Erschöpfung, dass ich schon einen sauersüßen Geschmack auf der Zunge habe.

Herr Stauber und Matthias rühren sich nicht, sie stehen regungslos in dem weißen Raum, als müssten sie sich den nächsten Spielzug überlegen. Ich beginne zu würgen, jegliche Gelassenheit löst sich wieder auf, ich bin schweißnass und verklebt und kaputt.

Aber was mache ich hier eigentlich? Warum tue ich so, als ob ich gleich auf die Folterbank müsste? Als würde man mich gleich lebendig verbrennen oder mich vergasen? Bin ich absolut bescheuert geworden? Matthias ist doch so süß und freundlich und Herr Stauber sieht zugegebenermaßen ein bisschen heavy aus, aber deswegen habe ich noch lange nicht das Recht, ihn zu behandeln, als wäre er ein Serienmörder. Ich schlucke und atme tief durch, huste zweimal und sehe dann zu Adam Stauber.

»Wir verschieben das, Sofia Wilden«, sagt er sanft und freundlich und ist plötzlich wieder in seinem Element. »Bis zum nächsten Mal. Melde dich, wenn es dir besser geht.« Er öffnet mir die Tür zum Flur und schiebt mich sachte hinaus.

Bewegungslos stehe ich auf dem Gang. Mein Kopf droht zu zerspringen und ich weiß nicht mehr, was Wahrheit und was Illusion ist.

»Es tut mir leid für dich, dass es dir nicht gut geht, Sofia«, sagt Elena Klee und legt mir ein feuchtes Handtuch in den Schoß.

»Danke«, murmele ich. Ich bin es leid, die einzige Person wegzustoßen, die sich um mich bemüht – auch wenn ich immer noch das Gefühl habe, dass sie mich trotz ihrer Bemühungen überhaupt nicht mag. Was wiederum ein totales Paradoxon ist. Ich lege mir den kalten Lappen auf die Stirn und seufze leise.

Als sie mich schließlich fragt, ob ich ihr und ihren Freundinnen beim Tennisspielen zugucken möchte, raffe ich mich auf und folge ihr. Wir gehen zum Speisesaal. Am Büfetttisch steht eine große, weiße Schale mit Obstsalat. Das schwarzhaarige Mädchen, das gestern neben mir saß, löffelt sich vorsichtig einige Stücke Apfel auf ein Tellerchen.

»Hallo, Serafina«, sagt Elena höflich, aber distanziert, nimmt sich eine Schale und bedient sich ebenfalls.

»Hallo, Elena, ich habe gehört, eure Ballettproben sind so gut wie vorbei. Wirst du uns bei der Aufführung alle begeistern?«

»Das werde ich«, sagt Elena lächelnd. In ihrer Stimme ist keine Spur von Überheblichkeit oder Arroganz zu hören. Sie stellt es einfach nur fest. »Ich freue mich auf deine musikalischen Leistungen, Serafina.«

Serafina lächelt und winkt zum Abschied. Ich nehme ebenfalls etwas Obst und stecke mir eine Kirsche in den Mund. Noch immer weiß ich nicht, was gerade passiert ist. Ich erinnere mich an Angst und ein entsetzliches Bauchgefühl und daran, dass ich mich gefragt habe, ob ich verrückt geworden bin. Der hübsche Matthias, der gruselige Adam Stauber, der Zahnarztstuhl, der Kittel und die Spritze. Eine Beratungsstunde ist doch eigentlich nur ein Gespräch. Was hatten die vor? Hatten sie überhaupt etwas vor?

Ich muss mit Mila reden, sie muss mir helfen und mir sagen, was hier geschieht. Ich brauche eine Meinung und zwar von jemandem ohne samtige Ponyfransen und Porzellanhaut. Und da wäre ich wieder bei meinem eigentlichen Problem: Wo ist mein Handy? Ich brauche einen funktionierenden Plan, wenn ich rausfinden will, wo sie die Dinger aufbewahren, und nicht wieder dem »Wachpersonal« über den Weg laufen möchte. Ich muss etwas tun. Sonst drehe ich durch. Ich darf mich nicht der blinden Panik hingeben und muss an meine Vernunft appellieren.

Ich schüttele mich kurz, nehme ein Pfirsichstück von meinem Teller und folge Elena aufs Schulgelände. Wir gehen an mehreren Schönlingen vorbei, die sich allesamt mit einem eleganten Schwung bewegen, der mir vollkommen fremd ist. Ich halte kurz inne, wende mich dann aber schnell ab und muss Elena ein Stück hinterherrennen. Wir überqueren die gepflegte, geruchlose Wiese und gehen an dem Pavillon vorbei. Er ist hübsch, als wäre er aus einem Märchen hierhergebracht worden, hat ein hellrosa Dach und blassgelbe Seitenwände. Die Kuppel wird von winzigen romanischen Säulen gestützt.

Ich bin schon wieder stehen geblieben und muss mich abermals beeilen, um Elena folgen zu können. Wir gehen um das Schulgebäude herum und stehen schon mitten auf den Tennisplätzen. Drei Mädchen lehnen am Netz und scheinen zu warten. Sie tragen kurze, hellgraue Stoffröcke und dunkelgrüne, mit einem H bestickte Sporttops. Auch Elena steht in einem solchen Dress neben mir, es ist mir bis jetzt nur nicht ins Auge gefallen.

»Hallo, Elena! Hallo, Sofia!«, sagt das linke Mädchen. Die rostroten Locken sind zu einem hohen Zopf geflochten. Es ist Nina. »Ich freue mich auf ein gutes Match und ich hoffe, du erholst dich bald, Sofia.« Sie zwinkert mir freundlich zu. Ich muss abermals feststellen, dass die Schülerinnen aus Hellenwald Herzen im Sturm erobern können – wenn sie einem nur die geringste Aufmerksamkeit schenken.

Auch die anderen beiden Mädchen lächeln uns zu und stellen sich als Jette und Vio vor. Etwas ist anders. Ich bin mir aber nicht sicher was.

»Ich setze mich an den Rand und schaue euch zu«, sage ich schließlich zu Nina und versuche, ebenfalls zu lächeln. Nina grinst, dann bückt sie sich und hebt einen silberroten Schläger vom Boden. »Los, meine Mädchen, lasst uns spielen!«

Und dann sehe ich, was richtiger Spitzensport ist. Die Oberschenkel von Elena und den anderen sind stählern, absolut getrimmt. Die Mädchen benehmen sich einerseits wie gute Freundinnen, aber andererseits sind sie wahnsinnig ehrgeizig, wollen unbedingt gewinnen. Ihre Gesichter sind kein bisschen erhitzt, sie haben dunkelrote Lippen und perfekt sitzendes Haar, als hätten sie fünf Stunden in der Maske gesessen. Vio spielt die besten Aufschläge. Jette kriegt jeden Ball, auch wenn man schwören würde, dass der Punkt schon verloren ist. Elena ist schnell, man sieht in jedem ihrer Schritte das Balletttraining, und wenn sie sich dreht, sieht es aus, als tanze sie gerade den *Schwanensee*. Nina hält sich eher im Hintergrund, spielt aber ebenfalls sehr gut.

Nach nicht allzu langer Zeit kribbelt es in meinen Fingern. Ich hätte gern selbst einen Schläger. Ich stehe von der Bank auf und nähere mich dem Spielfeld. Ich versuche zu ignorieren, dass es seit fünf Minuten keinen einzigen Punkt für eines der beiden Teams gegeben hat. Der Ball hat den Boden nicht berührt. Ich beschließe, bis zum nächsten Punkt zu warten, stemme die Hände in die Hüften und schaue über das Spielfeld hinweg zum Wald.

Die Abendsonne ist von einem unschuldigen Rosa. Sie strahlt über die hellgrünen Golfplätze und die Baumkronen hinweg. Das Gelände sieht niedlich aus, wenn man mal von den hohen Zäunen absieht, die die Plätze vom Wald abgrenzen. Doch dann konzentriere ich mich genau auf sie. Sie sehen ein wenig so aus, als ob sie die Sonne stechen wollen. Und wieder wird mir kalt. Wieder stehe ich eingefroren da und sehe abwechselnd von Adam Stauber zu Matthias. Matthias hält die Spritze verborgen in seiner gebräunten Hand. Es funktioniert nicht, ich kann es nicht ausschalten, auch wenn ich verdammt gern würde. Ich stehe mit einem Bein auf dem Boden der Tatsachen, das andere baumelt über einem Abgrund, in dem nichts als Panik auf mich wartet. Und immer wenn ich drohe abzustürzen, knotet mein Verstand ein Netz und holt mich wieder zurück.

Die eingesammelten Handys müssen sich irgendwo befinden. Vielleicht ... sehr wahrscheinlich sogar beim Direktor. Ihm einen Besuch abzustatten wäre sicher ein guter Anfang. Dann muss ich Nicolas Franssen nur noch aus seinem Büro herauslocken, damit ich in seinen Schubladen wühlen kann.

»Sofia, möchtest du vielleicht mal für mich spielen?« Jette steht vor mir und hält mir strahlend ihren Schläger hin. »Ich bin ziemlich fertig.«

Das glaube ich ihr nicht. Ihr marmornes Gesicht ist entspannt und ihr Atem geht gleichmäßig.

Trotzdem grinse ich, nehme ihr den Schläger ab und ihren Platz ein.

Vio steht hinter mir und spielt einen perfekten Aufschlag. Es scheint fast, als ob der Ball immer in derselben Kurve über das Netz fliegt. Nina weicht etwas zurück, nimmt den Ball an und spielt ihn locker zu mir herüber. Ich reagiere schnell, hole aus, und habe endlich so etwas wie Glück in meinen Adern, als ich fühlen kann, wie der Schläger auf den Ball trifft. Erleichtert spiele ich ihn zu Elena hinüber.

»Super«, sagt Vio hinter mir. »Echt schön, Sofia.«

Ich weiß übrigens jetzt, was anders ist: Sie nennen mich Sofia, nicht Sofia Wilden, auch wenn ich nicht weiß warum.

Und dann schaffe ich es endlich, meinen Kopf, der sich wie von Säure zerfressen anfühlt, auszuschalten. Ich konzentriere mich nur noch auf den Ball und folge ihm mit schnellen Schritten und Sprüngen. Ab und zu blitzt ein perfektes Lächeln am Rande meines Blickfelds auf, ab und zu höre ich ein Kompliment, aber wirklich scharf nehme ich nur die kleine gelbe Kugel wahr. Mir ist heiß, ich spüre den Schweiß auf meinem Rücken und in meinen Haaren. Ich trage unbequemerweise Jeans und ein Haargummi fehlt mir auch, aber es ist mir egal. Gerade, jetzt in diesem Moment, geht es mir gut.

»Perfekt, Sofia!«, ruft Vio.

Nein, nicht perfekt. Aber glücklich, zumindest für ein paar Minuten. Ich fahre herum, wirbele ein bisschen im Wind umher, hole aus und schleudere den Ball zu Elena hinüber. Sie bleibt stehen. Der Ball kullert wie ein Osterei über den Boden.

»Hey!«, mache ich empört.

»Der war so schön, den Punkt hast du dir verdient«, sagt sie lächelnd.

Ich überlege, ob ich auf einer Wiederholung beharren soll, und drehe mich grübelnd um mich selbst. Der Sonnenuntergang ist herrlich rosagolden. Ich atme die Abendluft ein, sie ist frisch wie das Meer. Tief inhaliere ich die Luft, lasse mich kurz fallen. Elena, Vio, Nina und Jette stehen hinter mir, ich bilde mir ein, dass wir Freundinnen werden können, dass solche Matches zu unserem täglichen Programm gehören und wir danach eine heiße Schokolade mit Zimt trinken gehen könnten. Und dann sehe ich *ihn* zum allerersten Mal.

5. KAPITEL

SMARAGDGRÜN

»Liebe heißt, dass wir uns dem anderen
ganz ohne Garantie ausliefern.«

ERICH FROMM

Es gibt Momente im Leben, in denen alles stillsteht. Es entsteht eine Lücke in den Gedanken. Ein tiefgefrorener Augenblick. Ich stehe vor einem mir völlig fremden Jungen, den Kopf in den Nacken gelegt, weil er so groß ist, und kann mir nicht vorstellen, jemals wieder etwas anderes zu tun, als ihn anzuschauen. Elena, Nina, Jette und Vio verschwimmen zu einer funkelnden Masse. Hinter dem Jungen steht noch jemand, aber auch der ist für mich irgendwie durchsichtig.

Er ist schön. Er hat große, smaragdgrüne Augen. Sein Gesicht ist kantig, sein Lächeln aber trotzdem weich. Ich strecke unwillkürlich die Hand aus, um ihm das goldbraune Haar aus dem Gesicht zu streichen, verharre kurz und lasse meine Hand dann wieder sinken. Er hat lange Wimpern, die im Sonnenlicht glitzern, und ebenmäßige, mandelbraune Haut. Aber es ist nicht nur das. Es ist auch sein Blick, der mir direkt unter die Haut und ins Herz geht, es ist auch sein Lächeln, versonnen und sinnlich. Irgendwie möchte ich seine Hand nehmen und ihn mitziehen, irgendwohin, wo ich mich fallen lassen kann und … Moment.

Mein Verhalten strotzt nur so vor mädchenhafter Naivität, Schamlosigkeit und Aufdringlichkeit. Ich habe Mädchen, die sich so verhalten wie ich gerade, immer ausgelacht. Ich habe solche Mädchen beiseite genommen und ihnen gesagt, dass Hannes die Hypnose-Tour von Kaa aus dem *Dschungelbuch* oft genug erlebt hat. Und jetzt tue ich genau das Gleiche: Ich starre einen Typen an. Mein Herz klopft viel zu schnell, mein Blut rauscht in meinen Ohren und mein Hals ist mit Schmirgelpapier ausgelegt. »Hm.« Ich räuspere mich. Nicht mehr lange und ich drücke meine Nasenspitze genüsslich an seinen Hals.

»Hi«, sage ich schließlich und gehe einen Schritt zurück.

Hinter dem fremden Jungen steht Jasper. Nina geht ihm entgegen und schmiegt sich mit einem kühlen Lächeln an seine Schulter. »Schön dich zu sehen, Süßer«, sagt sie, legt ihre Hand an seine Wange und gibt ihm einen vollkommenen Kuss auf den Mund. »Sofia?«, sie dreht sich zu mir um. »Das ist mein Freund Jasper, und sein bester Freund Samuel. Kurz Jas und Sam.« Sie zwinkert mir zu und drückt sich an Jaspers Rücken, nicht ohne ihre Arme von hinten um seinen Nacken zu legen.

»Hallo, Sofia Wilden«, sagt Samuel ausdruckslos. Das Abendsonnenlicht tanzt auf seinen Haaren.

Es juckt sofort wieder in meinen Fingern, ich mache ein paar winzige Schritte auf ihn zu. Samuel sieht erst verwirrt aus, dann weicht er genauso viele Schritte zurück, wie ich vorangegangen bin. Er lächelt nicht. Sein Gesichtsausdruck ist leer. Der Kragen seines Schuluniformhemdes wölbt sich sachte in der sanften Brise. Elena, Jette und Vio stellen sich zu uns in den Kreis, während ich immer noch unfähig bin, mich von Samuel abzuwenden.

»Gibt es irgendein Problem?«, fragt Samuel schließlich. Seine Stimme hat eine Eisschicht. Ich brauche ein bisschen, bevor ich verstehe, dass er mich meint. Denn er sieht mich nicht an, während er mit mir spricht.

»Nein, gar nicht«, antworte ich mit kratziger Stimme. »Überhaupt nicht.«

Ich verstehe nicht, woher dieses überwältigende Bedürfnis kommt, in seine Arme zu flüchten. Er strahlt Sicherheit aus, ein tröstliches, süßes Zuhause, und hat dennoch Abenteueraugen. Aber wie kann ich so etwas empfinden, wenn er vollkommen unbeteiligt wirkt?

»Lass uns reingehen, es gibt jetzt Abendessen«, kündigt Elena an und sammelt die Tennisschläger ein.

Nina löst sich von Jasper und geht los, nicht ohne an seinem Ärmel zu zupfen. Ein eindeutiges Signal, dass er ihr folgen soll. Jasper gehorcht und läuft ihr nach. Auch Jette und Vio machen sich auf den Weg. Und Samuel wendet sich ebenfalls zum Gehen.

Aber er soll nicht gehen. Ich möchte noch ein bisschen in seine Augen gucken, mehr nicht. Einmal möchte ich seine Haare berühren. »Warte kurz«, setze ich ohne nachzudenken an, laufe schnell auf ihn zu und lege ihm eine Hand auf die Schulter.

»Was ist denn?«, fragt er.

»Ich ... weiß auch nicht genau, was ich möchte«, sage ich entschuldigend und erröte.

Sofia Wilden, flüstert eine entsetzte Stimme in meinem Kopf, was tust du? Bist du irre geworden? Du bist noch nie einem Jungen hinterhergelaufen. Mein Leben lang war ich die scharfzüngige, gefährliche Diva. Ich habe mit Jungs gespielt wie mit Karten. »Herzdame«, hat Hannes mich getauft. »Herzbrecher«, habe ich gekontert.

»Wenn du es nicht genau weißt, kannst du hier noch ein bisschen darüber nachdenken, aber möglichst ohne mich«, sagt Samuel immer noch vollkommen ausdruckslos.

Ich kann den Funken in seinen Smaragdaugen zwar nicht sehen, ich kann ihn aber spüren. Ich lege ihm auch meine andere Hand auf die Schulter, obwohl ich überhaupt nicht weiß, was ich damit bezwecken will. Dann nähere ich mich ihm langsam, vorsichtig.

Er beobachtet mich zwei Sekunden, dann stößt er mich weg. »Bitte unterlass so etwas. Du reizt mich leider gar nicht. Lass mich bitte in Ruhe, Kontakt ist eher unerwünscht.« Die Worte, die aus seinem Mund kommen, passen überhaupt nicht zu seinen Augen.

Ich bleibe stehen, ich will noch nicht gehen und er soll mich nicht allein lassen. »Hey!«, rufe ich aus, während Samuel Jasper und den anderen nachläuft. Er dreht sich nicht um. Ich blinzele.

Es ist inzwischen fast dunkel. Und Samuel ist verschwunden. Ich bin ein Psycho. Um Gottes willen, was habe ich gerade getan?

»Das tut mir echt leid!«, schreie ich in die menschenleere Nacht. »Eigentlich bin ich überhaupt kein anhängliches Hündchen! In echt bin ich viel cooler! Aber unverschämt find ich dich schon, das hätte man auch netter sagen können. Jawohl, du denkst, du bist ein ganz cooler Kühlschrank, aber das bist du nicht! Wetten,

du brichst massenhaft Herzen und es ist dir egal? Wetten ...«
Ich höre auf, schlucke und starre mit hämmerndem Puls in die
Dunkelheit. Alles in mir drin ist smaragdgrün und dafür hasse ich
mich aufrichtig.

Ich kann nicht schlafen. Unfassbar, aber ich wälze mich hin und
her und starre schon wieder an die Decke. Elena schlummert
abermals auf einem perfekt geformten Wölkchen.
   »Bist du noch wach?«, versuche ich mich trotzdem an nächt-
licher Conversation.
   Nichts.
   Ich seufze und setze mich mit dem Rücken an die Wand. Es ist
irgendwie verständlich, dass mir für so banale Sachen wie Schlaf
gerade die Geduld fehlt. Ich bin vollkommen damit beschäftigt,
eine Gerichtsverhandlung in meinem Kopf auszutragen, wo ich
Angeklagter, Staatsanwalt und Verteidiger zugleich bin. Der
Staatsanwalt spöttelt darüber, dass die Herzdame ihr Herz verloren hat. Der Verteidiger brabbelt etwas von: »Niemals!« und
die Angeklagte schaut mit großen Augen hin und her. Du bist
schizophren, murmelt eine Stimme in meinem Kopf und diese
Aussage wird von allen dreien gebilligt.
   Es ist so wahnsinnig viel und das alles in zwei Tagen. Ich sollte
jetzt wirklich schlafen.

Am nächsten Morgen schwinge ich meine Beine pünktlich um halb
sechs aus dem Bett. Elena ist trotzdem schon fertig angezogen.
Aphrodite im kornblumenblauen Kostüm. Für ihre Haare würde
ich morden. Elena lächelt, als wäre mein Gesicht ein offenes Buch.
   »Guten Morgen, Sofia.«

»Ja, gu'n Morg'n«, nuschele ich, stehe etwas zu schnell auf und muss mich schwankend an ihrer Schulter abstützen. Sie nimmt es hin.

Ich suche mir meine Schuluniform zusammen, dann versuche ich erneut, doch noch einen Karamellriegel zu finden, und stoße dabei auf die Kette, die ich mit meiner Karobluse abgelegt und vor lauter Verwirrung ganz vergessen habe. Ich fädele sie mit dem Rücken zu Elena in die Innenseite des Ärmels meines Wollpullis ein, indem ich sie hastig mehrmals durch eine lockere Schlaufe ziehe und anschließend mit ihr verknote. Freundschaft hin, Freundschaft her, diese Kette geht nur Mila und mich etwas an.

Im Flur laufe ich an Jette und Serafina vorbei, die sich leise über Aktuelles unterhalten. Sie diskutieren über Mark Zuckerberg, über Komasaufen – irgendein 16-Jähriger scheint Wodka mit Wasser verwechselt zu haben – und Frank Grimms neueste Errungenschaften. Seit Neuestem liegen in jedem Klassenzimmer Flyer aus, die für eine Ausbildung in seinem Konzern werben.

»Der Mann steht wie ein Stern über der Wirtschaft«, sagt Jette leise und ruft mir dann zu: »Guten Morgen, Sofia.«

»Guten Morgen«, sage ich lächelnd und gehe den Gang hinunter.

Das ist doch schon um Welten besser als gestern. Ich werde gegrüßt. Wieso? Absolut kein Plan. Wenn ich mal davon absehe, dass ich zwischendurch dem blanken Horror ausgesetzt war, bin ich echt zufrieden. Und über meine eigenartige Attacke auf den smaragdäugigen Kühlschrank sollte ich wirklich nicht mehr nachdenken. Es gibt sehr viele Jungen, die meine Augen und meine Beine bewundern. »Wilden küsst wie ein Vorschlaghammer – sie macht dich fertig, aber es ist unvergesslich«, wurde mal über mich gesagt. Da sollte Mr Fridge mir wirklich egal sein. Vielleicht war mir gestern einfach ein bisschen zu warm.

Ich gehe gedankenverloren die Treppe hinunter, rutsche auf der letzten, glatten Stufe aus und stolpere gegen einen allzu bekannten Rücken. Sofort weiß ich, dass ich diesem jungen Mann vorgestern meinen Ellbogen ins Rückgrat gebohrt habe: breite Schultern, knackiger Hintern und dieser Duft. Erst als er sich umdreht, bemerke ich, dass es der eiskalte Samuel ist. Na, klasse.

»Guten Morgen«, sage ich, weil mir sonst nichts einfällt.

Seine grünen Augen flitzen nur kurz zu mir herüber, er dreht sich nicht mal richtig herum, dann konzentriert er sich wieder auf seinen Weg und geht weiter.

Ich bleibe dusselig auf der schneeweißen Treppe stehen. »Wie wär's mit ›Dir auch guten Morgen‹?«, plärre ich wie eine ungehaltene Urgroßmutter und stelle schließlich fest, dass ich barfuß bin. Ich schließe meine lautlos fluchenden Lippen, drehe mich schwungvoll herum und donnere mit meinem Kopf gegen Jaspers Brust. Noch nicht mal ein dramatischer Abgang gelingt mir heute.

»Guten Morgen, Jasper – und nein, ich will mich nicht mit dir unterhalten, denn du hast ja wohl auch kein Niveau!« Ich stemme die Hände in die Hüften und schaue unwillig zu ihm hoch. Juhu, ich spreche von Niveau und meines befindet sich gerade im Keller. »Ach ja, richtig, Worte von dir muss man sich verdienen. High Society von Hellenwald? Unglaublich, nur weil du Locken wie ein griechischer Gott hast, bist du kein Stückchen besser als ich! Niemand hier ist besser als ich! Ich weiß mir da zu helfen, glaub bloß nicht, dass du das mit mir machen kannst. Ich zersäbele deinen Thron.« Ich halte kurz die Luft an. Ich zersäbele seinen Thron – was für ein schönes Bild.

Jasper zieht die linke Augenbraue hoch und streckt die Hand aus. Dann schiebt er mich zur Seite, als wäre ich ein unerwünschtes Möbelstück, und geht weiter.

»Arrrgh!«, würge ich hervor und stampfe die Treppen hoch, um mir Schuhe zu holen. Ich bin sehr stolz auf mich, Sofia wiedergefunden zu haben. Aschenputtel holt sich jetzt selbst ihr Schuhwerk. Es reicht.

Im Physikunterricht schäume ich noch etwas über die perfektesten, gefühllosesten Jungen von Hellenwald. Dann bemerke ich, dass ich mich wieder aufführe wie eines dieser Mädchen, die mir sonst so leidtun, und schaue probeweise mal an die Tafel. »e = mc² – > Energie ist Masse mal Quadrat der Lichtgeschwindigkeit. Was bedeutet die Relativitätstheorie für die Bewegung von Planeten im Weltall?«

Die Stunde läuft leider in keiner Weise glimpflicher ab als die Geschichtsstunde. Mein Physiklehrer, der sauteures Rasierwasser trägt, fragt mich nach meiner Meinung und ich grinse die Tafel an, zähle die Planeten auf und frage schließlich, ob Pluto ein Planet ist und ob sich die Planeten überhaupt bewegen. Ich rate meinem Lehrer, Einstein persönlich zu fragen, der ja unter diesen Goldkindern hier sicherlich zu finden ist, und verspreche, den Elitelernstoff bald nachzuholen. Ehrenwort, ich werde jedes meiner noch so kleinen Motivationsprobleme beseitigen. Damit werde ich direkt nach meinem Besuch bei Nicolas Franssen anfangen.

Schließlich stehe ich unangekündigt vor der Tür zum Büro des Direktors und klopfe einmal. Erst als der hochgewachsene, schlanke Mann vor mir steht und mich ziemlich überrascht mustert, wird mir bewusst, dass ich allmählich cleverer agieren muss. Ein Besuch bei Herrn Direktor Franssen ist schön und gut, aber wozu? Was für Beweggründe habe ich? Improvisation ist doch nicht alles.

»Hallo, Herr Franssen. Ich … wollte nur kurz vorbeischauen und Ihnen erzählen, wie es mir in Hellenwald gefällt«, stammele ich und kann nicht glauben, dass ich das gerade gesagt habe. Ich ertrinke fast in meiner eigenen Schleimpfütze.

Herr Franssen runzelt seine makellose hohe Stirn und verharrt zwei stillschweigende Sekunden.

Ich werde allmählich feuerrot. What the hell?! »Ja … ähm … Ich finde es so super hier, da wollte ich mich ein bisschen mit Ihnen unterhalten«, sage ich kleinlaut. Voll super hier. Falling in love with the Elite-Knast, höre ich Hannes' Stimme. Ich neige den

Kopf und sende dem Direktor einen fragenden Blick. Er soll mich bitte einfach wegschicken.

Doch er sagt: »Komm rein. Es freut mich sehr, dass es dir hier gefällt. Sei willkommen und berichte von deinen ersten Tagen.« Er zwinkert mir freundlich zu.

Ich tapse ins Büro und setze mich auf den Stuhl. Verlegen schaue ich erst einmal durch den Raum. Erst jetzt fällt mir auf, dass er absolut unpersönlich ist. In den meisten Büros befinden sich Kinderfotos, ein Pflänzchen, eine Dose Diätcola oder wenigstens ein paar Streifen Spearmint-Kaugummi – irgendwelche Sachen, die auf Vorlieben oder Schwächen des Besitzers schließen lassen. Hier steht lediglich der blanke Schreibtisch mit einem hochmodernen Computer – trotz Handyverbot mögen sie Hightech – und an den Wänden reihen sich bunte Schülerakten aneinander. Der Mülleimer ist leer, in der Ecke ist ein weißes Waschbecken. Ich schaue betreten auf den Boden. Das weiße Parkett hat keinen einzigen Kratzer.

»Also, das hier ist eine sehr schöne Schule«, sage ich reichlich lahm und grinse.

Herr Franssen schlägt die Beine übereinander und lächelt milde. Seine blauen Augen leuchten freundlich. Wer ist noch mal diese eigenartige Psychopathin, die ihn mit einem Mörderclown verglichen hat?

Ich sehe mich gezwungen, noch weiter zu schwärmen, und zähle strahlend auf: Die Wände sind ja ach so weiß und sauber und nein, sie erinnern mich überhaupt nicht an ein illegales Versuchslabor. Dieses gigantische Sportangebot, diese netten Leute, dieser hübsche Pavillon wie aus *Tausendundeine Nacht*, es ist doch alles ein Traum. Korrigiere: Albtraum.

Herr Direktor Franssen sitzt da mit puderweißen, gefalteten Händen und begutachtet meine Schleimshow, während ich mir vorkomme wie eine übermotivierte Entertainerin, die genervte Kinder zum Ballontanz überreden will. Das blödsinnige Strahlen tut auf meinen Lippen weh und ich hoffe sehr, dass der Direktor mir nicht ansieht, dass ich sogar auf einem Bein nach Hause hüpfen würde, wenn er es mir erlauben würde.

»Und Sie sind ein sehr guter Schulleiter, überaus verantwortungsbewusst und sympathisch«, sage ich. Und dann werde ich mir meiner Mission wieder bewusst.

Der hellblonde Mann beobachtet mich immer noch aus sanften wasserblauen Augen, als erwarte er weitere Schleimereien. »Wie sieht es gesundheitlich aus?«, fragt er schließlich.

Ich zögere kurz. Mein Kopf fühlt sich schon wesentlich besser an, aber im Hintergrund spüre ich ein rhythmisches, dumpfes Pochen. Meine Nasenlöcher sind zugeschwollen und mein Hals kratzt, als hätte ich Gräten geschluckt. »Nicht wirklich besser«, entgegne ich und erinnere mich augenblicklich an Adam Staubers gespenstisches Auftreten, daran, wie er mich zurückgestoßen hat, einen grausam teilnahmslosen Ausdruck in den matten Augen. Ich bin für einen Moment versucht, den Direktor nach der Drogenberatung zu fragen. Er schaut so überaus freundlich und ehrlich aus – ich habe nie einen besser aussehenden Schulleiter gesehen. Seine Stimme ist angenehm, so, wie sich Samt auf bloßer Haut anfühlt.

Ich räuspere mich, schaue zur Fensterscheibe, um die passenden Worte zu finden, und sehe unsere beiden Gesichter, die sich im Glas spiegeln. Meines sieht gewöhnlich aus. Ich bin blasser als sonst – aber kein Vergleich zu Nicolas Franssen. Er ist kreideweiß. Sein Gesicht ist ein lächelnder, verschwommener Fleck, aus dem die roten Lippen wie Blut hervortreten. Er erinnert mich immer noch an einen Mörderclown. Ich wende mich schaudernd von der Scheibe ab. Herr Franssens blaue Augen leuchten fragend. Ich kann es ihm nicht sagen, meine Zunge ist bleiern. Ich kann einfach nicht.

»Ich habe Durst«, sage ich stattdessen und frage mich sofort, wieso ich so etwas nicht höflicher ausdrücken kann.

Herr Franssen reicht mir Becher und Sprudelflasche.

Ich habe eine Idee. Vielleicht … ja, ich muss es versuchen. Ich schenke mir etwas ein und setze den Plastikbecher an meine Lippen. In einem Zug leere ich ihn, wische mir den feuchten Mund ab und schenke mir nach. Meine Zunge kribbelt. Ich trinke den zweiten Becher ebenfalls aus. Das reicht. Eigentlich. Ich wiederhole das Ganze, bis mein Bauch blubbert. Mir ist ein bisschen schlecht. Aber die Flasche ist leer und das war mein Ziel.

»Haben Sie noch mehr? Es tut mir leid, aber alles in mir fühlt sich trocken an!«, sage ich hilflos wie ein Küken und hoffe, dass man den Wasserfall in meinem Magen nicht hören kann. Komm schon, bitte stehen Sie auf, gehen Sie raus und holen Sie eine neue Flasche.

Herr Franssen rollt zu einem Aktenschrank, öffnet eine weiße Schublade und offenbart einen ganzen Kasten Sprudel. Oh nein. Er nimmt eine Flasche und schiebt sie zu mir herüber, immer noch milde lächelnd.

»Wenn es dir hier so gut gefällt, solltest du unbedingt einer AG beitreten. Elena Klee ist fast fertig mit ihrem Konzept für die Modedesign-AG.«

Ich würge weiteres Wasser in mich hinein und krächze zustimmend. Toller Plan.

»Aber vielleicht hast du auch andere Talente. Serafina Seine hat hier ihre Vorliebe für die Geige entdeckt. Sie verzaubert unsere Ohren und unsere Köpfe. Selbstverständlich spielt sie die Begleitung zur Ballettaufführung, in der Elena Klee die Hauptrolle hat.«

»Wahnsinn«, pruste ich hervor und stelle den Becher ab. So geht das nicht.

Ich presse mir eine Hand an den Bauch und dann kommt das Wunder. Herr Franssen erhebt sich aus seinem Lederstuhl und wirft einen flüchtigen Blick aus dem Fenster. »Ah, Lebensmittellieferungen. Würdest du mich kurz entschuldigen, Sofia? Es gibt eine kleine Änderung, die sie irgendwie nicht verstehen. Wir wollen kein Weizenbrot, sondern Dinkel- und Roggenbrot, trotzdem liefern sie uns immer wieder Weizenbrot.«

»Sicher, lassen Sie sich Zeit«, glucke ich.

Die Tür fällt ins Schloss. Ich schieße aus meinem Stuhl hoch, warte sicherheitshalber fünf Sekunden und sprinte dann einmal um den Schreibtisch herum. Mein Glück ist noch nicht aufgebraucht. In der zweiten Schublade liegen säuberlich aufgereihte Handys. Zwei Nokia, zwei Motorola und drei Sony Ericsson. Ich schnappe mir das, welches nach meinem aussieht, und schaue aus dem Fenster. Herr Franssen ist noch nicht bei dem leuchtend roten Lieferwagen angekommen. Der Fahrer lehnt an der in der Sonne glänzenden Metalltür und pustet Zigarettenrauch in den Himmel.

Ich schiebe meine Hand unter meinen Pulli und zerre die Kette ungeduldig hervor. Ein Wollfaden wird mit abgerissen, unwirsch stopfe ich ihn in meine Hosentasche. Ganz kurz schießt mir Adrenalin durch die Adern. Was, wenn die SIM-Karte nicht mehr da ist?

Aber sie ruht freundlich und unschuldig in dem Geschenk meiner Schwester. Ich nehme sie mit flatternden Fingern, öffne das Handy und schiebe sie vorsichtig hinein. Dann drücke ich mit klopfendem Herzen die rote Taste und beginne zu beten. Es muss einfach funktionieren. Es muss einfach.

Das Display leuchtet auf. »Welcome Sam«, meldet das Handy. Ganz kurz stehe ich im Büro und frage mich, wieso ich mit Sam angesprochen werde. Dann verstehe ich: Ich habe Samuels Handy. Mein Herz donnert förmlich gegen meine Rippen. Oh mein Gott, ich berühre etwas, was er lange in seinen beschützenden Händen gehalten hat. Sofort packt mich das schlechte Gewissen. Ich darf es doch nicht einfach mitnehmen, es ist seins. Vor meinem inneren Auge leuchten seine Augen auf, durchdringend und kristallklar, wie grünes Eis. Dann fällt mir wieder ein, was für ein ignoranter Idiot er ist und dass er ja nichts mehr von diesem Handy hat. Ich lasse es schnell in meiner Rocktasche verschwinden, bevor mein Herz es sich anders überlegt.

Der Direktor diskutiert mit dem Lieferwagenfahrer, sein Lächeln ist glänzend und weich wie immer. Im Vergleich zu dem Fahrer sieht er überirdisch aus, wie ein Himmelsbote. Der Fahrer ist seit drei Tagen der erste normale Mensch, den ich sehe. Er hat ungekämmtes dunkelgraues Haar und sein Mund versinkt in seinem Bart. Sein Shirt ist speckig und seine Sandalen zerfallen vor Monatsende wahrscheinlich in Einzelteile. Sein Anblick erfüllt mich mit Dankbarkeit.

»Hey, Mate, wir stehen das zusammen durch«, flüstere ich, während er vor Nicolas Franssen immer mehr zusammenschrumpft. Der Direktor nimmt dem Fahrer die Zigarette aus dem Mundwinkel und zerdrückt sie in dessen Handfläche. Wenn ich auch überzeugte Antiraucherin bin, so schockiert mich diese mit einem milden Lächeln vorgetragene Geste dennoch – beinahe so sehr wie den Betroffenen. Dieser stammelt und hopst von einem plumpen Bein auf das andere. Ich blinzele und wende mich ab. Ich habe Zeit im Direktorenbüro und ich sollte sie nutzen, statt den beiden zuzusehen. Grinsend gehe ich auf den gegenüberliegenden Aktenschrank zu und ziehe einen »Adami«-Ordner heraus. Nachdem ich mich kurz vergewissert habe, dass ich durch das Fenster nicht zu sehen bin, gehe ich meiner Lieblingsbeschäftigung nach: mich in Sachen einmischen, die mich überhaupt nichts angehen.

Adami scheint ein netter italienischer Junge zu sein, der in seiner Freizeit Golf spielt. Was mich wundert: In seiner Akte steht nicht, warum er in Hellenwald ist. Der Direktor spricht immer noch mit dem armen Lieferwagenfahrer. Ich hefte meine Augen wieder auf das Papier. Kein einziges düsteres Wort hebt sich aus den Texten hervor. Das Einzige, was mir kurz ins Auge fällt, ist eine Nummer in der rechten unteren Ecke des letzten Papierbogens: A/001. Ach, wie nett, sie haben die Schüler durchnummeriert. Kommt es mir nur so vor oder ist das irgendwie menschenverachtend? Ich schüttele verärgert den Kopf. Martin Adami wird auf allen Seiten seiner Akte gelobt, ich kann mich über Leistungskurse, Talente, IQ, außerordentliches Engagement und so weiter informieren. Keine schlechten Zeiten. Also irgendwas ist da doch faul.

Ich schaue abermals aus dem Fenster und zucke zusammen. Der Fahrer steigt in seinen Wagen. Herr Franssen ist nicht zu sehen. Ich verfalle in eine dieser üblichen nutzlosen Starren, den »Adami«-Ordner in der Hand. Auf dem Flur ertönen Schritte. Gleich drückt er die Türklinke …

Ich gebe mir einen Ruck, pfeffere den Ordner zurück in den Schrank und schmeiße mich zurück in meinen Stuhl, der unter meinem Gewicht ächzt.

Bis eben habe ich noch Geschichtsunterlagen von Elena durchgearbeitet. Eigentlich wollte ich sogar zu Elenas Modedesign-AG gehen, aber so weit reicht die Freundschaft dann auch nicht. Ich werde von den hübschen Schülern weitestgehend ignoriert, wenn ich aber drohe zu verzweifeln, unterhält sich jemand mit mir oder nimmt mich irgendwohin mit.

Ich setze mich im Schneidersitz auf mein Bett und klappe das Handy auf. Sofort pulsiert wilde Freude in mir. Ich habe es tatsächlich geschafft, mit ein bisschen Unterstützung der Schicksalsgötter. Der Bildschirmhintergrund zeigt zehn verschiedene Farbdosen. Oha, das bedeutet, Samuel ist ein Sprayer. Das glaube ich nicht. Dieser Junge ist ein polierter Smaragd, er muss in Schuluniform geboren worden sein. Er sieht aus wie jemand, der mit zehn im Privatjet fliegt, mit 15 eine vorzeitige Zulassung zur Harvard-Universität erhält und mit 18 mit der schönsten Frau der Welt verheiratet ist. Nie im Leben ist er ein Junge, der nachts die hübschesten Gebäude der Stadt mit Neonfarbe versieht. Der Kontrast überrascht mich.

Schon checke ich seine SMS. Die Inbox ist leer. Enttäuscht schiebe ich die Unterlippe hervor und scrolle zu »Gesendet«. Immerhin fünf SMS. Ich klicke die älteste Nachricht an: »Bring mir bitte nen Euro mit. Carter hat das klasse gemacht, ich bin jetzt 16 auf meinem Ausweis. Kleiner Dreher mit dem Geburtsjahr. Bis gleich, hadde.«

Ich ziehe die Augenbrauen hoch. Ausweis gefälscht? Die SMS ging an »Jas. 1/11/2009«.

Sie ist also mehr als zwei Jahre alt. Ich verdrehe die Augen. Das sagt doch alles über das Kommunikationsbedürfnis von Jungs. Fünf SMS in zwei Jahren. Jas ist offensichtlich Jasper, sie sind also wirklich beste Freunde. Beste Freunde, die sich mit einem gefälschten Ausweis in Nachtclubs schleichen oder Dosenbier kaufen.

Ich klicke die nächste SMS an. »Hi Mum, der Direx will mit dir reden. Ich dachte, ich sags dir vorher. Hab deine Lieblingsblumen gekauft.«

Ich grinse anerkennend. Gespräche mit dem Direktor kenne ich sehr gut. Aber das mit den Lieblingsblumen – dieser Junge ist berechnend.

»Jas, du kommst da wieder raus. Halte durch. H ist die Hölle, aber du bist stärker als die Hölle, du bist stärker!«

Ich führe das Display nah an meine Augen. Er spricht von Hellenwald, er muss von Hellenwald sprechen. Samuel und Jasper waren vor Hellenwald beste Freunde und Jasper musste vor seinem besten Freund herkommen.

»Jas. Mann. Ich weiß, dass du mir nicht antworten kannst, aber ich schreib dir trotzdem. Es ist hart ohne dich. Ich hab heute das Rathaus rot angesprüht. Sieht echt aus wie tropfendes Blut. Erst dachte ich an eine krasse Botschaft, aber ich fand, das Rot hat alles gesagt. Ich habs echt gebraucht, denn sie können dich nicht einfach verbannen. Ich werd weitermachen.«

Und die letzte SMS: »Jas? Soll ich dir was sagen? Ich bin bald bei dir. Wir machen genau da weiter, wo wir aufgehört haben.«

Ich halte das Handy in meiner verschwitzten linken Handfläche, drücke einmal auf die rote Taste und starre dann auf die bunten, verschmierten Farbdosen. Im Hintergrund liegt eine löchrige Strickmütze, auf die mit Füller »Sam« geschrieben wurde. Ich weiß nicht genau, was ich fühle. Ich kaue auf meiner Unterlippe herum. Irgendwo in meinem Hals ist eine kleine, harte Kugel.

Wie kann das sein? Dieser Samuel ist jemand, den ich sehr gut kenne. Solche Jungs sind mir vertraut, ich habe mit ihnen Marshmallows gegrillt und Alcopops getrunken, wir sind in der Skihalle gewesen und mit tödlicher Geschwindigkeit die Pisten heruntergerast, wir haben uns an den Straßenrand gesetzt und wildfremde Menschen ausgelacht. Dieser Samuel hatte zu Hause Ärger. Er hat sich widersetzt, er war der Rebell. Er hat einfach gemacht, wonach ihm der Sinn stand. Und sein bester Freund ist alles für ihn. Sie verbindet eine dieser wunderbaren Jungsfreundschaften, die im Sandkasten anfangen und am Sterbebett enden. Mädchen können so etwas nicht (es sei denn, sie sind Schwestern). Wenn Mädchen zwei Wochen nicht miteinander sprechen, war's das. Jungs vergessen einander halt ab und zu, nach 14 Tagen spielen sie aber wieder gemeinsam *FIFA*. Das ist vollkommen normal für sie. Samuel und Jasper müssen sehr gute Freunde sein … gewesen sein. Jetzt stehen sie nur unbeteiligt nebeneinander. Was ist passiert? Warum glauben sie, sich so verhalten zu müssen?

Ich klappe das Handy zu und werfe stumme Fragen ins Zimmer. Aber Wände können nicht antworten.

»Mila Wilden?«, erklingt die Stimme meiner Schwester in der Leitung.

Mir bleibt die Luft weg. Ein heftiges Schluchzen löst sich aus meiner Kehle. Ich schnappe mir meine Bettdecke und ersticke es mit ihr, dann presse ich meine Augenlider zusammen. Doch die Tränen hängen bereits in meinen Wimpern.

»Sofia? Sofia, bist du das?«, ruft Mila für ihre Verhältnisse ausgesprochen hysterisch.

»Hmmm«, mache ich und schniefe in meine Decke hinein. Gott, wie ich sie vermisse.

»Ich vermiss dich so!«, stöhnt Mila und ich muss direkt lächeln. »Endlich hast du dir ein Handy besorgen können. Endlich! Ich habe schon neben dem Telefon geschlafen, um deinen Anruf nicht zu verpassen!«

»Das war die übelste Mission«, sage ich mit einem tränenreichen Lächeln. »Ich musste den Direktor aus seinem Büro verscheuchen. Aber genial mit der Karte. Wieso hast du mir nichts gesagt?«

»Gott, bin ich froh, deine Stimme zu hören, und ja, ich weiß, wie untypisch es ist, dass ich so sentimental werde«, schnieft Mila nun ebenfalls. »Ich hab dir nichts von der SIM-Karte gesagt, weil du dann wieder dieses Funkeln in deinem grünen Auge gehabt hättest. Das hätte uns verraten.«

»Nur in meinem grünen?«, frage ich belustigt und suche nach einem Taschentuch.

»Nur in deinem grünen«, bestätigt Mila. »Dein blaues ist das Pokerauge. Fee und Hannes reden übrigens jeden Tag von dir. Hannes ist richtig sauer, weil weder Fee noch ich mit ihm zur Halfpipe gehen wollen, so wie du es immer gemacht hast. Aber erzähl du erst. Wie ist es bei dir? Wie geht es dir? Wie sind die Leute? Ist deine Zimmergenossin nett? Ist der Unterricht schwer? Gibt's süße Jungs?«

Ich erzähle ihr alles. Dass es am Anfang schlimm war und dann noch schlimmer wurde. Dass ich inzwischen nicht mehr ganz so unsichtbar bin. Dass wir ein prima Match hatten. Dass alle so ausnahmslos perfekt sind, mit makelloser Haut und Werbespot-Haaren. Dass ihnen das meiste egal ist. Dass Elena das Hellenwald-sternchen ist, der Unterricht eine Zumutung. Und dann erzähle ich ihr von Samuel. Ich ertappe mich dabei, wie ich die Goldnuancen zu beschreiben versuche, die die Abendsonne in sein Haar zaubert, und könnte mich direkt wieder schlagen. »Er sieht einfach höllisch gut aus«, sage ich schließlich so knapp wie möglich. Er ist wunderschön und einzigartig, denke ich. Wenn du ihn anschaust, vergisst du alles andere. Du könntest alles schaffen. Mit ihm.

Ich verziehe angewidert das Gesicht. Bin ich kitschig! Er hasst mich, nein, nicht mal das, ich bin ihm einfach nur egal. Wovon träume ich denn? Disney-Hochzeit auf der Verbrecherschule? Bonnie & Clyde Junior? »Er ist ein Idiot«, sage ich schließlich.

»Wahnsinn, du hast dich verliebt«, raunt Mila.

»Unsinn, ich kann ihm nur einfach nicht in die Augen gucken«, erwidere ich motzig. »Und bitte, lass uns jetzt nicht diese alberne Du-liebst-ihn-nein-nie-im-Leben-Diskussion führen. Die ist zu klischeehaft.«

Mila kichert freudig. »Du bist verliebt. Zum ersten Mal. Und jetzt bist du ganz hilflos ohne deine Sprüche, ohne deinen Charme, ohne dein Sexy-Hexy-Smile, deine High Heels und deinen roten

Lippenstift. Dass ich das noch erlebe. S, das ist ja so was von süß.«
Ich verdrehe die Augen, blende Samuels Lächeln aus und schlage
auf meine Bettdecke. »Okay, krieg dich wieder ein, M. So oder so:
Er ist ein Kühlschrank.«

»Ein Kühlschrank«, echot Mila.

»Ja, ein Kühlschrank«, entgegne ich gereizt. »Und es ist gerade
der dritte Tag. Außerdem gibt es noch etwas anderes.« Ich berichte ihr von Samuels SMS.

»War klar, dass Privatsphäre für dich ein Fremdwort ist«,
nörgelt Mila.

»Das ist doch grad vollkommen egal!«, sage ich hitzig.

Als ich plötzlich Schritte auf dem Flur höre, zucke ich zusammen und hopse zur Tür. Erleichtert stelle ich fest, dass ein
unbekanntes Mädchen das Zimmer drei Türen weiter betritt.

»Okay«, raune ich. »Aber Mila, im Ernst.«

»Also irgendwas ist passiert«, stellt Mila mit ihrer Cop-Stimme
fest. »Als er nach Hellenwald gekommen ist. Etwas hat ihn verändert. Glaubst du, er hat einfach alle Widerstandskraft verloren?
Oder vielleicht zwingt man ihn, sich so zu verhalten? Vielleicht
droht man ihm. Das wäre auf jeden Fall heftig.«

»Womit will man ihm denn drohen? Wer nach Hellenwald
kommt, hat nicht viel zu verlieren«, sage ich bitter. »Auch wenn
es hier nicht wie in einem Knast aussieht, sondern eher wie im
rosaroten Paradies.«

»Bist du sicher, dass du dir nicht nur einbildest, dass die alle
wunderschön sind?«, fragt Mila. »Vielleicht projizierst du deine
Wut und dein Unverständnis auf sie. Vielleicht bist du so erledigt
und verunsichert, dass alle dir plötzlich besonders erscheinen.«

Ganz kurz will ich ihr glauben, ich will es wirklich, es wäre
so viel einfacher. Dann schüttele ich den Kopf, bis mir auffällt,
dass Mila mich nicht sehen kann. »Sie sind wirklich so, M.
Ich schwöre es.«

Als ich ihr schließlich von meiner Horrorvision während der
Drogenberatung erzähle, höre ich eine Spur Nervosität aus Milas
Stimme heraus. »Bleib krank«, fordert sie.

»Bitte?«, frage ich verdutzt. »Ich wäre lieber wieder gesund.«

»Mann, S, du sollst ihnen weiter vorspielen, dass du krank bist. Ich informier mich ein bisschen. Vielleicht irre ich mich, aber irgendwas stinkt hier gewaltig.«

Am Ende des Ganges fällt eine Tür ins Schloss. Ich spitze die Ohren. Bestimmt sechsfaches Absatzklappern.

»Es war hervorragend, Elena«, sagt Jette mit weicher Stimme.

»Okay, ich muss jetzt ganz schnell auflegen, Mila. Ich liebe dich«, sage ich schnell und drücke sie weg.

Ihr »Ich dich …« höre ich gerade noch.

Ich verstaue mein Handy blitzschnell und suche mir eine alternative Beschäftigung. Mein korallroter Nagellack fällt mir in die Hände. Ja, klasse, ich lackiere mir die Zehennägel. Ich ziehe ein kleines Handtuch hervor und fange an, mime die vollkommen Versunkene. Dennoch zittern meine Finger, rote Streifen ziehen sich über meine Zehen. »Komm schon«, murmele ich mir selbst zu und versuche, mich zu kontrollieren.

Elena kommt herein, würdigt mich aber keines Blickes.

Ich male mir den Nagel des großen Zehs an. Hm, ich liebe roten Nagellack. Er gibt mir ein bisschen was von meiner Persönlichkeit zurück und niemand kann ihn mir nehmen.

Ich hüpfe von meinem Bett, baue mich vor Elena auf und halte ihr meinen Fuß unter die Nase, um eine Reaktion zu erzwingen. »Guck mal, cool oder? Ich habe rote Nägel!«

Elena ist eisern. »Nimm deine Zehen bitte aus meinem Gesicht, Sofia«, sagt sie lächelnd und wendet sich ab.

Ich setze meinen Fuß ab und mustere sie prüfend. Ganz kurz liegt es mir auf der Zunge: Warum seid ihr so? Wer erpresst euch?

Dann dreht sich Elena jedoch zum Gehen um.

»Wohin?«, rufe ich ihr nach.

Sie geht weiter und öffnet die Tür. Ich erwarte keine Antwort mehr, drehe mich seufzend um und sinke wieder in mein Bett zurück.

»Meine Eltern besuchen mich«, sagt Elena beim Rausgehen, dann schließt sich die Tür mit einem Klicken.

Ich presse meine Lippen aufeinander und schaue an die weiße Wand, an der eigentlich die Bilder meiner Freunde hängen sollten. Ich stehe wieder auf, gehe einmal durch den Raum, nehme einen grünen Apfel aus Elenas Schale und beiße herzhaft hinein. Im Vorbeigehen ziehe ich mit meinem Zeigefinger einen feinen Kratzer auf ihrem Kleiderschrank. Nicht länger makellos. Ich fahre mit meiner Handfläche über die feine Rille. Nicht länger perfekt.

Dann schalte ich den iMac an. Es ist schon ziemlich cool, so ein Ding für sich zu haben. Zu Hause hatte ich einen Laptop, von dem die silberne Farbe abgeblättert ist. Mit großen Augen berühre ich den Bildschirm und die glatte Tastatur. Nach meiner Anmeldung klicke ich auf den *Safari*-Button, um »Hellenwald« zu googeln.

»Zugriff verweigert«, steht auf dem Bildschirm. Ach ja, keine technischen Spielereien wie das sagenumwobene Internet.

»Ach Mensch!«, motze ich den Computer an. Erst will ich heftig auf die Tastatur hauen, dann beiße ich doch nur erneut in den bittersüßen Apfel.

Ich öffne ein leeres Word-Dokument. Der Cursor blinkt mir erwartungsvoll entgegen, aber plötzlich ist mein Kopf ganz leer. »Sam«, schreibe ich oben auf die Seite. »Sam.«

Von draußen höre ich durch das sanfte Blätterrauschen hindurch leise Stimmen. Ich blicke zum Fenster und löse mich von meinem iMac, als ich Elena und ihre Eltern entdecke. Sie stehen vor den Stufen zur Eingangshalle. Elenas Eltern sind alt, sie müssen Elena sehr spät bekommen haben. Ihre Mutter hat schneeweiße Haare, die von einem pelzigen Hut geschmückt werden, auf dem zwei kitschige rosafarbene Rosen thronen. Sie hat knittrige Mundwinkel und ich kann sogar auf diese Entfernung sehen, dass ihre Hände trotz der Spätsommerwärme zittern. Elenas Vater ist hochgewachsen wie ein Schürhaken und hat ein sonnengegerbtes, freundliches Gesicht. Ihre Eltern sehen nett und unschuldig aus, die Sorgenfalten, die Elena ihnen während ihrer Crystal-Phase beschert hat, sind aber nicht zu übersehen. Sie sind lange nicht perfekt, sie sind vom Leben gezeichnet. Elena hat den Schwanenglanz also nicht geerbt.

Ich öffne das Fenster, sodass es mir entgegenkippt, und lausche ihnen leise, während ein feines Stimmchen mir »Du Geier!« zuwispert.

»Oh Elena, das ist so schön, wir sind so stolz auf dich!« Die Stimme ihrer Mutter überschlägt sich. Sie wirft sich Elena an den schlanken, im Abendlicht funkelnden Hals und verliert dabei ihren Hut, der wie ein Flummi über den Gehweg hüpft.

Elenas Vater bückt sich rasch und hebt ihn auf. »Marlene, hier«, sagt er mit einem liebevollen Lächeln.

Ich setze mich mit angezogenen Knien auf die Fensterbank und lehne meine pochende Stirn an die Scheibe.

»Dein Wandel ist so wunderbar!«, flüstert Elenas Mutter. Der Wind trägt ihre brechende Stimme zu mir herauf.

Irre ich mich, oder stößt sie ein glückseliges Schluchzen aus? Beschämt überlege ich, ob ich mir die Ohren zuhalten sollte.

»Wir wünschen dir alles Gute für die Aufführung, mein Mädchen«, sagt Elenas Vater und küsst ihre glatte Stirn. Sein raues Lächeln deutet darauf hin, wie lange er auf diesen väterlichen Stolz hat warten müssen.

Ich schließe das Fenster mit einem sanften Stoß. Sie lieben ihre Tochter. Ihre umwerfende, perfekte, One-in-a-million-Tochter. Sie freuen sich so sehr, dass Hellenwald Elena eine Chance gegeben hat. Aber ist es auch meine Chance?

6. KAPITEL

EINGEFROREN

»Jeder ist ein Mond
und hat eine dunkle Seite,
die er niemandem zeigt.«

MARK TWAIN

Ich stehe am Büfetttisch und schaufele ungerührt meinen Teller voll. Noch ein bisschen Putenschinken, noch ein bisschen Gurke, hier ist noch Platz für Rührei und halt! Das ist mein Vollkorncroissant. Ich mache einen schwungvollen Schlenker nach rechts, schnappe Jasper das Croissant vor der Nase weg und beiße grinsend hinein. Jaspers Hand greift ins Leere.

»Guten Morgen«, sage ich süßlich.

Er ignoriert mich, aber das ist ja nicht ungewöhnlich.

Ich stelle meinen Frühstückssturm ab, gieße mir frischen Orangensaft ein und setze mich optimistisch an einen der Seziertische. Ist doch egal, dass ich das hässliche Entlein bin und mein einziges Wissen über die Französische Revolution Marie Antoinettes fantastische Reifröcke betrifft.

Ich nehme einen großen Schluck Saft. Das Essen ist wirklich lecker. Und gesund. Ich habe noch kein Stück Schokolade oder auch nur einen Kaugummi hier gesehen. Vermutlich sollte ich froh sein, dass das Essen nicht nach Desinfektionsmittel schmeckt. Ich zersäbele fleißig ein Stück Putenschinken, da taucht Samuel in der Tür auf. Mein Herz zieht sich auf eine äußerst fragwürdige Art und Weise zusammen. Die Morgensonne taucht seine symmetrischen Gesichtszüge in ein weiches, butterfarbenes Licht. Er hat schwache Schatten unter den Augen – sein einziger Makel – und lächelt abwesend. Seine blaugrau karierte Krawatte ist gelungen gebunden und die dunkelblaue Jacke seiner Schuluniform steht ihm einfach viel zu gut.

Ich blinzele und schüttele mich, stelle dann peinlich berührt fest, dass mein Messer vom Schinken abgerutscht ist und ich wie selbstverständlich meinen Joghurt schneide. Was aber keinen zu stören scheint. Ich schlucke und wende mich von Samuel ab. Konzentrier dich auf dein Frühstück. Plötzlich ist es mir furchtbar peinlich, einen ganzen Eiffelturm an Essen vor mir zu haben. Ich spüre das warme Blut in meinen Wangen und linse unter meinen Ponyhaaren zu Samuel herüber. Er setzt sich neben Vio. Eine unerfüllte Liebe, flötet Fees mitleidige Piepsstimme in meinem Kopf.

Ich habe keinen Hunger mehr. Warum krieg ich nicht mal einen einzigen Blick ab? Wäre das denn so verdammt schwer? Ich schiebe meinen Teller lustlos zur Seite. Dann platscht etwas Warmes auf meinen Schoß. »Oh mein Gott!«, rufe ich erschrocken aus und gucke auf meine Knie, die von einer gleichmäßigen Schicht Rührei bedeckt werden. Das verwirrt mich, denn es ist garantiert nicht mein Rührei. Aber wer sonst sollte hier etwas fallen lassen? Man ist schon ein Außenseiter, wenn man niesen muss.

Ich drehe mich um. Vor mir steht ein kleines, dünnes Mädchen und starrt mich an, die winzigen Hände verdecken den aufgerissenen Mund. Ich hebe überrascht die Augenbrauen. Die Nägel der Fremden sind nachlässig rosa lackiert und ein wenig abgekaut. Sie hat blonde weiche Kringelhaare und runde blaue Augen. Auf ihrer Nase sitzen drei große braune Sommersprossen. Ich würde sie am ehesten mit einem Kaninchen in Schockstarre vergleichen. Es tut so gut, sie zu sehen.

Wir fixieren einander ungefähr zwei Minuten lang, vielleicht auch länger, ich mit dem Rührei auf den Oberschenkeln, sie die Hände auf den Mund gepresst. Der Faltenrock ist ihr zu weit und wird notdürftig von einer Sicherheitsnadel gehalten. Um ihren Hals trägt sie ein Kettchen mit einem riesigen rubinroten Herzen.

Ich weiß jetzt, warum ich sie augenblicklich mag und am liebsten umarmen würde. Warum ich für immer ihre beste Freundin sein will und sie nie wieder weggehen soll. Weil sie nicht perfekt ist. Dieses Mädchen ist nicht perfekt, es ist echt. Der Kopf ist zu groß für den schmächtigen Körper und der Lippenstift etwas verschmiert, sodass die Fremde einen pinkfarbenen Mundwinkel hat.

»Ich bin Sofia«, sage ich begeistert.

»Oh Gott, das tut mir *so was* von leid«, stößt sie endlich entsetzt aus. Ihre Stimme ist kindlich. »Ich bin Maleen, ich bin neu hier!« Sie reicht mir die Hand, beugt sich dann über den Tisch und beginnt, das Rührei von meinem Schoß zu sammeln.

»Lass das, ist schon gut«, sage ich und schaue mich um, aber die anderen Schüler tun genau das, was sie immer tun: nichts. Der Junge schräg gegenüber mit den hohen Wangenknochen und den halblangen Musketierlocken trinkt mit einem derart eisigen Gesichtsausdruck seine Milch, es sieht aus, als würde er gerade jemanden kaltmachen. Die beiden zierlichen Mädchen neben ihm sortieren synchron ihre Hefte. Kein einziges Heft hat ein Eselsohr.

»Das ist einfach so abgefahren«, sage ich zu Maleen, schiebe sie von meinem Schoß weg und auf den Stuhl neben mir. »Ich frag mich wirklich, wer die auf so etwas drillt.« Ich muss Maleen nicht fragen, sie versteht augenblicklich, was ich meine.

»Oh. Mein. Gott!« Sie beugt sich vor und ihre blauen Baby-augen öffnen sich. Sie beginnt zu flüstern, während sie mit hek-tischen Fingern erneut nach der Serviette greift. »Ich dachte, ich halluziniere! Aber ich hatte recht, es ist unheimlich!«

»Wir sind normal, die sind einfach nur krank«, zische ich. »Ich hab schon vergessen, wie es ist, einfach nur in einem Raum zu sitzen, Latte zu trinken und über das Leben zu philosophieren. Das interessiert hier nämlich keinen, dann kommt nur: ›Lass das bitte, Sofia Wilden. Könntest du weggehen?‹ Ich meine, hallo, geht's noch? Als ob sie sich was brechen würden, wenn sie mal ein bisschen netter wären. Aber vermutlich laufen sie schnurstracks zum Direktor, sollte ich auch nur das Wort ›Party‹ in den Mund nehmen. Nirgendwo auf diesem verdammten Nordpolinternat klebt auch nur ein durchgekauter Kaugummi!«

Maleen beginnt wie wild zu nicken und erinnert dabei an ein kleines Hündchen, mit dem endlich mal jemand spielt. »Endlich!«, flüstert sie und nimmt meine Hände, nun da mein Schoß sauber ist. »Die sind alle viel zu schön für mich, Sofia! Erst ein Tag hier und ich mache einen Bogen um jeden Spiegel. Ich kann mich selbst echt nicht ansehen bei diesen ganzen bildschönen ätzenden Leuten um mich herum! Grrr.« Sie schnaubt frustriert, schaut auf meinen Teller und nimmt sich ein Brötchen. »Darf ich das? Essen beruhigt mich.«

»Ja, sicher«, sage ich grinsend.

Maleen beißt halbwegs zufrieden hinein und flüstert dann mit vollem Mund weiter. »Ich dachte erst, ich wär psycho oder so, echt psycho! Ich war kurz davor, meinen Kopf so lange gegen die Wand zu schlagen, bis ich auch so schön bin. Aber Gott sei Dank hab ich dich jetzt getroffen. Wir müssen unbedingt Freunde werden.« Sie strahlt mich erwartungsvoll an.

»Wir werden Freunde«, antworte ich ihr und wäre sie ein Hund, würde sie jetzt mit dem Schwanz wedeln. Sie bleibt neben mir sitzen und ich schaue alle dreißig Sekunden zu ihr herüber, um mich zu vergewissern, dass sie immer noch da ist. Genauso unperfekt und überfordert wie ich. Sie nimmt nur winzige Happen, isst dafür aber blitzschnell und verputzt in Windeseile meinen ganzen Essensberg, auf den ich sowieso keine Lust mehr habe.

»Hübsche Kette«, kommentiere ich und schnippe gegen das rubinrote Riesenherz. Eigentlich ist es absolut kitschig und mal gar nicht individuell. Ich warte auf die Liebe meines Lebens, aber sie soll auf einem Schimmel daherkommen, sagt es. Aber ich werde es mir garantiert nicht mit Maleen vermiesen.

Trotzdem zuckt sie zusammen und macht einen misstrauischen Schmollmund, als hätte sie meine Gedanken gelesen. Um Gottes willen, sie soll nicht weggehen und sie soll nicht böse sein.

»Sie ist wirklich superschön, ich wünschte, ich hätte auch so eine!«, stammele ich sehr unsofiahaft und forme mit meinen Händen ein Herz. Dann grinse ich sie schief an.

Maleen zuckt mit den Schultern und löffelt meinen Joghurt. Als sie aufschaut, lächelt sie wieder. In dem Mundwinkel, wo kein Lippenstift klebt, ist nun ein bisschen rosa Joghurt, aber es könnte mich nicht weniger kümmern.

»Die Jungs hier sind unerreichbar, nicht wahr? Zu schön, um wahr zu sein.« Sie seufzt und zeigt verhalten mit dem Löffel auf den eiskalten Milchmusketier, der gerade aufsteht und seine Ledertasche schultert.

»Ja, sie sind schon ziemlich hübsch«, nuschele ich und konzentriere mich sehr darauf, nicht zu Samuel zu schauen.

Aber irgendetwas in mir zwingt mich dazu, meinen Blick wieder in Samuels Richtung zu wenden. Ich luge auf seinen hübschen Rücken. Sein Haaransatz ist dunkel, das Deckhaar goldbraun und die Haarspitzen sind fast blond. Er versucht gerade, Jasper etwas zu erklären. Seine Hände malen Formen in die Luft. Ich verstehe überhaupt nicht, warum ich ihn so verzweifelt berühren, in seine Augen sehen und seinen Geruch einatmen möchte. Ich habe wirklich andere Probleme, wieso probiere ich es jetzt auch noch mit Selbstzerstörung? Er interessiert sich null für mich, gar nicht, niente. Ich überlege, ob ich oberflächlich bin, und dann ist da wieder dieses Gefühl. Als würde ich ihn kennen, ihn erkennen, hinter dieser Maske aus Eis. Den Samuel aus den SMS an Jasper. Ich habe das Gefühl, dass er mich verstehen, mir mit einem Kuss die Sorgen nehmen und sie wegpusten könnte.

»Ich bin ein Idiot«, sage ich.

»Was?« Maleen schaut verwirrt zu mir hoch.

Erst jetzt stelle ich fest, dass sie die ganze Zeit mit mir geredet hat und ich kein Wort mitbekommen habe. Das tut mir wirklich leid. Ich reiße ruckartig an dem Faden, der mich in Samuels Richtung zieht, ignoriere den Schmerz, als die Verbindung reißt, und konzentriere mich auf meine neue Freundin.

»Du magst ihn, oder?«, fragt diese und zwinkert mir zu.

»Hm, wen?«, frage ich betont gleichgültig und drehe eine Haarsträhne zwischen meinen Fingern.

»Überhaupt nicht auffällig oder so«, grinst Maleen. »Den da.« Sie deutet mit dem Kopf auf Samuel. »Glaub mir, ich bin scharfsinniger, als ich aussehe. Ich muss sagen, er ist wirklich atemberaubend schön. Vergoldetes Sahnebonbon. Du kriegst ihn, ich möchte den mit den Locken.«

Oh ja, genau solche Ansprüche sollten wir jetzt stellen.

»Lass uns gehen«, schlage ich schließlich vor, weil ich nicht finde, dass Samuel so viel Aufmerksamkeit verdient.

Maleen nickt. »Ich räum deinen Teller weg, hab ihn ja immerhin auch leer gegessen. Das ist eigentlich unhöflich.« Sie legt den Kopf schräg.

Ich winke ab, aber Maleen hat sich den Teller schon geschnappt. Sie saust zum Büfetttisch und hüpft dabei, als hätte sie Sprungfedern unter den Schuhsohlen. Nina kreuzt ihren Weg und gleitet, als würde sie Schlittschuh fahren. Maleen stolpert über ihre eigenen Füße und läuft rot an, als sie Nina fast über den Haufen rennt.

Diese bleibt kurz stehen, bis Maleen sich wieder orientiert hat, und schwebt dann unbeteiligt davon. Wenigstens habe ich jetzt eine Leidensgenossin.

Ich gehe zwischen den beiden Tischen entlang und drehe mich währenddessen zu Maleen beziehungsweise Samuel um. Mein Blick zu Maleen ist eigentlich nur Tarnung. Wenn ich nur wüsste, wie ich ihn erreichen kann. Ich wackele mit meinen Hüften und werfe mir die dunklen Haare über die linke Schulter. Dann stütze ich mich an einer hohen, weißen Säule ab und lächele Maleen lässig zu. Es soll so aussehen, als ob ich einen wunderbaren Morgen und überhaupt keinen Platz für Männer in meinem Leben habe. Oder vielleicht habe ich auch zehn Typen in meiner Heimatstadt, von denen jeder einen meiner Zehen küssen möchte. Ich hab eine Idee. Ich schnappe mir mein Handy, kichere überrascht und halte es an mein Ohr.

»Hey Philipp«, raune ich. »Ich schaff es schon noch, mich hier rauszuschleichen. Du vermisst meine Küsse? Ach, du bist so niedlich. Du willst heute Abend kommen? Mein Held ...« Ich lache auf, scanne Samuels Gesicht aufmerksam nach einer Gefühlsregung ab und fahre mit den Fingern durch meine Haare.

Maleen steht nun neben mir, eine steile Falte zwischen den blonden Augenbrauen. »Hä?«, macht sie.

Aber ich winke rasch ab. »Gleich«, flüstere ich ihr furchtbar beschäftigt zu, drehe mich von ihr weg, schirme mein eines Ohr mit einer Hand ab und kichere hyperaktiv ins Nirgendwo.

Maleen zupft an meinem T-Shirt.

»Philipp? Ich muss Schluss machen. Ich wünschte, du wärst hier.« Ich drücke die rote Taste, drehe mich zu Maleen herum und hoffe, dass meine Augen geheimnisvoll funkeln.

»Bist du doof?«, fragt Maleen. »Wen willst du beeindrucken? Wir haben doch gar kein Netz im Speisesaal und ein Handy dürftest du nicht mal haben.«

»Ähä«, mache ich und suche nach irgendeiner Erklärung. Ich versuche, mit meinen Lippen irgendwelche Worte zu formen.

Samuel hat meine hübsche kleine Präsentation verpasst und verlässt nun mit Jasper den Raum. Ich sehe ihm enttäuscht hinterher.

»Ich glaub, du brauchst mal 'nen Eimer Wasser über'n Kopf«, kommentiert Maleen belustigt.

»Ich … hab nur meine Mailbox abgehört«, sage ich schließlich.

»Du redest immer mit deiner Mailbox?« Maleen zieht gespielt naiv die Augenbrauen hoch. »Es geht um ihn, das hab ich schon verstanden. Wieso ich das weiß? Weil es immer nur um Männer geht.«

Für Deutsch habe ich die gesamte *Traumnovelle* durchgearbeitet und mir sogar auf Elenas Empfehlung hin eine Biografie des Autors Arthur Schnitzler aus der Bibliothek geliehen, die wegen ihrer üblichen sterilen Inneneinrichtung aussieht, als müsste sie eher Tierpräparate als Bücher auf den weißen Regalbrettern beherbergen. Dennoch sitze ich wieder stumm und dumm auf meinem Platz.

Und nun klappt mir die Kinnlade herunter. Samuel steht auf und erläutert: »Sie sind verheiratet und es scheint, als ob sie eine intakte Beziehung führen würden. Jedoch wird in der Novelle deutlich, dass ihre Beziehung Gefahr läuft zu scheitern, da sie in Gedanken beide erotischen Verlockungen erliegen.«

Er schließt den Mund und setzt sich wieder und alle tun so, als ob es vollkommen normal wäre, etwas wie »erotische Verlockungen« im Unterricht zu sagen.

Ich habe mir Fridolins und Albertines Geschichte so aufmerksam wie möglich durchgelesen, aber ich bin einfach nicht gut genug. Frustriert lege ich meinen Kopf auf die Tischplatte. Ich kann mir inzwischen sicher sein, dass ich für Samuel reinste Luft bin. Immerhin habe ich mit seinem Handy telefoniert und nicht mal das hat er bemerkt. Ich schnaube. Meine vibrierenden Lippen berühren den Tisch. Zum Glück hat auch keiner der Lehrer mein Schauspiel mitbekommen, dann wäre ich das Handy jetzt wahrscheinlich los.

Und dann ist die Stunde Gott sei Dank zu Ende, die ganzen Intelligenzbolzen schweben hinaus und ich raffe meinen Kram zusammen.

»Geht es dir besser, Sofia Wilden?«, fragt mich mein Deutschlehrer Herr Gerlind, vom Typ her skandinavisch.

Wäre ich nicht immer noch wütend, weil alle meine Bemühungen für die Katz sind, ich würde glatt mit ihm flirten. Doch nun mache ich nur ein müdes »Mh?« und werfe noch ein schnelles »Bitte?« hinterher.

»Du warst ja so krank«, hilft er mir freundlich auf die Sprünge und hält mir die Tür auf.

»Ja, bin ich immer noch«, sage ich mutlos. »Mein Kopf tut so weh.« Das ist nicht mal gelogen. Ich habe Liebeskummerkopfweh.

Und dann steht auch schon Maleen vor mir. »Jetzt guck doch nicht wieder so«, begrüßt sie mich.

»Ja, wahrscheinlich hast du recht. Hilft eh nicht.« Ich ziehe meine Unterlippe zwischen meine Zähne und folge ihr nach draußen.

Es ist kühl, aber die Sonne wirft trotzdem ein paar Strahlen auf die Wiese. Maleen und ich schlendern zum Pavillon, verharren kurz und sinken dann synchron zu Boden. Ich lehne meinen Kopf an eine große steinerne Rose, die eine der kleinen Säulen schmückt, welche den Pavillon stützen. Maleen hat uns zur Beruhigung Tee mitgebracht.

»Ich bin froh, dass du hier bist«, sage ich und versuche, in die Sonne zu schauen, die halb vom Schulgebäude verdeckt wird.

»Ich bin nicht froh, hier zu sein«, sagt Maleen leise. »Aber ich glaube, ohne dich könnte ich es gar nicht schaffen. Es sieht aus wie aus Eis, oder?«

»Absolut«, flüstere ich tonlos und nehme einen Schluck kochend heißen Tee.

Dann beschließt Maleen, meine Haare zu flechten, »weil sie so schön schneewittchenhaft aussehen«, und beginnt mit geschickten kleinen Bewegungen, Haarsträhnen voneinander zu trennen und anschließend zu verdrehen. Würde man die Hintergrundgeschichte nicht kennen, man würde glatt glauben, wir wären Figuren aus einem Märchenbuch. Bis auf Maleens Atmen ist es still. Kein Vogel zieht seine Kreise, keine Baumkrone biegt sich im Wind.

»Wie bist du nach Hellenwald gekommen?«, frage ich Maleen und bin von mir selbst überrascht. Meine Worte zittern in der Luft, als wären sie elektrisch aufgeladen.

Maleen wartet. Und wartet. Ihre Hände arbeiten sich stumm durch meine Haare. Ich rechne schon nicht mehr damit, dass sie antwortet, da rattert sie plötzlich mit hoher Stimme los: »Ich habe gestohlen, ja gestohlen, genau. Ich weiß, du denkst jetzt, dann hab ich es verdient, hier zu sein. Hab ich ja auch, weiß ich ja, aber du verstehst es nicht, weißt du? Ich bin kein Gettokind ... oder vielleicht doch, wir haben halt nichts, das ist alles Dreck und dann laufen solche wie Joana oder Ariane an mir vorbei, mit diesem typischen Gesichtsausdruck, und sie haben einfach alles, alles, was mir gefällt, rote Burberry-Mäntel und Levis-Jeans und ein weißes iPhone und eine Prada-Tasche und einfach alles und ich brauch ja gar nicht alles, aber ein bisschen, ich wollte ein bisschen. Die Kette, sie ist auch gestohlen. Ich hab das gut gemacht, weißt du. Aber nicht gut genug. Irgendwann stand die Polizei vor der Tür und dann musste ich gehen und Mama hat so geheult und gesagt, ich mach alles nur noch schlimmer und ...« Maleen holt tief Luft. Ihre Hände zittern.

Ich drehe mich zu ihr um. Alles an ihr zittert. Ihre Stimme, ihre Lippen, das Wasser in ihren Augen.

»Weißt du, warum ich hier bin, Maleen? Weil ich einfach nie meinen Mund halten kann. Und weißt du noch was? Das da zählt. Nicht das da.« Ich deute erst auf ihr richtiges Herz und dann auf die Kette. Sie will etwas sagen, aber ich schneide ihr das Wort ab. »Natürlich ist es alles nicht fair, Maleen. Das ist es nie. Guck uns doch an. Alles hier ist irgendwie unfair, denn egal, was wir machen, wir werden nie gut genug sein. Und verdammt noch mal, ich will endlich wissen warum.«

Maleen schluchzt trocken, umschlingt ihre Knie mit den Armen und schaukelt auf und ab. »Warum sie so sind, nicht wahr? Ich denke, das sollten wir wirklich herausfinden. Vielleicht ...«

Sie bricht ab, als wir plötzlich zwei Personen sehen, die auf uns zukommen. Die eine Person ist Serafina. Mit dem hohen schwarzen Pferdeschwanz sieht sie aus wie eine indische Prinzessin. Neben ihr läuft ein Mädchen, dessen Teint nur etwas heller ist. Es hat leicht schräg stehende Augen und ein herzförmiges, glattes Gesicht. »Hallo, Sofia Wilden. Hallo, Maleen Windspiel«, sagt Serafina und bleibt stehen.

»Hallo, Serafina Blablabla. Hallo, Blablabla Blablabla«, sagt Maleen und scheint kurz davor zu sein, die Zunge rauszustrecken.

Ich unterdrücke ein Grinsen. »Hi«, sage ich und stehe auf. Die geflochtenen Zöpfe baumeln über meinen Schultern. »Wozu dieses Treffen? Euer Ruf steht auf dem Spiel«, sage ich kühl und gedehnt.

Serafina übergeht dies professionell. »Maleen, ich nehme dich mit. Madame Bellefleur möchte deine erste Ballettstunde vorverlegen. Schließ dich uns bitte an. Das ist meine beste Freundin Anne.«

Ich ziehe die Augenbrauen hoch.

»Hä? Was willst du von mir?«, fragt Maleen. »Ich hab gesagt, ich will Tennis spielen. Garantiert kein Ballett, ich trag doch nicht so einen Tatütata-Rock.«

»Das weiße Tutu wird dir hervorragend stehen«, sagt Serafina mit cremeweißem Lächeln. Anne lächelt ebenfalls. Die sollen beste Freundinnen sein? Höchstens beste Eisblöcke.

»Aber ich wollte doch Tennis spielen«, beharrt Maleen.

Serafina geht einen Schritt auf sie zu und legt ihr eine Hand auf die Schulter. »Hey, du siehst so traurig aus. Lächle doch, du hast ein bezauberndes Lächeln. Und du hast eine bezaubernde Ausstrahlung. Du kannst den letzten freien Platz einnehmen. Tu

Madame Bellefleur doch den Gefallen, deine blauen Augen und deine kleinen Füße gehören in ein Ballettstudio wie unseres. Schau es dir einfach mal an. Ohne jede Verpflichtung. Wir wären so froh, dich dabeizuhaben.«

»Du fehlst wirklich«, fügt Anne hinzu, während ich mit offenem Mund hin und her schaue. Das kann doch nicht ihr Ernst sein.

»Geh unbedingt hin, dein Hintern gehört in dieses Ballett-studio«, spöttele ich und knuffe Maleen in den Oberarm. »Lass uns gehen, Maleen«, sage ich dann und gehe schon wie selbstver-ständlich los.

Nach drei Metern stelle ich fest, dass meine neue Freundin mir nicht folgt. Sie schaut Serafina immer noch an. »Meinst du wirk-lich?«, fragt sie, ein bisschen Hoffnung in der unsicheren Stimme.

»Genau das meine ich. Du bist dafür geboren«, sagt Serafina, greift nach ihrer Hand und zieht sie einfach hinter sich her.

Maleen stolpert über ihre Füße und schaut hastig zu mir herü-ber. »Sofia, ich … könnte doch einfach mal gucken gehen, oder? Sehen wir uns dann später?«

Serafinas Finger umschlingen Maleens Handgelenk. Die ist un-fähig, sich zu wehren.

»Jaja, mach nur«, sage ich halblaut, drehe mich um und gehe in die andere Richtung weiter. Ein kühler Wind schleudert mir die Zöpfe ins Gesicht. Ich fröstele und verschränke die Arme. Und bin wieder allein.

Mit schnellen Schritten gehe ich auf das Schulgebäude zu. Mit einem einzigen Plan: schlafen. Ich habe keine Lust mehr, über diese ganzen absurden und abnormalen Menschen nachzudenken. Ich möchte auch nicht über Maleen nachdenken, darüber, wie ein paar schleimige Komplimente ihre komplette Weltanschauung umschmeißen. Einfach nur schlafen.

Die Eingangstür fällt hinter mir ins Schloss. Ich schlucke und gehe rasch weiter – ebenso wie eine andere Person, mit der ich plötzlich zusammenpralle. Der Schwung holt mich von den Füßen. Im nächsten Moment liege ich überrascht auf den kalten Steinfliesen. Ich stütze mich ab und schaue hoch.

»Pass doch auf, Mann, Alter ey! Pass doch auf, wo du hin-
läufst! Bratze!« Ich starre ihm schockiert in die braunen Augen.
»Wer bist du überhaupt?«

Das ist eine berechtigte Frage. Der Typ, der fast zwei Meter in
die Luft ragt, erscheint mir wie eine Mischung aus Frankenstein
und einem asozialen Schlägertypen aus einer Bikergang. Verfilzte
mausbraune Rattenschwänze hängen ihm bis auf die Schultern.
Er hat buschige, steile Augenbrauen und gelbe Zahnbrocken. Sein
Atem rasselt wie der eines Kettenrauchers. Ich springe auf die
Füße. Der Typ streift die Ärmel seiner Lederjacke hoch. Aus dem
Augenwinkel sehe ich ein hübsches Totenkopftattoo. Der Toten-
kopf hat ein Würstchen im Mund. Juhu, da bekommt man direkt
Hunger.

»Isch bin Kevin«, knurrt der Kerl, was ich mir eigentlich auch
hätte denken können. »Und, Weib, komm mir nisch in die Quere.
Ich schlag jedem in die Fresse und du bis schneller tot, als du
denkscht.«

»Ähm ja … genau«, sage ich mit einem verkniffenen Lächeln,
gehe um ihn herum, winke und laufe hastig weiter.

Ich kenne solche Typen, ich kenne solche Drohungen. Angst
machen mir solche Leute eigentlich nicht – zumindest nicht außer-
halb dieses Geländes. Aber warum um Gottes willen ist der hier?
Er ist genau das, was ich unter kriminell und gemeingefährlich
verstehe, der ideale Proppen für ein Internat für Straftäter. Aber
jetzt, nach diesen paar Tagen unter Schwänen, kommt es mir vor,
als wäre sein Auftritt inszeniert. Ich schüttele den Kopf über sein
unmögliches Tattoo und laufe noch ein wenig schneller die Stufen
hinauf.

Ich sollte Mila anrufen, all meine Theorien werden gerade
widerlegt. Was macht er auf dieser Schule? Als ich mir vorstelle,
wie er zwischen Samuel und Jasper sitzt und Wurst frisst, während
die beiden ihr Vollkornbrot mit Camembert belegen, kann ich nur
lachen. Wenn nichts mehr geht, versuch es mit Humor.

Gegen Nachmittag findet Elenas Ballettaufführung statt. Es ist sicher besser, sich ihre makellose Show anzuschauen, als sich traurig im Bett zu vergraben. Ich krabbele unter der Decke hervor, schlüpfe in meine Chucks und mache mich auf den Weg. Als ich allein die langen, weißen Gänge entlanggehe, erinnere ich mich an Adam Stauber und die Spritze in seiner Hand, an meine überbordende Panik. Die Situation kommt mir so fremd vor, als wäre sie die Erinnerung einer anderen Person. Ich bin komplett durchgeknallt – wahrscheinlich sollte ich mich einfach damit abfinden.

Ich verlasse das Internatsgebäude, überquere die Wiese und die Tennisplätze und steuere auf das Ballettstudio zu. Auf einer einsamen Bank sitzt ein zusammengesunkener Haufen, den ich erst nach einem weiteren Blick als Kevin identifiziere. Wahrscheinlich fragt er sich gerade, wieso sich niemand für seine Pillen, seine Shisha und seinen Wodka interessiert. Vielleicht sollte ich mich zu ihm setzen und so lange kiffen, bis ich fliegen kann.

Dann aber schickt er mir einen bitterbösen Blick und ich schüttele nur den Kopf, beschleunige meinen Schritt und laufe die weißen, polierten Stufen zum Studio hinauf. Es ist von außen hellrosa, von innen aber genauso weiß wie das Internat. Zierliche Schuhe klackern über den cremefarbenen Boden. Auf den ersten Blick erinnert es an Neuschwanstein.

War es draußen auch noch so leer, jetzt wimmelt es plötzlich vor schönen Menschen, wie Nina und Jette, die grüßend in schwarzen Cocktailkleidern vorbeigehen. Ich fühle mich underdressed. Schüler und Lehrer schweben unbeteiligt an mir vorbei. Ich drehe mich im Kreis und suche nach einem freundlichen Lächeln. Von der Decke hängt ein gläserner Kronleuchter, in dem sich das weiße Licht bricht. In einem Stein, der die Form eines Eiszapfens hat, spiegelt sich mein einsames grünes Auge. Über meinem Kopf hängt ein großes Seidentuch, auf das Elenas schmerzhaft schönes Gesicht gedruckt ist. In den übergroßen Pupillen befinden sich kleine Miniaturversionen von Elena, die ihr Ballettkostüm trägt und eine Pirouette dreht. »Wow«, flüstere ich.

Und dann sehe ich Maleen. Mit geröteten Wangen und grünen Vans kommt sie mir entgegen. Sie hat mir einen Platz freigehalten. Ich hatte selten so ein Gefühl wie jetzt. Tiefe Dankbarkeit, unter tausend Fremden jemanden zu haben, der einen Platz für einen hat. Als Maleen mir vorsichtig erklärt, dass sie es mal mit Ballett versuchen wird, stimme ich nur lächelnd zu. Dann stellt sie mir ihre Ballettlehrerin vor, die auf Zehenspitzen geht und überall mit funkelndem Schmuck behängt ist. Maleen ist so aufgeregt, dass sie beim Knicksen umknickt. Ich suche nach ihrer Begabung, finde sie aber nicht.

»Die ist cool, oder?«, fragt sie und platzt fast vor Freude, weil Madame ihr ein »Maleen, ma fille!« geschenkt hat.

Ich bemühe mich um einen enthusiastischen Tonfall.

Wir sitzen direkt am weißen Geländer. In einem Abstand von ungefähr einem Meter befindet sich die ausladende Bühne, welche von Flügeln flankiert wird. Serafina steht daneben, die schlanke Geige schon auf dem Schulterblatt.

»Ich bin so was von aufgeregt«, kichert Maleen mir ins Ohr. Ihre blauen Augen sind riesengroß und ich kann ihr Herz schlagen hören. »Also, wenn die einmal nett sind, die Schönen, dann sind die auch verdammt nett!«

»Wir könnten ja trotzdem mal Tennis spielen«, schlage ich verhalten vor.

Maleen legt den Kopf schräg und prustet leise. »Sofia, mal im Ernst! Madame Bellefleur sagt, so ein Talent wie mich hätte sie in zehn Jahren noch nie gesehen! Tennis wäre Verschwendung!«

»Ach so, ja, okay«, entgegne ich und hefte meine Augen auf die Bühne, auf die nun zehn Mädchen in weißen Kostümen tänzeln. Zuletzt kommt Elena. Sie trägt ein enges, silbernes Kostüm. Ihre Haare fallen ihr in dunkelbraunen Wellen über den Rücken. Die vorderen Strähnen wurden ihr aus dem Gesicht geflochten und werden von kleinen Spangen in der Form eines Schwans gehalten. Sie war nie schöner. Wenn ihre Eltern hier sind, erkennen sie, wie unglaublich ihre Tochter ist. Wie stolz sie sein können, nach all den Jahren.

Elena macht alles richtig, jeden Schritt, jede kleine Handbewegung. Sie hat ihre Mimik komplett unter Kontrolle. Ihr glänzendes Lächeln weicht zu keiner Sekunde.

»Wow, das werde ich auch bald können! Nur noch schöner!«, raunt Maleen mir zu und ich bin kurz davor, sie zu fragen, ob sie wirklich so naiv ist. Vor einer Woche noch hätte ich keine Sekunde gezögert.

Elena hebt die Arme in sanften Wellenbewegungen an, bis sie über ihrem Kopf aufeinandertreffen. Sie streckt das linke Bein aus. Ihr Gesicht ist wie aus Marmor. Dann nimmt sie Schwung und dreht sich mit ausgefahrenem Bein um sich selbst.

»Sie ist gut«, sagt eine unbekannte Stimme in mein Ohr.

Ich schaue verwirrt auf.

Ein blonder Mann mittleren Alters zückt sein Blackberry.

»Wer sind Sie?«, frage ich.

Er zieht den linken Mundwinkel in Andeutung eines Grinsens hoch. »Du kannst mich Talentscout nennen. Kennst du sie?« Er nickt zu Elena hinauf, die in perfektem Spagat zu Boden sinkt.

»Ich teile mir mit ihr das Zimmer. Sie ist … einfach perfekt«, sage ich und nicke zur Bekräftigung. »Sie hat es auf jeden Fall verdient.«

»Ich verspreche nichts, aber wenn das so weitergeht …« Er hebt anerkennend die Augenbrauen und tippt hastig weiter.

Er ist nicht perfekt, denke ich. Er ist ein ganz normaler, wenn auch gut angezogener Mann mit Geheimratsecken und Hüftspeck. Der dritte nicht perfekte Mensch heute, nach Maleen und Kevin. Ich schenke ihm ein erleichtertes Lächeln, als wären wir Verschworene. Er lächelt überrascht zurück.

»Also, wenn sie so weitermacht, dann ruf ich den Chef an. Sagen wir es mal so: Sie hat Chancen auf Paris.«

Und genau in dem Moment, als er »Paris« sagt, bleibt Elena stehen. Elena Klee bleibt einfach stehen. Die Musik setzt aus und es ist totenstill, es ist eine ewige, entsetzte Stille. Elena steht mit hängenden Armen auf der Bühne und starrt ins Leere. In ihren Augen spiegeln sich die Lichter. Der Talentscout runzelt entgeistert die Stirn.

»Was tut sie denn?«, quietscht Maleen mit dünner Stimme in mein Ohr. »Was tut sie, Sofia? Glaubst du, sie hat ein Blackout? Schockstarre oder so?«

Ich schaue zu Elena hinauf, aber sie schaut ins Leere. Sie macht gerade einen Fehler, einen Fehler, den niemand je vergessen wird. Und irgendwie macht sie mir Angst. Der Pianist spielt wieder an, er versucht es zweimal, dreimal. Dann löst sich Madame Bellefleur aus der Menge, läuft auf Elena zu und fasst sie an den Schultern. Ihr hoher schlanker Körper verdeckt Elenas ausdrucksloses Gesicht. Ich schaue auf meine Unterarme und stelle fest, dass sich alle Härchen aufgerichtet haben.

»Aber sie konnte das alles!«, platzt es Maleen heraus. »Wie kann das sein?«

Die anderen Schüler und Schülerinnen schauen stumm zu. Wahrscheinlich können sie nicht fassen, dass ihr Leitschwan die so wichtige Aufführung mit dem Talentscout verhaut und Paris gerade in weite Ferne rückt. In den Zuschauerreihen regen sich gerade mal ein paar mir bis dato unbekannte Erwachsene. Wenn ich mir ihre schwarzen Anzüge, die glatt rasierten Gesichter und die polierten Manschettenknöpfe angucke, sind sie bestimmt so etwas wie Förderer dieser Schule. Förderer, die gerade feststellen, dass ihre Galionsfigur zerspringt.

»Aber sie kannte es in- und auswendig!«, quengelt Maleen.

Einer der Anzugmänner bahnt sich einen Weg durch die Zuschauer, eine steile Zornesfalte auf der Stirn. Im Hintergrund telefonieren zwei weitere Männer und gestikulieren so wild, dass sie Jasper, Nina und Jette fast von ihren Stühlen schlagen. Ich recke den Hals, unterdrücke meine Beklemmung und versuche herauszufinden, was hier gerade passiert. Ich muss mit Elena reden. Vielleicht stimmt es doch und der Druck, so unglaublich perfekt sein zu müssen, lässt sie gerade zusammenbrechen. Ich stehe auf.

»Wo gehst du hin?«, kreischt Maleen.

Madame Bellefleur hält Elenas Schultern und schüttelt sie sanft. Dann löst sie sich von ihr, geht zum Rand der Bühne und plötzlich stellt sich Elena Klee auf die Zehenspitzen und tanzt weiter.

Der Mann, der gerade auf Elena zusteuern wollte, bleibt stehen und wischt sich mit einem weißen Seidentuch den Schweiß von der Stirn.

Die anderen lassen erleichtert ihre Mobiltelefone sinken. Wenn ich mich nicht irre, murmelt einer »Gott sei Dank«.

Ich blinzele und richte meinen Blick wieder auf das tanzende Mädchen, das nun wieder lächelt, als hätte man es angeknipst. Elena sieht überirdisch aus und ihre Schrittchen sind fein und elegant wie Schneeflocken. Ich setze mich wieder.

»Puh«, schnaubt Maleen mit vibrierender Unterlippe. »Wahrscheinlich haben sogar diese Leute mal ein Blackout.«

»Ja, bestimmt«, sage ich mit dünner Stimme und versuche, meine schleichende Unruhe auszuschalten.

Elenas silbernes Kostüm schwingt während ihrer grazilen Drehungen. Die anderen Tänzerinnen bilden einen Kreis um sie.

»Ihr ist vorher noch nie ein Fehler unterlaufen«, sagt eine kühle Männerstimme.

Ich schaue hoch.

Der Seidentuchanzugträger hat sich unbemerkt neben den Talentscout gestellt. »Ansonsten gibt sie immer alles. Sie ist die Allerbeste.« Er kratzt sich an einer Augenbraue und starrt auf die leere Wand neben der Bühne.

Der Talentscout windet sich. »Ja, bestimmt«, sagt er und presst die Lippen zusammen.

»Sie müssen sie nehmen«, sagt der Anzugträger.

»Das wird der Chef entscheiden.« Der Talentscout gibt sich Mühe, sicher und überzeugt zu wirken, aber die hagere, dunkle Gestalt neben ihm verunsichert ihn deutlich. Der Anzugträger erinnert mich an die grauen Herren aus *Momo*. Fehlt nur noch die dicke, schwarze Pfeife.

»Sie *müssen* sie nehmen«, betont der graue Herr und durchbohrt den schrumpfenden Talentscout mit seinen Blicken.

»Mal sehen«, nuschelt der. »Ich geh mal eine rauchen.« Der Talentscout schlängelt sich durch die Stuhlreihe und holpert davon.

»Ich verlasse mich auf Sie«, sagt der Anzugträger. Er erhebt die Stimme nicht, trotzdem prallen seine Worte auf den Rücken des flüchtenden Scouts, sodass der kurz zuckt.

Als ich bemerke, dass die Stahlaugen des grauen Herrn mich fixieren, lächele ich so mädchenhaft wie möglich und gebe vor, mich weiterhin auf Elenas Tanz zu konzentrieren. Mit zappelnden Füßen warte ich den Rest der Aufführung ab.

»Was hast du denn?«, nörgelt Maleen, als ich ihr zum wiederholten Male gegen das Schienbein trete.

»Schon gut, schon gut«, sage ich möglichst unaufgeregt.

Doch kaum ist Elena am Ende des Stückes zu Boden gesunken, stehe ich schon senkrecht. »Hab 'nen wahnsinnigen Hunger«, rufe ich und stürze hinaus.

Als ich über die Wiese laufe, kommt mir ein Wachmann in die Quere, sodass ich Mila nicht anrufen kann. Und dann steuert auch noch Alessia auf mich zu und ruft mich zu sich, um mit mir über den nachzuholenden Unterrichtsstoff zu sprechen.

»Ich bin total gut in Mathe! Parabeln und so!«, stoße ich verzweifelt aus, aber das hilft leider auch nicht.

Alessia redet und redet.

»Hören Sie, ich bin wirklich müde. Können wir das wann anders besprechen?«, sage ich irgendwann und ohne ihre Antwort abzuwarten, mache ich mich eilig auf den Weg zu meinem Zimmer.

Als Elena hereinschwebt, ist es schon halb zwölf. »Geht's dir gut?«, erkundige ich mich lauernd.

»Es ist alles perfekt«, entgegnet Elena und löst die Schwanenspangen aus ihrem dunklen Samthaar. »Menschen machen Fehler, nicht wahr?« Sie zieht sich das Kleid über den Kopf.

Ich senke meinen Blick, denn ihr flacher Bauch macht mich depressiv. »Ja, schon«, sage ich und frage mich, warum ich es so absurd finde, dass Elena Fehler macht.

Ich warte eine halbe Stunde lang, bis ich mir sicher sein kann, dass sie schläft. »Elena?«, frage ich.

Sie antwortet nicht.

Ich tapse auf den Flur hinaus, überlege kurz und beschließe dann, dass ich besser im Treppenhaus telefonieren sollte, um niemanden zu wecken. Ich muss Milas Meinung hören.

Da ich inzwischen schon etwas erfahrener bin, halte ich die schwere Tür fest, sodass sie sich mit einem sachten Klicken schließt. Hoffentlich geht alles gut, bitte keine Superwoman-Wachfrauen.

Der Mond wird von einer dicken, dunkelgrauen Wolke verdeckt. Ich blinzele hoch zu der schmalen, hellweiß leuchtenden Deckenleiste und ziehe das Handy hervor. Dann beginnt die Leiste plötzlich zu flimmern.

»Och nö!«, schnaube ich im Flüsterton. »Ausgerechnet jetzt! Mann!«

Die Leiste gibt ein letztes hämisches Zucken von sich.

»Gute Nacht«, sage ich.

Dann wird es stockdunkel um mich herum – was für eine wahnsinnig witzige Schicksalsfügung. Ich werde meine Schwester trotzdem anrufen. Dank Samuels Handy hab ich sogar ein wenig Licht. Ich drücke rasch auf die Tasten, meine Schuhe werden blassgrün beleuchtet. Ich drehe mich mit dem Handy im Kreis, bis ich eine Wand gefunden habe, an der ich mich abstützen kann. Los jetzt. Eilig und mit flatternden Fingern tippe ich Milas Nummer ein und bereite mich darauf vor, ihre vertraute Stimme zu hören, da schießt eine dunkle Hand aus dem Nichts auf mich zu. Aus meiner Kehle löst sich ein entsetztes Krächzen, dann presst sich die Hand auch schon kräftig auf meine Lippen. Ein stählerner Arm drückt meinen Oberkörper an die Wand, während der andere mir das Handy aus der Hand schlägt. Bevor es auf dem Boden zersplittern kann, greift der Fremde danach. Ich hyperventiliere und beiße mit ganzer Kraft in seine Hand. Der Fremde stößt ein kaum hörbares Zischen aus, lockert seinen Griff jedoch nicht. Sein anderer Arm legt sich geübt um meine Hüften, dann wirft er mich einfach über seine Schulter und stürmt mit mir in die Dunkelheit.

Ich schlage wild auf seinem Rücken herum. Was will er von mir? Um Gottes willen, der ist ein Profi, der hat so etwas schon mal gemacht. Er macht kräftige Schritte, mein ganzer Körper wird durchgeschüttelt, kalter Schweiß läuft meinen Nacken hinunter. Was tu ich denn jetzt? Was soll das? Er kann doch nicht einfach in eine Schule laufen und Mädchen entführen. Ich versuche abermals, heftig zuzubeißen, und schmecke warmes Blut auf meiner Zungenspitze. »Du Biest!«, sind die ersten Worte, die ich aus seinem Mund höre, sehen kann ich ihn immer noch nicht.

Er lässt mich zu Boden rutschen. Ich pralle auf die Fliesen, springe sofort wieder auf und beginne, wild um mich zu treten. »Du mieses, feiges Stück! Dich einfach an wehrlosen Mädchen zu vergreifen! Ich werde bis zum Ende kämpfen, hörst du das? Bis zum Ende!« Ich glaube, eine Bewegung wahrzunehmen, und schlage mit der Faust in die Richtung.

»Aaah!«, macht es. »Das war mein Schlüsselbein!«

Ich spüre Befriedigung. Sofia Wilden wird niemals kampflos untergehen.

»Und was heißt hier ›wehrlos‹?«, fragt er. »Du wirkst nicht gerade wehrlos. Komm runter, ey! Mit euch Weibern hat man immer nur Ärger.«

»Komm mir nicht mit so was!«, fauche ich und wünsche mir Katzenaugen. »Was willst du von mir?«

»Oh Mann«, stöhnt er entnervt. »Du kannst dich doch nicht mitten ins Treppenhaus stellen und telefonieren. Schon mal an Kameraüberwachung gedacht, hm? Schlau genug, das Ding da reinzuschmuggeln, aber weiter reicht's dann doch nicht. Ah, Mann. Hol mir mal ein Kühlpack.«

Ich zögere. »Wo sollen denn Kameras sein?«, frage ich dann misstrauisch und verschränke die Arme.

»In den blöden Engelsstatuen. Denk doch mal nach. Gott sei Dank sind wir hier in 'nem toten Winkel. Aber wenn du weiterhin einen auf Karate Kid machst, fliegst du auf.«

»Echt jetzt?«, frage ich verunsichert. »Hm. Joa. Dann danke.«
»Hm. Joa. Bitte«, äfft er mich nach. Seine Stimme ist ein bisschen rau, als hätte er an Karneval zu viele Lieder gesungen.

»Sorry, ich bin halt nicht sofort dabei, wenn mich irgendjemand im Dunkeln über die Schulter schmeißt und mit mir losstürmt, als würde gleich alles in die Luft gehen!«

»Wie auch immer«, stöhnt er. »Wenn du Glück hast, bleibt das Ganze unbemerkt. Schrei hier also bitte nicht so rum. Abgesehen davon, dass alles verwanzt ist, wollen die anderen vielleicht auch schlafen.

»Sei nicht so arrogant!«, schnauze ich.

»Sei nicht so zurückgeblieben«, kontert er.

»Was bildest du dir eigentlich ein?« Innerhalb von zwei Sekunden kocht mein Blut. »Immer die gleichen beschissenen Typen! Ihr denkt, eine Frau sollte nur kochen und waschen. Ich bin überhaupt nicht zurückgeblieben, ich spreche drei Fremdsprachen und kann sogar auf Chinesisch Nudeln bestellen und das kannst du ganz bestimmt nicht!«

»Bitte?«, fragt er perplex. Dann fängt er so laut an zu lachen, dass ich zusammenzucke. Schließlich höre ich, wie er das Lachen mit seiner Hand dämpft, aber sein dämliches Prusten kitzelt noch immer in meinen Ohren. »Entschuldige«, sagt er schließlich. »Bitte bestell bei mir Nudeln.«

»Halt deinen dummen Mund!«, rufe ich erbost aus und fange an, im Dunkeln mit meinem Zeigefinger herumzuwedeln.

Er krümmt sich vor Lachen, während er mir das Handy hinhält. Dann schnappt er nach Luft. »Also, zurück zum Ernst des Lebens und ...«

Doch er kann sich nicht beruhigen, das Ganze artet in einen richtigen Lachkrampf aus. Ich überlege, ihn erneut zu beißen.

»Wenn du dein Vorstellungsgespräch hast, solltest du das sagen: Ich bin flexibel, teamfähig und kann auf Chinesisch Nudeln bestellen. Ching chang chong Nudelchingchong.«

»Hähähä«, näsele ich. Mein Puls rast vor Wut. Ich bin lange nicht ausgelacht worden, ich weiß nicht, wie man damit umgeht.

»Okay.« Er streckt mir wieder das Handy hin. »Brauchst du das noch?«

»Ja«, sage ich knapp und greife danach.

Seine Hand zögert, dann gibt sie es frei.

»Was?«, schieße ich hervor.

»Schon gut«, murmelt er. »Gute Nacht. Hat mich unheimlich gefreut, dich kennenzulernen. Die Schmerzen haben sich gelohnt.«

»Wer bist du überhaupt?«, frage ich griesgrämig. Es würde mich wirklich interessieren, was mein selbstmitleidiger, hundsgemeiner Held für ein Gesicht hat. Mehr als seine Silhouette kann ich in der Dunkelheit nicht erkennen.

Er lacht nur. Und entfernt sich dann. Ich wurde für heute eindeutig genug gedemütigt.

Schnaubend wähle ich Milas Nummer.

»Schofia?«, nuschelt sie.

»Ja, ich weiß, du schläfst, sorry, tut mir so was von leid!«, schieße ich los wie eine Silvesterrakete.

»Tut's dir gar nicht«, knurrt Mila.

»Nö, stimmt«, sage ich. »Pass auf, M. Es ist was Krasses passiert. Die perfekteste Perfektionistin der ganzen Schule hatte ein riesengroßes Blackout, das sie wahrscheinlich ein Stipendium oder so kosten wird. Das ist doch unnormal! Glaubst du, sie bricht unter dem Druck zusammen?

»Weisch nich«, entgegnet Mila. »Aber, S, ich wollte dir auch noch was sagen. Wenn auch nicht zur Geisterstunde. Ich hab mal gegoogelt und in einem Forum was gefunden. Warte, ich hab's notiert. ›Chocolata123, 10. Juni 2010‹. Ungefähr vor einem Jahr. Hör zu. Sie sagt, ihre Freundin – Emma heißt sie oder so – wäre nach Hellenwald gekommen und würde sich nicht mehr für sie interessieren. Emma hat sie wohl komplett aus ihrem Leben ausgeschlossen. Na ja, dann heult sie sich ein bisschen aus, beste Freundinnen seit sieben Jahren, ach, es war so schön und sie konnten über alles reden. Na ja, und dann fragt sie, ob die Schule irgendwas damit zu tun hat. Und darauf hat auch jemand geantwortet. Aber das wurde gelöscht. Jemand hat den Eintrag gelöscht, weil man so was wohl nicht wissen soll. Ich finde das alles sehr komisch, S. Ich will, dass du auf dich aufpasst, okay? Und bring dich nicht in Schwierigkeiten, du bist nicht Sherlock Holmes. Sitz deine Zeit ab und dann komm heil zurück. Okay? Okay?«

»Ja, sicher, M, schlaf schön und träum süß«, sage ich freundlich und lege dann auf. Mein Blick verliert sich in der Dunkelheit.

7. KAPITEL

HERZLOS

»Things do not change. We change.«
HENRY DAVID THOREAU

W as dich nicht umbringt, macht dich härter«, sagt Maleen und wendet mir ihr Gesicht zu.

Wir liegen nebeneinander ausgestreckt im Gras und blinzeln in die Sonne.

»Wie meinst du das?«, nuschele ich aus meinem Mundwinkel heraus und reiche ihr einen Ohrstöpsel hinüber.

»Das hier ist eine total harte Zeit. Eine richtige Herausforderung. Aber wenn wir daran nicht kaputtgehen, wachsen wir. Bekommen dickere Schalen, sind nicht so leicht aus der Ruhe zu bringen.«

»Bist du so ein Mach-Limonade-draus-Mensch?«, frage ich.

»Ich weiß nicht«, sagt Maleen, stützt sich mit dem Ellbogen auf und schirmt ihre Augen mit der Hand ab, damit sie die Sonne nicht blendet. Im Licht sind ihre Haare golden. »Ich versuche, überall etwas Gutes rauszuholen.«

»Das wär mir vieeel zu anstrengend«, antworte ich. »Du musst den ganzen Mist immer und immer wieder durchkauen, um vielleicht irgendwann einen Schokosplitter zu finden.«

»Aber wenn du den Schokosplitter gefunden hast«, wirft Maleen ein. »Wenn du ihn gefunden hast, kannst du stolz auf dich sein.«

»Ja, und was, wenn jemand anderes ihn schon angeleckt hat?«, frage ich.

Maleen lacht. Sie trägt knallorangefarbene Gummistiefel zu ihrer Schuluniform und hat einen fetten violetten Lidstrich. Ich könnte sie nicht mehr dafür lieben.

Sie antwortet nicht, stattdessen beginnen wir tatsächlich, Verstecken zu spielen, als wären wir fünf Jahre alt. Maleen hopst wie ein Kaninchen und ist auch hinter einer Ansammlung dunkler

Bäume dank ihrer Stiefel nicht zu übersehen. Ich schleiche mich von hinten an sie heran.

»Sofia?«, fragt Maleen kleinlaut.

Ich rase von hinten auf sie zu, umschlinge sie und brülle: »Muhaha, das ist das Ende!«

Maleen schreit wie am Spieß und fährt hysterisch zu mir herum. Ihr Gesicht ist dunkelrot. »Ach, Mann«, mault sie und boxt mir gegen die Schulter.

»Das war nicht schlecht«, sage ich lächelnd.

»Du bist gemein«, entgegnet Maleen. »Warum hab ich nur solche fiesen Freunde wie dich?«

»It's destiny, darling«, sage ich mit zum Himmel geöffneten Händen.

Serafina ist unbemerkt zwischen den Bäumen aufgetaucht und streckt auffordernd die Hand aus. »Maleen Windspiel, schließ dich uns bitte an. Madame Bellefleur möchte dich im Studio sehen. Bitte lass in Zukunft die Haschereien nach Aufmerksamkeit, deine Gummistiefel sind wirklich unangemessen. Du hast Stil, das wissen wir alle. Wenn du noch ein bisschen an deinem Charakter arbeitest, hast du dein Ideal bald erreicht. Hm?«

»Ach, ich hab dich gar nicht bemerkt. Weil alles an dir so fad ist, fällst du ja gar nicht richtig auf«, liegt mir schon auf der Zunge, als Maleen auf Serafina zutapst.

»Ja, ich komm mit. Und die Gummistiefel, das wird nicht mehr vorkommen«, murmelt sie betreten.

»Du bist ein gutes Mädchen«, sagt Serafina mit einem Eislächeln.

»So was nenne *ich* charakterliche Schwäche, Maleen«, schreie ich den beiden hinterher.

Maleen dreht sich zu mir um, ihre blauen Puppenaugen zucken.

»Wenn du diese Gummistiefel magst, dann solltest du sie auch tragen – verdammt!«

Maleen schaut zögernd zu Serafina hoch und das reicht mir schon.

»Geh ruhig mit«, sage ich. »Geh ruhig mit, aber komm nicht wieder.« Und damit drehe ich mich um und gehe.

Als ich die Treppe zur Eingangshalle erreiche, trete ich wütend gegen eine der Stufen. Ich bin wohl selbst schuld. Serafina ist schön und talentiert. Was erwarte ich denn von Maleen?

Kevin kommt mir entgegen. »Steh doch nisch im Weg rum«, raunzt er, dabei klingt er aber längst nicht so tough wie gestern. Er hat ein einfaches Gummi um seine Rattenschwänze geschlungen. Seine Haut ist fettig und gerötet.

»Sorry«, murmele ich müde. Doch das hört er nicht mehr, er stampft bereits wie ein einsames Mammut auf seine Stammbank zu.

»Wie findest du es hier so?«, rufe ich ihm hinterher. »Wie sind die Leute?«

Erst glaube ich, dass er einfach weiterstampfen wird. Doch dann dreht er sich zu mir um. »Was wohl? Scheiße is es hier. Findse jawohl selbs auch. Aber das lass isch mir nisch bieten. Wirs schon sehen.«

Schon wieder so eine Kampfansage. Was will er denn machen? Einen Totenkopf aus Wurst auf dem Büfett anrichten?

Ich zucke mit den Schultern, zucke dann noch mal und will gerade hineingehen, als ich Alessia entdecke. Um weiterem Nachhilfeunterricht zu entgehen, mache ich hastig kehrt und als hätte ich nicht schon genug, taucht jetzt auch noch Samuel auf. Er trägt eine weiche Ledertasche mit Schulterriemen, sein Pony fällt ihm glatt und schimmernd in die Stirn und er lächelt abwesend. Wenn er lächelt, lächelt er immer nur in sich hinein. Die Arme hinter dem Rücken verschränkt, schlendert er neben seinem besten Freund und dessen Freundin durch die Mittagssonne. Jasper beißt in seinen Apfel, wirft ihn einmal in die Luft und fängt ihn wieder auf.

»Hallo, Sofia«, sagt Nina, während Samuel und Jasper an mir vorbeilaufen, als wäre ich nur ein weiterer blöder Steinengel.

»Hey, Nina. Hallo, Samuel, ist die Ledertasche gestern von Mami mit der Post gekommen?«, rufe ich ihnen hinterher.

»Bist du schon mit deinem Essay fertig?«, höre ich Samuel Jasper fragen.

»Ja, 15 DIN-A4-Seiten«, erwidert der. »Renaissance und Barock. Mit Schwerpunkt: Leitmotive der Literatur im Barock. Hast du deins schon geschrieben?«

»Natürlich«, entgegnet Samuel mit glatter Stimme.

»Geht ihr eigentlich noch sprayen?«, rufe ich ihnen verzweifelt hinterher. »So wie früher?«

Die Tür fällt ins Schloss. Ich umklammere mich selbst und trete noch mal gegen die Stufe. Dass es wehtut, ist mir total egal.

Plötzlich jagt etwas Großes, Dunkles an mir vorbei. Es ist Kevin. Ich weiche zurück. Im ersten Moment denke ich an eine gewaltige Gewitterböe. »Isch lass mir das nisch gefallen! Kämpf mit mir! Aber behandel uns nisch wie Dreck! Du bisch nich besser als isch! Mit deinem behinderten Ralph-Lauren-Polo und deinen Golfschuhn und so weiter! Du bisch nisch Elite!« Und damit reißt er die Tür auf und rammt Jasper seine Faust in den Rücken.

Ehe ich mich darüber wundern kann, dass Kevin und ich jetzt ein Team sind, ehe ich mich überhaupt fragen kann, wieso Kevin gerade jetzt die Sicherungen durchbrennen, schnellt Jasper herum. Eine Sekunde lang sehe ich seine kalten, dunklen Augen. Dann donnert er Kevin seine Faust seitlich ans Kinn. Während Kevins Kopf herumfliegt und ich einen Aufschrei von mir gebe, holt Jasper mit dem rechten Bein aus. Er schwingt den Fuß fast lässig durch die Luft und haut ihn Kevin in die Kniekehlen – mit der Wucht eines steinernen Baseballschlägers. Kevin geht in die Knie, aber Jasper ist noch nicht fertig.

»Hör auf!«, schreie ich und stürze die Stufen hoch.

Ehe ich die beiden erreicht habe, trifft Jaspers Knie Kevins Brustbein. Kevin kippt nach vorn, röchelt und ein Schwall Blut ergießt sich auf die weißen Stufen. Im Hintergrund stehen Samuel und Nina und unterhalten sich unbefangen.

»Bist du krank? Hör auf, hör sofort auf!« Schwer atmend und mit ganzer Kraft versuche ich, Jasper von Kevin wegzustoßen. Doch er schiebt mich mit einer einzigen Handbewegung zur Seite, setzt seinen Fuß auf Kevins Rücken und stampft, bis dieser platt auf der obersten Treppenstufe liegt und winselt.

»Bitte nisch, isch bin still, bitte nisch!«, keucht Kevin. Blut sickert aus seinem Mundwinkel. Seine Augen sind wässrig und rot.

Ich stürze erneut auf Jasper zu und stelle mich vor Kevin, tanze vor ihm auf und ab. »Schlag mich ruhig«, fauche ich den großen, dunkelhaarigen Jungen mit der ebenmäßigen Haut an, der an mir vorbeisieht, als wäre ich nicht da.

Schließlich wendet er seinen Kopf ruckartig zum Schulgelände. »Bringt ihn in den Krankenflügel!«, weist er zwei dünne, vielleicht 13-jährige Schönlinge an. Sie traben bereitwillig auf ihn zu.

Mir bleibt die Luft weg. Ich warte darauf, dass das Bild sich vor meinen Augen auflöst und ich schweißüberströmt in meinem Bett aufwache, aber es passiert nicht.

»Bist du behindert?«, schreie ich und schlage mit den Fäusten an Jaspers breite Brust. Es fühlt sich an, als würde ich versuchen, mit bloßen Händen einen Tempel einzureißen. »Was hast du mit ihm gemacht?«

Jasper bleibt regungslos stehen.

»Ich bin so froh, dass du nicht *mein* bester Freund bist. So was von froh.«

Jasper zieht eine Brille mit dickem Goldrand aus der Tasche seines Hemdes, setzt sie sich auf seine Nase und beobachtet, wie die beiden Jungen versuchen, Kevin zu schultern. »Ich wüsste nicht, wieso du dich dazu äußern solltest, Sofia Wilden«, sagt er dann, dreht sich weg und geht zu seinen plaudernden Freunden.

»*Das* Leitmotiv ist wohl das Vanitas-Motiv«, sagt er zu Samuel. »Ich denke, darauf solltest du dich konzentrieren.« Dann wenden sie sich ab und schweben davon.

Ich sinke neben Kevin auf die Knie und sammle die Rattenschwänze aus der Blutpfütze. Einer der 13-jährigen Jungen greift Kevins Oberschenkel. Ich drängele den anderen weg. »Geh ruhig, ich mach das.«

Er schaut mich verwirrt aus seinen graublauen Augen an. Ich rempele ihn mit dem Ellbogen beiseite, packe Kevins massigen Oberkörper und schleppe ihn mit dem anderen Jungen in die Eingangshalle. Wir gehen einen mir bis dato unbekannten Flur entlang und landen in einem weiten Raum mit hohen weißen Wänden, einer weißen Kuppel und großen, altmodischen Flügelfenstern. Die Betten werden von glänzenden, cremeweißen Laken bedeckt, sind mit weißen Tüchern überspannt und alle leer. Wir steuern auf das nächstgelegene Bett zu. Ich lege Kevin ein Kissen unter den Kopf und wische mir den Schweiß von der Stirn. Der Baldachin kräuselt sich in der Brise.

»Es tut mir leid«, sage ich zu ihm, suche nach einem Taschentuch und halte es ihm entgegen.

»Muss es nisch. Morgen geht's mir wieder normal«, antwortet er mit zitternder Stimme. »Isch bin robust.«

»Sicher.«

Der Träger verlässt mit geradem Rücken den Raum und dreht sich nicht mehr um. Die allumfassende Kälte raubt mir den Atem. Ich sinke auf die Bettkante zu Kevins Füßen und vergrabe meinen Kopf in meinen Händen.

»Ey, du«, nuschelt Kevin zwischen seinen geschwollenen Lippen hervor.

»Hm?«, mache ich und schaue ihn aus müden Augen an.

»Danke, ne?«

»Klar, kein Ding«, sage ich lächelnd.

»Bin isch verrückt?« Er hebt mühsam den Kopf.

»Nee«, antworte ich leise. »Du bist der Einzige hier, der es nicht ist.«

»Oh«, macht er.

»Ja, oh«, wiederhole ich und kralle mir mit den Nägeln in die Oberschenkel.

Eine dunkelhaarige Frau mit unnatürlich roten Lippen kommt herein und streckt die Hand aus. »Sandra«, sagt sie lächelnd. »Schulkrankenschwester.«

Ich rutsche von Kevins Bett , bleibe mit verschränkten Armen neben ihr stehen und beobachte, was sie tut.

»So etwas ist keine große Sache«, sagt Sandra sanft und zieht eine weiße Schublade auf, aus der sie einen dicken Verband und eine große Salbentube hervorholt.

»Keine große Sache, hm?«, frage ich. »Sehen Sie mir in die Augen.«

Sandra ignoriert mich, untersucht Kevins geschwollenes Gesicht und streift seinen schlabbrigen Pullover hoch.

»Sehen Sie mir sofort in die Augen.« Ich packe sie an der Schulter und zerre sie zu mir herum.

Sie sagt nichts.

»Ich weiß nicht, was den Schülern hier für Werte vermittelt werden. Aber ich habe genug gesehen, um zu wissen, dass das absolut krank ist. Jasper hat ihn *zusammengeschlagen*. Kaltblütig zusammengeschlagen und danach über seinen Essay gesprochen. Ich erwarte, dass dagegen etwas getan wird. Verstehen Sie das?«

»Du kannst jetzt gehen, Sofia Wilden«, sagt Sandra mit einem geübten Lächeln, wendet sich wieder Kevin zu und beugt sich über seinen Oberkörper. Er gibt ein leises Stöhnen von sich, will wohl etwas sagen, schweigt dann aber. Ich bleibe stehen, ziehe scharf die Luft ein und verstecke meine geballten Fäuste hinter meinem Rücken.

»Tun Sie etwas dagegen«, sage ich so sanft wie sie zuvor.

Sandra schraubt den Deckel der Salbe ab und verteilt das pistaziengrüne Gemisch auf Kevins Brust. »Alles wird gut werden, Mädchen«, sagt sie. »Wenn sich dein gesundheitlicher Zustand verbessert hat, wird sich auch alles andere verbessern.«

Ihr kühler Tonfall überläuft mich wie Eiswasser. Du sollst ihnen weiter vorspielen, dass du krank bist, wispert Milas eindringliche Stimme in meinem Kopf. Ich gebe ein erstaunlich gekonntes Husten ab. »Noch ist es echt mies«, näsele ich und gehe schließlich.

Als ich die Eingangshalle erneut betrete, fällt mir auf, dass die weißen Stufen bereits blank sind. Das Blut wurde innerhalb von fünf Minuten entfernt, alles ist wieder makellos.

Serafina und Maleen steigen sie hoch. Maleen legt den Kopf in den Nacken, um die indische Prinzessin anlächeln zu können. Ihre Augen strahlen. »Ich würde alles geben, wenn ich einmal so sein könnte wie du«, höre ich ihre Kinderstimme durch die schwere Tür. »Wirklich alles.«

Mein Wunsch, mich bei ihr zu entschuldigen, verblasst. »So willst du sein?«, flüstere ich in die Stille hinein. »Dann solltest du das. Aber ohne mich.« Ich mache kehrt und laufe mit schnellen, zu lauten Schritten auf mein Zimmer.

Dort angekommen, renne ich in meinem Teil des Raumes im Kreis und beschwöre mich selbst, nicht loszuheulen. Dann öffne ich ein Word-Dokument und schreibe immer wieder: »Was dich nicht umbringt, macht dich härter. Was dich nicht umbringt, macht dich härter. Was dich nicht umbringt, macht dich härter. Was dich nicht umbringt, macht dich härter.« Ich höre erst auf, als meine Finger wehtun.

Später gehe ich erneut zu Kevin. Aus Protest – die perfekten Rosen aus den perfekten Beeten will ich nicht – habe ich Papierblumen gebastelt und in Parfüm getränkt. Es ist mir nicht wichtig, ob sie den Strauß wegschmeißen, entfernen, so wie sie das Blut von den Stufen gewischt haben. Es ist nur wichtig, dass Kevin ihn sieht, bevor sie ihn wegschaffen.

Als ich erneut vor seinem Bett stehe, sind seine Augen halb geöffnet. »Du schon wieder«, grunzt er.

Ich lege ihm die Papierblumen auf die Brust. »Ich habe … improvisiert«, sage ich und beiße mir grinsend auf die Unterlippe. »Ich hoffe, er gefällt dir trotzdem.«

Kevin legt seine wulstige Hand um den Blumenstrauß, wedelt damit vor seiner Nase herum und strahlt. Ja, er strahlt. Seine kleinen dunklen Augen glitzern. »Die riechen ja«, sagt er und klingt dabei so begeistert wie ein kleiner Junge, der zum ersten Mal ein ferngesteuertes Auto fahren darf.

»Ja, parfümiert«, sage ich immer noch grinsend und wippe auf meinen Fußballen auf und ab.

»Das find isch klasse«, sagt er ernst und strahlt dann noch einmal. »Ehrlich. Das find isch rischtisch süsch.«

Süsch? Ich muss schmunzeln. Dieses Wort aus seinem Mund zu hören ist fast so absurd, wie Vin Diesel beim Tanzen des Wiener Walzers zuzusehen.

»Warum bis du hier?«, fragt Kevin.

»Weil ich 'ne zu große Fresse hab.«

»Haha, das is geil. Isch bin hier, weil isch ein Alkoholproblem hab. Höhö.«

»Höhö«, antworte ich.

»Es is so scheiße hier«, sagt er schließlich langsam und streichelt die Papiersonnenblume. »Aber«, seine Augen glitzern, er zieht einen iPod aus seiner Hosentasche, »isch kann zocken und muss nisch lernen. Auch wenn das auch nisch hilft. Isch komm mir hier vor wie einer von *Familien im Brennpunkt*, der bei 'n Leuten von *Gossip Girl* landet. Isch bin *Familien im Brennpunkt* und alle anderen sin *Gossip Girl*. Verstehste?«

Er tippt auf seinem iPod herum und schießt irgendwelche Raketen ab, die auf kleine braune Männlein treffen, welche als rote Matschhaufen enden. Das ist mir aber egal, mit so was kann ich leben, Hannes guckt mich nie an, wenn er iPod spielt, dennoch sind seine Kommentare kaum zu toppen. Kevin drückt auf seinem iPod herum, grunzt zufrieden und schaut dann rasch zu mir herüber. »Sorry, das beruhigt misch immer. Is okay, oder? Isch find disch übrigens ganz nett. Eigentlisch. Aber du bischt nisch mein Typ.«

»Nee, du meiner auch nisch«, sage ich und grinse. »Darf ich auch mal?«

Er reicht mir augenblicklich seinen iPod, ich eliminiere die braunen Männlein und ja, vergesse alles andere.

Erst nach anderthalb Stunden Zocken und nachdem ich unabsichtlich Mathe und Geschichte geschwänzt habe, blicke ich aus glasigen Augen an die Decke und überlege, in welcher Welt ich mich eigentlich gerade befinde.

»Hab sie alle abgemurkst«, stöhne ich.

»Bischt noch besser als ich«, murmelt Kevin dumpf und unzufrieden in sein Kopfkissen und grapscht den iPod aus meiner Hand, um meinen Rekord zu schlagen. Ich kichere.

»Sofia Wilden schon wieder«, höre ich plötzlich eine penetrant mädchenhafte Stimme hinter mir.

»Deine Krankensis«, sage ich zu Kevin.

»Och, nee«, macht dieser.

Ich zwinkere ihm verschwörerisch zu.

»Kevin Biberstein braucht jetzt Ruhe, verstehst du das?«, fragt sie mich gelassen und glättet das Laken, auf dem mein Hintern eine fette Falte hinterlassen hat.

»Bin schon weg, Alte«, sage ich gönnerhaft, drehe mich schwungvoll um und stolziere hinaus.

Einen Moment lang sehe ich mich in der weitläufigen Eingangshalle um, dann presche ich los, weil Alessia am Ende des Ganges auftaucht, der zum Direktorenbüro führt. »Oh Scheiße«, presse ich zwischen meinen Lippen hervor und hetze schnell ins Freie. Dort drücke ich mich mit dem Rücken an die kalte Steinmauer und luge vorsichtig um die Ecke. Ich habe jetzt überhaupt keine Lust auf Deklinationen *en français*.

Alessia sieht mich zum Glück nicht. Ha, vielleicht sollte ich häufiger mal blaumachen. Dann muss ich mir nicht permanent minderbemittelt vorkommen, so, als hätten Würmer kleine Löcher in mein Gehirn gefressen.

Plötzlich kommt Jette mir in Sporttop und Shorts entgegen. »Sofia, hast du Lust auf eine Runde Tennis?«, fragt sie, als sie sich direkt vor mir hinhockt und ihre silbernen Sportschuhe bindet. Sie schaut kurz auf, wirft den Kopf in den Nacken und lächelt mich fragend an, ihr glatter, hoher Pferdeschwanz schwingt elegant hin und her.

»Ja, sicher«, entgegne ich überrascht und ein wenig erfreut. Eine Einladung von diesem Mädchen sollte man nicht ausschlagen.

»Ich gehe mir schnell was anderes anziehen«, erkläre ich und mache mich auf den Weg.

Ich spiele fast so perfekt Tennis wie Elena, Nina und Anne, die Jette und mir beim Spielen zusehen. Bei jedem Schmetterball schlage ich in Gedanken Jasper – und das hilft: Als die Sonne hinter den Tannen versinkt und unsere Gesichter in rotgoldenes Licht taucht, bin ich nicht mehr sauer. Vor meinem inneren Auge sehe ich Jasper in der Ecke liegen und um Gnade winseln. Feiger Hund.

»Schönes Match«, flötet Jette, kreuzt ihren Schläger mit meinem und wendet sich zum Gehen. Während mein Gesicht knallrot ist, ist ihre Haut vornehm blass.

»Was benutzt du für Puder?«, stoße ich, ohne nachzudenken, hervor.

Sie dreht sich erst zu mir um, als sie einige weitere Meter zurückgelegt hat. »Make-up verstopft die Poren. Deswegen ist deine Haut auch so rau«, sagt sie niedlich lächelnd, dann schmeißt sie den Kopf zurück, sodass ihr Pferdeschwanz wie eine Sternschnuppe durch die Luft saust, und geht weiter.

Ich fasse mir unschlüssig an die Wange und streiche mit meinem Daumen darüber. Habe ich raue Haut?

Als Serafina und Maleen plötzlich auftauchen, beschließe ich, ein königliches Amüsement vorzutäuschen, hake mich bei Elena ein und schlendere gekonnt lässig auf die beiden zu. Elena geht an meinem Arm wie eine steife Schaufensterpuppe, sodass ich mich schließlich errötet von ihr löse und meine Hände in meinen Taschen vergrabe. Ich versuche, jeden anzugucken außer Maleen und interessiere mich übermäßig für einen Wachmann, der geistesabwesend in sein Croissant beißt und vor dem großen Eisentor hin und her marschiert.

Dann gestehe ich mir ein, dass ich mich verhalte, als wäre ich 13. Also sehe ich Maleen in die Augen. Und mir wird eiskalt. Im ersten Moment glaube ich an eine optische Täuschung. Daran, dass das Abendlicht ihr Gesicht verzerrt. Daran, dass ich Kontaktlinsen brauche oder zu müde bin, dass das eine Fata Morgana ist, eine Wahnvorstellung, ein Wachtraum. Irgendwas. Ohne es zu merken, gehe ich auf Maleen zu, bis ich ganz nah vor ihr stehe. Sie greift nach meiner Schulter und will mich zur Seite manövrieren, aber ich hebe blitzschnell die Hand und umfasse ihren Oberarm. »Maleen?«, flüstere ich. »Bist du noch da?«

Der Funken in ihren Augen ist erloschen. Sie schaut gelassen und gelangweilt. Ihre ehemals blonden Kringelhaare fallen ihr nun glatt und golden über die Schultern. Sie hat ein abwesendes Lächeln auf roséfarbenen Lippen. Ihre Haut ist blass und makellos, ihre Nägel sind mit Klarlack lackiert. Der Rock sitzt tadellos in ihrer Taille.

»Was ist denn los, Sofia Wilden?«, flötet sie. Im rotgoldenen Licht sieht sie überirdisch schön und unerreichbar aus.

»Maleen?«, frage ich noch einmal und strecke die Hand aus, um sie an ihre Wange zu legen. Ihr Gesicht ist kalt. Ich zucke zurück, als hätte ich mich verbrannt.

Maleen macht einen feinen, eleganten Schritt zurück. »Wenn du mich vorbeilassen könntest«, sagt sie sanft, vollführt einen weichen Schlenker und geht an Serafinas Seite in den Sonnenuntergang.

Meine Augen brennen. Ich habe meine einzige Freundin verloren – verloren an die Kälte, verloren an den Winter.

Das glaube ich nicht, das lasse ich nicht zu. Ich werde Maleen dazu bringen, sich zu erinnern, wer sie ist. Ich renne zu ihr, packe sie an den schmalen Schultern und zerre sie zu mir herum. Sie scheint nicht damit gerechnet zu haben, denn sie lässt sich drehen und biegen wie eine Feder. Ich gebe ihr einen groben Schubs, der sie auf den Boden befördert, lasse mich neben sie sinken und umklammere ihre Handgelenke.

»Maleen, hör mir zu!«, sage ich eindringlich. »Das bist du nicht, okay? Das wird schon wieder. Erinnerst du dich an das, was ich dir gesagt habe? Dass es nicht auf die Herzenskette ankommt, sondern auf dein Herz aus Fleisch und Blut? Fehler sind liebenswert, Fehler machen uns zu Menschen. Was haben sie dir nur angetan? Sprich mit mir, erzähl es mir, bitte lass mich nicht allein. Wir haben zusammen über sie gelacht. Wir haben heute Morgen noch Verstecken gespielt. Bitte geh nicht. Ich war eine blöde, eifersüchtige Kuh und ich werde mich bessern. Das,

Maleen, schwöre ich.« Ich nehme ihr ausdrucksloses Gesicht in meine Hände und sehe sie flehend an.

»Kannst du mich bitte loslassen, Sofia Wilden?«, fragt Maleen eisig. Und dann passiert, was nicht passieren sollte: Ich breche zusammen. Über Tage habe ich mich kontrolliert, meine Ängste und Albträume verdrängt. Ich habe mich gegen die Verzweiflung, gegen die Tränen gewehrt, so wie ich es immer getan habe. Ich bin nicht schwach und ich war es nie. Ich war immer diejenige, die noch stand, die noch was zu sagen hatte, und wenn keine Worte helfen konnten, dann hatte ich meine Faust. Ich war immer das Mädchen mit dem trockenen Gesicht, während von denen der anderen Tränen zu Boden tropften. Nie habe ich verstanden, wieso man sich selbst so bloßstellen sollte, wieso man sich auch nur für eine Sekunde so verletzlich zeigen sollte. »Sei immer stark« ist ein gutes, effektives Lebensmotto. An das man sich aber – das merke ich jetzt – nicht immer halten kann. Man kann es einfach nicht. Ich sitze auf dem Boden und heiße Tränen strömen über meine Wangen. Ich umklammere Maleens Schultern und schüttele sie so heftig, dass ihr Kopf schlackert. »Lass mich nicht allein!«, schreie ich. »Verdammt noch mal, lass mich nicht allein!«

Elena, Nina, Jette, Anne und Serafina stehen in einem weiten Kreis um mich herum. Sie alle schauen unbeteiligt in eine andere Richtung. Ich schüttele Maleen immer noch, als wäre sie eine Puppe.

»Warum zwingen sie dich dazu, Maleen? Bitte sprich mit mir. Bitte sag mir wenigstens wieso.«

Ich lasse sie schließlich los und lege meinen Kopf in ihren Schoß, schluchze so sehr, dass ich bebe. Gleichzeitig schäme ich mich. Ich schäme mich so unendlich, vor all diesen Leuten zu weinen, vor all diesen Leuten schwach zu sein, obwohl es sie nicht interessiert. Meine Tränen sind für sie unsichtbar. Maleen schlängelt sich aus meiner tränennassen Umklammerung und steht auf. Ich sehe sie von unten an. Passenderweise fängt es jetzt auch noch an zu regnen. Meine eigentliche Freundin sieht stumm auf mich herab.

»Ich kann nicht alles verlieren«, flüstere ich und schlage mit meinen Hände auf den geruchlosen Rasen ein.

Als sie sich rasch von mir entfernt, versuche ich, ihre Knöchel zu fassen. Doch ich scheitere.

»Unterlass so etwas bitte in Zukunft, Sofia Wilden. Das ist unangenehm. Du dringst in meine Intimsphäre ein.«

Serafina wendet sich ebenfalls zum Gehen und auch die anderen schweben davon. Zusammengekrümmt bleibe ich auf dem nassen Rasen zurück und weine mir die Seele aus dem Leib.

Ich weiß nicht, wie lange ich dort liege. Irgendwann ist es dunkel und ich zittere nicht nur vor Schluchzern, sondern auch vor Kälte. Mein Gesicht ist nass und glüht, meine Hände sind vom Gras ganz grün. Ich stehe auf, schaue hoch zum Mond und hasse mich am allermeisten für diesen entsetzlichen Zusammenbruch.

Als ich mein Zimmer betrete, ist Elena Gott sei Dank nicht dort. Microsoft Word ist an meinem Computer noch geöffnet. »Was dich nicht umbringt, macht dich härter«, leuchtet mir entgegen. Wütend schlage ich auf die Tastatur, hebe sie dann hoch und schleudere sie gegen das Fenster. Der Cursor hört dennoch nicht auf zu blinken.

Was haben sie mit ihr gemacht, verdammt? Hilflos vor Verzweiflung greife ich nach Elenas gläserner Obstschale und donnere sie gegen den Schrank. Die Scherben fallen zu Boden und bilden einen perfekten Kreis. Perfekt. Prima. Elena wird sie bestimmt wegkehren, verschwinden lassen, so wie sie Kevins Blut verschwinden haben lassen.

Ich wische mir die Tränen weg, die meine Wangen hinunterlaufen. Dann lasse ich mich auf den Boden fallen. Ich umklammere meine Knie, wünsche mir einen Kokon, in dem ich ebenfalls zu einem perfekten Schmetterling werden kann. Wenn ich genauso schön wäre wie sie, wären wir alle zufrieden. Oder nicht?

Ich presse meinen wummernden Kopf an die Wand. Was soll ich nur tun? Ich könnte zum Direktor rennen und ihn anbetteln, mich an eine Sonderschule weiterzuempfehlen. Ich könnte mit Alessia so viel pauken, bis ich zumindest im Unterricht glänze. Ich könnte auch irgendwelche Leute an ihren Haaren durch die Flure schleifen und meine ganze Wut rauslassen.

Oder: Ich könnte den Jungen von gestern Nacht wiedersehen. Er wusste, dass in den Statuen Kameras sind, und hat mich vor meinem Rauswurf bewahrt. Vielleicht weiß er mehr. Vielleicht kann er mir sagen, was für ein Spiel hier gespielt wird. Ich muss ihn nur finden.

Um Mitternacht schleiche ich aus meinem Zimmer. Im Flur schlage ich einen Haken, sodass ich hinter der ins Nichts starrenden Engelsstatue stehe, dann bewege ich mich langsam an der Wand entlang. Das Wissen um die Kameras lässt meine Fingerspitzen zittern. Erst jetzt wird mir klar, dass sie der Grund waren, weshalb mich die Wachfrau bei meiner ersten Mission so schnell ausfindig machen konnte.

Auf leisen Sohlen tapse ich in den anderen Trakt. Ich muss den Jungen finden. Er weiß etwas, kennt die Antworten. Und im Moment sind Antworten das, was ich ganz dringend brauche.

Die Tür zum Korridor mit den Zimmern der Jungen schließt sich leise. Die Deckenleiste leuchtet wieder. Plötzlich fühle ich mich schutzlos, in der Dunkelheit konnte ich mich besser verstecken. Gänsehaut überzieht meine Unterarme.

»Hallo?«, flüstere ich in die Leere. »Hallo?«

Aber niemand antwortet. Er wird bestimmt nicht da sein. Wahrscheinlich war das nur irgendein Typ, der sich getraut hat, mal nachts aufs Klo zu gehen, und nebenbei ein Mädchen retten wollte. Oder ... da gab es doch dieses leere Bett – ob er das auch war? Ob er hier häufiger nachts herumstreunt?

»Na, Mademoiselle? Zu welchem heißen Hellenwaldgott möchtest du unter die Decke kriechen?«

Ich zucke zusammen. Obwohl ich auf diese Stimme gehofft habe, erschreckt es mich doch, sie zu hören.

»Hallo?«, frage ich. »Wo bist du?« Ich schaue mich suchend um. »Ich sag es nicht gern. Aber ich brauche deine Hilfe.«

8. KAPITEL

ENTFLAMMT

»Aus den Trümmern unserer
Verzweiflung bauen wir
unseren Charakter.«

RALPH WALDO EMERSON

Also eigentlich«, sagt die Stimme, »wäre ich ja dran. Ich hab eigentlich was gut bei dir. Wie wär's mit 'ner Runde Nudeln?«

Ich beiße mir wütend auf die Oberlippe. »Wenn du dich über mich lustig machen willst, geh ich direkt wieder«, sage ich scharf.

»Hey, Paris Hilton, schmoll doch nicht.«

»Wo bist du, verdammt?«, frage ich genervt.

»Ich bin Hui Buh«, raunt er.

»Ist schon okay, ich bin weg«, sage ich leise, drehe mich um und mache mich auf den Rückweg.

»Nein, warte, geh nicht!«, ruft er. »Ich versuche nur, witzig zu sein. Das machen Jungs so, wenn sie Mädchen hübsch finden.«

»Schleimer«, sage ich und muss dennoch schmunzeln.

»Das sagst du nur so«, verkündet er selbstbewusst. »Mädchen mögen Komplimente. Sonst würdest du nicht stehen bleiben. Übrigens: Ich bin über dir. Komm hoch, Prinzessin.«

»Hä?«, mache ich sehr unprinzessinnenhaft und lege den Kopf in den Nacken. An der Decke befindet sich ein Gitter. Und tatsächlich: Ich erkenne Füße und eine Silhouette.

»Du musst auf die Schließfächer klettern«, erläutert er. »Aber pass auf, dass du dir die Fingernägel nicht abbrichst.«

Ich verdrehe die Augen und beäuge die silbern lackierten Spinde von der Seite. Dann laufe ich zur Fensterbank, schwinge mich auf sie und klettere auf die Schließfächer.

»Prinzessin hat Grips«, kommentiert die raue, amüsierte Stimme.

»Bitte halt die Schnauze«, flehe ich.

Er öffnet das Gitter. »Jetzt halt deinen hübschen Kopf weg, es fällt gleich was runter. Du möchtest doch nicht erschlagen werden, oder?«

Ich beschließe, nicht zu antworten. Seine gute Laune ist wirklich krankhaft. Also ziehe ich brav den Kopf ein. Eine schmale, verrostete Leiter gleitet bis auf den Boden herab. Ich überlege, wieso ich auf den Spinden stehe, als ich ihn auch schon lachen höre.

»Es tut mir leid, Prinzessin. Es sieht so sexy aus, wenn du kletterst. Und ganz ehrlich, ich hatte diese Leiter nicht. Ich musste direkt vom Spind hier hoch. Und ich hab's auch geschafft. Cool, oder?«

Ich hole tief Luft, springe wieder von den Spinden herunter, erklimme die Leiter, die fast wirkt, als ob sie in die Märchen von *Tausendundeine Nacht* führt. »Wo sind wir hier?«, frage ich beim Hinaufklettern.

»Vergessener Speicher«, erklärt er. »Mein heißgeliebter Rückzugsort, den ich zum ersten Mal mit jemandem teile.«

Ich klettere durch das Loch auf den schmutzigen Dielenboden. Mein erster Gedanke ist, dass ich hierbleiben will. Denn es ist nicht weiß. Mein zweiter Gedanke unterbricht meinen ersten. Denn der Junge, der unverschämt grinsend vor mir steht, ist Samuel.

Fassungslos starre ich ihm in die smaragdgrünen Augen.

»Hi. Ich nehme deine Sprachlosigkeit als Kompliment«, sagt er nun, da er mir gegenübersteht, nicht mehr ganz so selbstbewusst.

Ich ringe nach Atem, suche nach meiner Stimme, kneife die Augen zu und öffne sie wieder. In Gedanken vergleiche ich das Gesicht des Jungen mit dem von Samuel. Die grünen Augen und die hohen Wangenknochen sind identisch. Aber diesen schelmischen Funken in den Augen hat Samuel nicht. Ein Lächeln sitzt im linken Mundwinkel des Nachtjungen und hinterlässt ein Grübchen in seiner Wange. Sein hellbraunes Haar ist ungekämmt und zerwühlt. Trotz seiner glühenden Augen entgehen mir die tiefvioletten Schatten nicht, die von schlaflosen Nächten zeugen – auch Samuel habe ich schon mit Augenringen gesehen. Ich bin sprachlos: Er ist Samuel und doch nicht. Vielleicht ist er sein Zwillingsbruder, sein Double. Wieso bin ich diesem Jungen vorher noch nie begegnet?

Nervös knetet er seine Finger. »Ich kann nicht damit umgehen, wenn man mich anstarrt«, sagt er.

Als ich wieder zu mir komme und mir bewusst wird, dass ich ihn anstiere wie ein hypnotisiertes Murmeltier, schlucke ich schnell und tue so, als wäre ich super beschäftigt. Mein Blick fliegt über den Speicher: Der Boden ist verstaubt, in der Ecke liegen ein paar alte Bretter und etwas, das wie eine zusammengezimmerte Liege aussieht. Von der Decke baumelt eine klägliche grüngelbe Glühbirne. Neben dem Nachtjungen ist ein weißes Laken ausgebreitet, auf dem ein paar Scheiben Brot, zwei Bananen, ein Glas Orangenmarmelade und ein Saftpaket stehen. Ansonsten ist es leer. Ich mache einen unsicheren Schritt in den Raum hinein. Der Nachtjunge räuspert sich und schraubt das Gitter zu.

Mit verschränkten Armen sehe ich mich um, als wäre ich in einem Museum. An der Wand finde ich ein paar Kreidezeichnungen. Warte, ich kenne diese Köpfe. »Die Simpsons?«, frage ich kritisch. Homer grinst mich an.

»Ich hatte Langeweile«, sagt der Nachtjunge schulterzuckend und reicht mir eine Banane. Die kann ich gut gebrauchen, immerhin habe ich das Abendessen ausgelassen, weil ich auf der Wiese zusammengebrochen bin. »Wenn ich Langeweile habe, baue ich Stühle, klaue Essen oder male die Simpsons.«

Ich beiße hungrig von der Banane ab und nicke dann, ohne ihm ins Gesicht zu gucken, weil es mich immer noch zu sehr verwirrt.

Er verschränkt die Hände im Nacken und streckt die Oberarme, bis sie knacken. »Also, Mademoiselle«, findet er seinen Charme wieder.

Ich drehe mich zu ihm herum.

Das Grinsen ruht wieder in seinem Mundwinkel, als wäre es nie fortgewesen. »Warum siehst du aus wie ein Waschbär?«

Nun bin ich nur noch verwirrter. Er dirigiert mich zum Laken und ich setze mich.

»Oder wie ein Panda«, hilft er mir auf die Sprünge.

Ach, die Wimperntusche. Ich habe mein Gesicht nicht mal gewaschen. Oh Gott, er sieht so was von gut aus und ich komme aus der Kanalisation angekrochen. Peinlich berührt, schlage ich ihm gegen die Brust. Kurz ruht meine Hand an seinem pochenden

Herzen. Ich ziehe sie rasch zurück und verstecke mein Gesicht in meinen Händen. »Ich bin ein bisschen angeschlagen«, nuschele ich und schäme mich in Grund und Boden.

Seine rechte Hand legt sich an mein Kinn und hebt es sanft. Mit der Kuppe des rechten Daumens kratzt er etwas verkrustete Wimperntusche ab. »Wenn du sogar jetzt noch hübsch bist, mag das schon was heißen«, sagt er, nur ein winziges Lächeln auf den Lippen.

Ich kann nicht glauben, dass sein Finger über mein Gesicht streicht und mein Herz dabei auf und ab holpert. Was tue ich hier? Ich kenne ihn überhaupt nicht. Und trotzdem hinterlässt seine Berührung eine kribbelnde Spur auf meinem Gesicht.

Er legt den Kopf schräg. Seine grünen Augen funkeln, als würde ein Licht in ihnen leuchten. »Du brauchst meine Hilfe, hm?«, fragt er mit belegter Stimme und lässt die Hand wieder sinken.

Meine Finger zucken, wollen nach ihr greifen. »Ähm, ja«, sage ich, weiß aber gar nicht mehr, weshalb ich eigentlich hier bin.

»Aber wie gesagt«, meint er leise, fast flüsternd. »Erst bin ich dran.«

Und damit beugt er sich blitzschnell zu mir herüber und drückt seinen Mund auf meinen.

Das Ganze geht so schnell, dass mein Herz wie in einem Freifall-turm nach unten saust. Ich muss nicht darüber nachdenken, ob es mir gefällt. Weil es mir sowieso gefällt. Auch wenn es total absurd ist, dass er mich an diesem Ort küsst und dass ich dabei Streifen im Gesicht habe. Sein Kuss ist leidenschaftlich und fordernd, so fordernd, dass ich fast vergesse, wie fordernd ich sein kann. Seine Hände liegen auf meinen Hüften, als würden sie schon immer dort liegen, während meine Arme seinen Nacken finden. Ich pralle mit dem Hinterkopf gegen die Wand, aber es tut gar nicht weh. Es ist gerade sowieso alles egal. Ich bin zwar nicht schön, aber ich fühl mich schön. Ich ziehe ihn näher an mich, sodass er beim Küssen grinsen muss. Sein Herzschlag beruhigt mich und meiner passt sich seinem fast unmerklich an. Wir kennen einander nicht, ich weiß nicht mal seinen Namen. Aber sein Kuss ist so vertraut und in seinen Händen, die nun mein Gesicht festhalten, fühle ich mich sicher. Während sich unsere Lippen öffnen und ich an mich halten muss, um nicht leise aufzustöhnen, sehe ich mich aus den Augen meiner Zwillingsschwester: Sofia, Sofia, Sofia. Rollst dich mit einem wildfremden Jungen, den du gestern noch gebissen hast, in Hellenwalds Kammer des Schreckens herum und hast nicht mal ein schlechtes Gewissen. Was ist nur schiefgelaufen? Nun muss ich ebenfalls grinsen. An diese hemmungslose Knutscherei werde ich mich später wohl mit leuchtenden Augen erinnern.

Doch plötzlich löst er sich von mir und bringt Abstand zwischen uns. Er räuspert sich. Auch meine Stimme kratzt. Meine Lippen sind feucht und sein Duft hängt an meinen Wimpern. Ich runzele die Stirn. Er runzelt ebenfalls die Stirn.

»Das war irgendwie unanständig. Dich hierauf zu locken und dich dann zu überfallen«, murmelt er grinsend.

»Höhö«, imitiere ich Kevin und frage mich im selben Moment, ob das nur eine einmalige Knutscherei gewesen ist, ob er jede Nacht ein anderes Mädchen hier oben hat. Normalerweise Schwäne, aber ein Entchen ist auch mal ganz lecker. Der Gedanke stößt mir auf und ich rücke noch etwas weiter von ihm ab.

»Es tut mir leid«, sagt er. »Ehrlich. Ich musste dich einfach küssen. Instinkt. Jetzt hab ich meine Moral wiedergefunden.«

Schade, denke ich und bemühe mich, meine Finger zu kontrollieren, um sie nicht wieder nach ihm auszustrecken.

»Du wolltest Hilfe«, wiederholt der Junge.

Ich starre auf seine vom Küssen dunkelroten Lippen, auf seine sehnigen Arme, in seine grünen Augen. Oh Gott. Komm schon, das war nur ein Kuss. Ich setze mich aufrecht hin und versuche, mich auf seine Worte zu konzentrieren.

»Ich nehme an, du willst wissen, was hier abgeht«, stellt er fest.

Ich nicke und erinnere mich an mein Vorhaben und den entsetzlichen Tag, den ich erlebt habe.

Plötzlich ist seine Stimme ernst, das Grinsen nicht mal mehr zu erahnen. »Ich weiß nicht viel«, sagt er leise. »Aber ich kann dir sagen, was ich weiß.«

Der Nachtjunge lehnt sich leicht an die Wand. Sein Blick schweift in die Ferne. Ich fühle mich fast, als würde man mir bei Lagerfeuer Gruselgeschichten erzählen.

Seine Stimme ist kalt, aber nicht unangenehm. Es scheint ihm wirklich nicht zu gefallen, mir Folgendes berichten zu müssen. »Ich habe Schlafstörungen«, sagt er und meidet meinen Blick. »Ja, ich weiß, das klingt total peinlich. Wie ein kleines Mädchen, das vor lauter Liebeskummer die Kissen vollheult und die ganze Nacht lang wachbleibt. Ich kann einfach furchtbar schlecht schlafen, das war schon immer so. Nach zwei Stunden wache ich immer wieder auf. Ich schwitze, mein Laken ist ganz nass. Das Ganze ist auf Herzrhythmusstörungen zurückzuführen. Das ist superätzend, vor allem, wenn man dafür ausgelacht wird. Deshalb hab ich es den Leuten hier nicht erzählt. Wieso sollte man freiwillig einen Eimer Spott über sich ausleeren lassen?«

Er presst sich die Hand an die Stirn, seufzt leise und schließt die Augen. Seine dunklen Wimpern werfen Schattenspiele auf seine Wangen.

»Deswegen bist du hier oben?«, frage ich leise.

Er nickt mit geschlossenen Augen. »Es ist ziemlich viel passiert. Mir platzt der Kopf. Kennst du bestimmt.«

»Und wie.« Ich muss mich daran hindern, es laut auszurufen, und rücke ein Stückchen an ihn heran.

Aber er reagiert nicht darauf. Er scheint völlig abwesend zu sein. »Es gibt so vieles, was ich nicht weiß«, sagt er leise. »Und so vieles, was du nicht weißt. Ich wünschte, ich könnte es erfassen. Ich vertrau dir. Kein Plan warum, echt nicht.«

»Du könntest versuchen, mir von den wenigen Sachen zu erzählen, die du weißt«, sage ich.

Er dreht seinen Kopf leicht zu mir herum und blinzelt mich durch seine Wimpern hindurch an. Ich weiß nun, wem das leere Bett gehört, das mir bei meiner ersten Mission ins Auge gefallen ist.

»Bist du … Schüler?«, fahre ich fort.

Er presst seine Lippen zu einem dünnen Strich zusammen und kratzt mit den Nägeln lange Striche auf den Dielenboden.

»Ich weiß nicht.«

»Willst du mir das nicht sagen?«, frage ich verblüfft und ziehe die Augenbrauen hoch.

»Nein«, erwidert er schroff. »Ich weiß es nicht. Wie gesagt: Es gibt so vieles, was ich nicht weiß.« Der Zug um seinen Mund ist hart, er hat eine steile Falte zwischen seinen geraden, dunklen Augenbrauen.

Ich beschließe, etwas über mich zu sagen. »Ich gehe hier zur Schule. Und es ist ein Albtraum. Ich bin der einzige Mensch hier, der Fehler macht. Alle anderen sind makellos, wie verzaubert, sie schweben über den Boden und ich bin ihnen ganz furchtbar egal. Und nein, das bilde ich mir nicht nur ein. Ich habe zugesehen, wie das Wesen meiner einzigen Freundin sich an einem Tag grundsätzlich geändert hat. Es fällt schwer, es zuzugeben, aber es macht mich kaputt. Ich fühle mich so dumm, so lächerlich, so isoliert, als würden sie eine Sprache sprechen, von der ich bisher nicht mal wusste, dass es sie gibt. Deswegen auch die Spuren auf meinen Wangen. Und dann passieren … so absurde Sachen. Ein Junge wird zusammengeschlagen und im Hintergrund unterhält man sich sachlich über einen Essay. Lauter attraktive Menschen geben dir das Gefühl, etwas Besonderes zu sein, und dann halten sie plötzlich eine Spritze in den Händen und du weißt nicht, ob du sie lieben oder ob du einfach nur fliehen sollst.« Ich kann nicht mehr aufhören zu reden. »Das ist alles so krank und ich will es nicht so haben. Ich brauche keine Rätsel, ich will dieses Schuljahr so gut wie möglich hinter mich bringen, aber das klappt sowieso nicht, weil ich total minderbemittelt bin. Und außerdem gibt es diese abgefahrene Drogenberatungsstunde und ich erzähle schon seit ein paar Tagen etwas von Kopfschmerzen und so, weil ich keine Lust habe hinzugehen. Dann werde ich nämlich paranoid und denke, die wollen mir was antun. Und außerdem habe ich noch nie Drogen genommen.«

»Daran erinnere ich mich«, flüstert er so leise, ich muss die Worte von seinen Lippen ablesen. »Ich habe nämlich auch nie Drogen genommen.« Plötzlich springt er auf, schießt senkrecht in die Höhe. Seine Finger umschließen fest meine Handgelenke und seine Augen sind pures grünes Feuer. »Die werden dich untersuchen lassen. Lange kannst du ihnen das nicht mehr erzählen. Und wenn sie es herausfinden, dann …« Sein Atem rasselt und es kommt mir fast vor, als würden die Wände ein Echo zurückwerfen. »Warte.« Er durchquert mit schnellen Schritten den Raum, bis er vor einem Rucksack mit Army-Muster steht, der vollkommen von einer dunklen Nische verschluckt wird. Er wühlt darin herum und hält mir schließlich eine Plastikbox entgegen.

»Was denn?«, frage ich mit gekräuselter Stirn und schaue zu ihm auf.

Sorge flackert in seinen Augen. »Brechpulver«, murmelt er. »Nimm davon nicht zu viel. Man wird dir glauben, dass du krank bist, wenn du dich erbrochen hast.«

»Das ist nicht dein Ernst«, sage ich mit gerümpfter Nase.

Er geht vor mir in die Knie und sieht mich eindringlich an. Für eine Sekunde könnte ich schwören, dass er Samuel ist. »Du darfst nicht zur Drogenberatungsstunde«, flüstert er. »Und wenn sie dich untersuchen, musst du das schlucken. Versprich es mir.«

Ich verziehe angeekelt den Mund, nehme die blassblaue Plastikbox dann aber an.

»Nicht mehr als einen Teelöffel Brechpulver oder du bist völlig leer«, sagt er und grinst schon fast wieder.

Ich nicke kritisch lächelnd. »Was passiert bei der Drogenberatungsstunde?«

Sein Gesicht ist nicht weit von meinem entfernt. Ich nähere meine Nasenspitze seiner, aber kurz bevor ich sie erreiche, steht er schon wieder auf den Füßen. Eilig durchkreuzt er das Zimmer mit schnellen, fast fliegenden Schritten und macht mich damit vollkommen nervös.

»Ich weiß es nicht, ich hab's vergessen, ich hab alles vergessen, fast alles. Ich weiß nur noch, dass ich dieses Zeug früher benutzt habe, wenn ich eine Matheklausur nicht mitschreiben wollte. Ich hab's hierein geschmuggelt. Denn ich war mal Schüler hier. Ob ich's jetzt noch bin? Weiß nicht, keine Ahnung, frag mich nicht.

Ich hab dieses Versteck hier relativ schnell gefunden, aber das ist kein Weltwunder, ich hatte schon immer eine Schwäche für Geheimverstecke. Meine erste Bande habe ich mit vier Jahren gegründet und unser Quartier war das Gartenhäuschen.« Er lächelt nervös. »Und glaub mir, ich war ein Profi. Später habe ich mir sogar mit den Jungs ein Baumhaus gebaut, mit Flaschenzügen, Hängematten und … ich drifte ab, ich weiß. Aber es gibt einfach so viel, was ich nicht weiß. Und es kostet mich so verdammt viel Kraft, nicht auszurasten. Ich weiß, dass dieses Internat verwanzt ist, dank relativ guten technischen Kenntnissen. Draußen laufen Wachleute herum, die ein bisschen an Bulldoggen erinnern. Was ich nicht weiß: was ich tagsüber tue.«

Er schluckt und in seinen grünen Augen ist einfach nur noch Angst zu sehen. »Deswegen … Deswegen bin ich ein bisschen durcheinander. Ich habe lange geglaubt, es hängt mit meinen Schlafstörungen zusammen. Ich hatte ja bis jetzt niemanden, der mir sagen kann, wieso ich nur nachts lebe. Aber jetzt, da ich dich kenne …«

»Sofia«, werfe ich ein.

»Aber jetzt, da ich dich kenne, Sofia, weiß ich, dass ich nicht spinne. Ich weiß, dass ich vorsichtig sein muss. Denn hier geschehen seltsame Dinge. So viel ist klar. Hüte dich vor den grauen Herren, du darfst ihnen nicht auffallen.«

»So habe ich sie auch genannt«, sage ich leise.

Er versucht zu lächeln. »Und geh um Gottes willen niemals in die Drogenberatungsstunde. Hüte dich vor den Kameras. Und fühl dich nicht minderwertig, ich erinnere mich an die vielen schönen Menschen. Ich versuche schon lange rauszufinden, was hier passiert. Vielleicht muss ich das ja nicht mehr allein machen.«

Ich nicke eilig und denke mir, wie unangebracht es von mir war, mich schluchzend auf die Wiese zu schmeißen, als wäre meine Familie gestorben. Immerhin weiß ich noch, wer ich war, wer ich bin und wer ich sein werde – im Gegensatz zu ihm.

»Wie heißt du denn nun?«, frage ich ihn schließlich.

Er will mir gerade antworten, als plötzlich gedämpfte männliche Stimmen erklingen. Es ist nicht möglich, auch nur ein Wort zu verstehen. Aber die Schärfe und der drohende Tonfall dringen bis ins Mark. Der Junge und ich erstarren. Ich bin unfähig, mich zu rühren, und habe das beißende Gefühl, in der Falle zu sitzen.

»Das sind die grauen Herren«, flüstert der Nachtjunge. »Runter hier. Du musst ins Bett. Wenn sie unsere leeren Betten vorfinden ...«

Ich bemühe mich, nicht zu schreien. »Was? Runter hier? Dann laufen wir ihnen entgegen!«

Der Junge hat ein gehetztes Lächeln auf dem Gesicht und legt mir seine Hand auf die Schulter. »Du schaffst das, Prinzessin.«

Im Nu ist das Gitter abgeschraubt. Meine Füße baumeln in der Luft wie über einem gähnenden Abgrund. Ich verharre und schaue panisch zu dem Jungen, der hektisch mit den Händen wedelt. Meine Gliedmaßen sind wie aus Eis und mein Herz pocht schmerzhaft gegen meine Rippen. Ich weiß zwar nicht, wer diese Männer sind, ich habe aber das Gefühl, ich würde eine der Stimmen kennen. Von irgendwoher. Ich gebe mir einen Ruck, setze meine Füße auf den Spinden ab und klettere von dort aus auf den Boden. Der Junge steht schneller neben mir, als ich blinzeln kann. Er streicht mir kurz mit dem Zeigefinger über die Wange, dann schließen sich seine Finger um meine Hand. Blitzschnell stürmen wir über den Flur, schlagen einen Haken um die Kamerastatue und bleiben vor der Tür zum Mädchenflur stehen. Die Stimmen werden lauter.

»Ich werde nachsehen«, sagt einer der Männer.

»Solch ein Fehler darf ihm nicht unterlaufen. Erst recht kein zweites Mal«, sagt eine andere, harte Stimme.

Meine Lippen zittern. Der Junge gibt mir einen Stoß und wendet sich in die andere Richtung. Ich rase den Mädchenflur entlang, stürme in Elenas und mein Zimmer und reiße mir die Schuluniform vom Leib. Meine Knie sind wie aus Butter. Ich muss mich bemühen, nicht zu Boden zu sacken. Panisch suche ich unter der Bettdecke nach meinem Schlaf-T-Shirt. Ich streife es mir über den Kopf, springe ins Bett. Mein Kopf fühlt sich an wie gekocht und ich befehle meinem Herzen, sich zu beruhigen. So schnell wie es schlägt, wird es mich verraten.

Trotz meines Einmarsches schlummert Elena selig vor sich hin. Ich sehe ihren glänzenden Haarschopf, höre sie aber nicht einmal atmen. Oh Gott, denke ich, hoffentlich hat es der Junge, dessen Namen ich immer noch nicht kenne, auch geschafft. Ich konzentriere mich darauf, lange, entspannte Atemzüge zu machen, und stelle fest, dass die Scherben von Elenas Schale verschwunden sind. Vermutlich könnte ich das Zimmer anzünden und würde es eine halbe Stunde später gelöscht und renoviert vorfinden.

Ich ziehe die Knie an und drücke meine kalten Füße in die Decke, als sich plötzlich die Tür öffnet. Im ersten Moment bin ich wieder wie eingefroren, dann fängt alles in mir an zu schreien. Ich presse meine Lippen fest auf das Kopfkissen, damit meine Panik mich nicht verrät. Sie sind mir gefolgt, sie haben mich erwischt. Wie konnte das passieren? Jetzt ist es vorbei, jetzt habe ich meine Drogenberatungsstunde, es ist zu spät.

Die Luft ist kalt und rieselt mir wie Schnee über die Oberarme. Ich bin fest davon überzeugt, dass die Männer sich gerade über mich beugen, und warte nur auf feste Hände, die mich aus dem Bett zerren. Jemand ist hier drin, in diesem Zimmer, und wenn ich mich rege, weiß er, dass ich wach bin, er wird meinen Herzschlag spüren und wissen, dass ich draußen herumgelaufen bin.

Leise, aber entschlossene Schritte durchqueren das Zimmer. Mein Schrank knackt, als würde er mich warnen wollen. Vor lauter Entsetzen beiße ich in meine Bettdecke. Ich darf mir nichts anmerken lassen. Reiß dich zusammen, Sofia, reiß dich zusammen. Dann öffnet sich die Tür und eine weitere Person betritt das Zimmer.

Aber sie wollen nicht zu mir. Sie gehen zu meiner Zimmernachbarin. Sie wollen zu Elena. Ich lausche den Schritten von sicherlich fünf Männern. Je mehr hereinkommen, desto kälter wird es. Was wollen sie von ihr? Ich fühle mich schrecklich, aber ich kann ihr nicht helfen. Ich darf nicht entlarvt werden. Ich unterdrücke ein Husten. Es fühlt sich an, als würde ich an Sand ersticken.

Und dann fällt die Tür ins Schloss und sie sind wieder verschwunden. Ich warte eine entsetzlich lange Minute, dann springe ich aus dem Liegen direkt in den Stand und laufe barfuß zum

Bett meiner Zimmernachbarin. Es ist leer. Sie haben Elena mitgenommen. Ich lege den Kopf in den Nacken und konzentriere mich auf meinen Atem. Der Mond spiegelt sich in meinen Augen.

Elena wird um fünf Uhr morgens zurückgebracht. Schlafend. Ich hatte zwar die Gelegenheit, drei Stunden lang zu üben, so zu atmen, als ob ich geistig nicht anwesend wäre. Trotzdem habe ich das Gefühl, mich verräterisch zu verhalten. Mein Herz und mein Atem sind zu laut. Als die Tür abermals ins Schloss fällt, ruht Elenas graziler Körper auf der Matratze, als wäre er nie fortgewesen. Auf ihren Lippen sitzt das übliche glänzende Lächeln. Was zur Hölle haben sie mit ihr gemacht?

Erschöpfung macht sich in mir breit. Ich habe die ganze Nacht kein Auge zubekommen. Als ich mich aufrichte, verschwimmt das Zimmer vor mir. Alles befindet sich plötzlich in einer unguten Schräglage. Eine Ader an meiner Stirn pocht und meine Finger zittern. Ich gehe langsam zu Elena hinüber. Meine Knie beben.

Als ich vor ihr stehe, lege ich meine Finger an ihre Lippen und löse das Lächeln auf. Ich kann es einfach nicht mehr sehen. Elenas Mund ist nun ein sanfter Strich.

»Schon besser, Mädchen«, sage ich. »Dieses Lächeln macht irgendwann krank.«

Meine Tastatur steht wieder vor meinem iMac, als hätte ich sie nie ans Fenster geschmettert. Vielleicht wurde sie sogar ausgetauscht. Ich setze mich an meinen Schreibtischstuhl, lege den Kopf auf die Tasten und schlafe ein.

Als ich das nächste Mal blinzele, zwängt sich unfreundliches, grelles Sonnenlicht zwischen meine Lider. Elena posiert angezogen vor dem Spiegel und bindet sich die Haare gerade mit einer schwarzen Schleife zurück. Sie übt anscheinend ein paar Ballettpositionen und gleitet mühelos von der einen in die andere.

»Guten Morgen, Sofia«, sagt sie, ohne mich anzusehen.

»Wie geht's dir?«, frage ich vorsichtig und nehme den Kopf von der Tastatur. Die Knöpfe haben schmerzende Abdrücke auf meinem Gesicht hinterlassen.

»Es geht mir sehr gut«, erwidert Elena und vollführt eine *Arabesque*. Ich könnte ihr erzählen, dass sie nachts unwissentlich entführt worden ist, aber etwas hindert mich daran. Stattdessen sage ich: »Wenn man nett ist, fragt man: ›Und wie geht's dir?‹«

Dann schlüpfe ich in meine Schuluniform, nehme meine Bücher und meinen Ordner und gehe schnell hinaus.

Auf dem Flur begegnet mir Jette. »Du hast gestern sehr gut gespielt«, sagt sie freundlich.

»Danke, und wie fandest du die Showeinlage, bei der ich zusammengekrümmt auf der Wiese lag und mir die Augen ausgeheult habe?«, frage ich und gehe weiter, ohne zurückzusehen.

Hastig laufe ich die Treppen hinunter, weiche Jasper rechtzeitig aus. »Heute schon jemanden bluten lassen?«, frage ich im Vorübergehen und eile, die Schulbücher an die Brust gepresst, in den Speisesaal. Weil Kevin noch auf der Krankenstation ist, frühstücke ich allein.

Ich bin darauf vorbereitet, Maleen an Serafinas Seite zu sehen – das dachte ich zumindest. Als ein zierlicher Engel mit abwesenden, saphirblauen Augen den Saal betritt, dessen Blick an mir vorüberschweift, verschlucke ich mich jedoch an meinem Müsli. Einsam huste ich vor mich hin und lasse lustlos den Löffel sinken. Maleen setzt sich neben Samuel und wendet sich ihm zu. Sie hat einen Teller mit Wassermelone vor sich. Ab und zu nimmt sie einen dezenten Bissen, ansonsten hört sie ihm aufmerksam zu und nickt zur Bestätigung. Alles in mir möchte Jasper holen, auf Maleen zeigen und »Schlag zu!« sagen, aber ich beiße mir fest auf die Zunge.

Nun erzählt meine ehemalige Freundin, sie erläutert etwas, nippt an ihrer cremefarbenen Teetasse und legt dann lächelnd den

Kopf schräg. Samuel hebt einen Mundwinkel. Es ist mir egal, dass ihr Gespräch wie ein Flirt unter Kühlschränken aussieht. Maleen schiebt Samuel einen dicht beschriebenen Block hinüber, ihr Zeigefinger rutscht über die königsblauen Zeilen. Samuel beugt sich darüber. Sein Profil ist wie gemeißelt. Das ist niemals der Junge von gestern Nacht. Unmöglich. Sie sehen sich vielleicht ähnlich, aber Samuel ist aus Eis, während der Nachtjunge grünes Feuer in seinen Augen hat. Maleens Eislachen klirrt in meinen Ohren. Ich stürme aus dem Speisesaal und laufe, bis ich unschlüssig vor Kevins Bett stehe.

»Du siehs ja ziemlisch fertisch aus«, kommentiert er, die linke Augenbraue hochgezogen und im Bett aufrecht sitzend wie König Artus. Es dauert einen Moment, dann grinst er freundlich und rutscht zur Seite. »Lust auf ein Glas Milsch und 'ne Runde Zocken? Normalerweise würd ich dir ja Bier anbieten. Aber hier is darauf Todesstrafe. Und isch brauch ja Calcium.« Er verdreht die Augen. »Zur Genesung meiner Knochen.« Er hält mir ein Glas Milch entgegen.

Verwundert erinnere ich mich, dass er mich vor nicht allzu langer Zeit noch töten wollte.

»Was denn jetzt, Mädschen?«, murmelt er dumpf. »Berührungsangst?« Ich nehme das kalte Glas entgegen. Dieser simple Akt der Freundlichkeit treibt mir die Tränen in die Augen. Ich sauge die Luft ein, krabbele neben Kevin ins Bett und nehme einen kräftigen Schluck. Seine Zöpfe kitzeln an meinen Wangen.

»Hab deinen Rekord geknackt«, sagt mein einziger Kumpel und grinst diebisch.

Um vier schlucke ich in meinem Zimmer blitzschnell einen Löffel Brechpulver. Ich warte ein wenig, versuche, das saure Gefühl in meiner Kehle zurückzudrängen, und mache mich wieder auf den Weg hinunter in den Krankenflügel. Ich beeile mich, sause förmlich, denn das Ganze wäre vollkommen für die Katz, wenn ich die Treppenstufen vollreihere. Die Übelkeit baut sich in meinem Magen auf wie ein Tsunami. Ich laufe, beide Hände auf den Bauch gepresst, die Eingangshalle entlang, als ich das erste Mal aufstoße. Die Erschöpfung und das Brechpulver, das meinen Magen röhren lässt, machen mich zu einer taumelnden Leiche.

Sandra kommt mir mit professionellem Lächeln entgegen. Mit aller übrig gebliebenen Kraft und Fassung reiche ich ihr eine Hand. Ihre Nägel sind kupferfarben lackiert und gefeilt. Sie geleitet mich, eine Hand auf meiner Schulter, zu einem Bett direkt neben Kevin.

»Is was?«, fragt dieser erstaunt und sieht von seinem iPod auf.

»Nö«, piepse ich und schüttele hastig den Kopf. Ich presse die Lippen zusammen, ziehe die Knie bis zum Kinn und verfluche diesen beknackten Typen, der mir das Teufelszeug gegeben hat. Mein Magen revoltiert.

»Du siehst nicht gut aus«, bemerkt Sandra und kritzelt auf einem Notizblock herum. Ihr roter Stift saust über das Papier. Sie beäugt mich kritisch. Also das hier nimmt sie mir garantiert ab, ich habe mich in meinem Leben noch nie so beschissen gefühlt.

»Ich … kann nicht mehr«, stoße ich aus.

»Also 'nen Schönheitswettbewerb gewinnse so nich«, sagt Kevin.

Und dann bespucke ich den ganzen Boden.

»Uah«, macht Kevin.

Ich wimmere. Aus meinen Mundwinkeln tropft es. Das kriegt der Nachtjunge zurück. Ich schlag ihm so in den Magen, dass er das Gleiche durchmachen muss. Erschöpft und mit tränenden Augen schaue ich zu Sandra hoch. Sie greift nach einem Feuchttuch und tupft mir unbeteiligt die Lippen ab, dann nimmt sie meine Beine und legt sie sachte auf die Liege. »Bettruhe«, verkündet sie sanft. Sie holt sich einen Wischer und macht sauber, denn das ist ja das Allerwichtigste. Sogar beim Kotze-Aufwischen tänzeln ihre Füße über den Boden. Der Anblick lässt mich fast noch einmal brechen. Wenn mir nicht so schlecht wäre, würde ich mich freuen, vorerst in Sicherheit zu sein.

Ich wälze mich elendig auf dem Bett herum, als ich erfahre, dass Sandra mir tatsächlich glaubt. Ich bekomme die Erlaubnis, drei Tage lang den Unterricht zu schwänzen, Tee zu trinken und iPod zu zocken – und will dabei endlich einen klaren Kopf kriegen.

Nachdem ich zunächst heftigen Groll gegen den Nachtjungen geschoben habe, beginne ich bald, ihn, seine vom Küssen roten Lippen und seine Daumenkuppe auf meiner Wange zu vermissen. Mit Kopfschmerzen wälze ich mich nachts hin und her und frage mich, was vor sich geht. So heftig und lange, bis Kevin sich erkundigt, ob ich mit einem Seemonster ringe.

Was passiert tagsüber mit dem Nachtjungen? Wie und als wer wacht er auf und warum sehe ich ihn nicht, wenn die Sonne scheint? Er ist ein Vampir. Nein, das wäre doch enttäuschend klischeehaft. Ich drehe mich nach links.

»Wen versuchst du grad plattzuwalzen?«, brummt Kevin.

Ich grinse. »Gib mal deinen iPod. Ich denk zu viel.«

Als ich mich etwas erholt habe, erläutert Sandra mir, dass ich einen beharrlichen grippalen Effekt habe, aber wieder auf mein Zimmer zurück darf. Den Unterricht soll ich aber vorerst meiden.

»Kein Problem, total schade, nicht lernen zu dürfen. Vor allem Mathe«, sage ich grinsend und bekomme prompt die Quittung: Alessia hat drei Bücher und fünf Kopien für mich hinterlegen lassen.

»Hähä«, macht Kevin und streckt mir die Zunge raus.

Mit hängendem Kopf trotte ich aus der Krankenstation. »Kein Ding, wollte mir schon immer ein I-love-Mathe-T-Shirt drucken lassen«, knurre ich, kurz bevor die Tür hinter mir zufällt.

Kaum, dass ich die Eingangshalle erreicht habe, kommt mir eine Idee: Ich warte auf Maleen. Nein, ich möchte mich nicht erneut vor ihre Füße schmeißen. Damit bin ich durch. Es gibt aber eine andere Angelegenheit, die mich interessiert. Ich hebe das Kinn. »Komm schon, Maleenchen«, wispere ich. Früher oder später wird sie hier vorbeikommen. Während ich warte, schabe ich mit meinen Schuhsohlen über den Boden und überlege, was einer der grauen Herren meinte, von wegen ein solcher Fehler dürfe *ihm* nicht unterlaufen, vor allem nicht zweimal. Wer ist *er*? Die Einzige, die in den letzten Tagen einen Fehler gemacht hat, war eine Sie, nämlich Elena. Na ja, wahrscheinlich ist das Ganze unwesentlich.

Nach ein paar Minuten blinzele ich und stelle fest, dass ich völlig in Gedanken versunken war. Ich schüttele mich und eile Maleen, die gerade an mir vorbeistolziert ist, hinterher. »Maleen Windspiel, ich habe eine Frage an dich«, rufe ich aus und imitiere die Hellenwaldschwäne dabei so gut wie möglich. Es funktioniert. Maleen dreht sich langsam um. »Worum geht es?«, fragt sie sachlich. Ihre blauen Augen schauen durch mich hindurch.

Kurz bin ich versucht, ihr heulend um den Hals zu fallen und zu erzählen, dass ich ihren verschmierten Lippenstift vermisse. Dann aber straffe ich mich. »Du hattest doch gestern deine Drogenberatung. Wie läuft diese denn ab?« Ich mustere aufmerksam ihren Gesichtsausdruck, aber dieser entgleist zu keiner Zeit.

Sie fixiert einen Punkt schräg links über mir und antwortet sanft: »Herr Stauber ist überaus freundlich. Wir haben das Thema allgemein ein wenig diskutiert, auch wenn ich selber keine Erfahrung mit Suchtmitteln habe. Er ist ein gebildeter Mann und ein äußerst angenehmer Gesprächspartner.«

»Alles klar, danke«, sage ich und lasse sie stehen.

Eilig entferne ich mich von ihr, ehe ich mir ein siegesgewisses Grinsen gestatte. Es ist mir total egal, *was* sie mir von ihrer Drogenberatung erzählt. Wichtig ist, dass sie mir unbewusst bestätigt hat, dass sie da war. Dieser Termin ist der Schlüssel, dieser Termin verändert Menschen. Ich höre auf zu grinsen, als mir der Ernst der Lage bewusst wird. Heute Nacht muss ich ihm davon erzählen.

Diese erste Erkenntnis verarbeitend, setze ich mich an einen der leeren Esstische im Speisesaal und verputze eine Birne. Die Sehnsucht nach der körperlichen Nähe des Nachtjungen gibt mir fast das Gefühl, dass er neben mir sitzt und mir die Birne wegnimmt, weil er sie selbst essen will. Ich sehe sein spöttisches Lächeln, höre seine raue Stimme und schmecke seinen Kuss auf meinen Lippen. Es ist verrückt, wie verrückt ich nach ihm bin. Als hätte ich einen Funken in der Brust. Was ich ihm wohl bedeute?

Ach, Mann. Ich klatsche mir selbst die Hand an die Stirn. Was tut man, wenn man Probleme bis zum Hals hat? Man verliebt sich, schafft noch zehn weitere Probleme und versinkt schließlich komplett im Chaos. Oh Gott, bin ich jetzt verliebt? Ist es nicht unromantisch, wenn das so schnell geht? Ist es nicht oberflächlich? Du bist immer oberflächlich, warum bist du jetzt so bedacht darauf, langsam eine sahnige Romanze entstehen zu lassen?, spöttelt die Stimme meiner Schwester in meinem Kopf.

Ich beiße konzentriert von der Birne ab und sehe Samuel erst, als er direkt an mir vorbeigeht und dabei fast meine Hand streift. Die Statur, die Wangenknochen, der Mund ... Der Nachtjunge muss Samuel sein. Aber warum bewegt sich diese Version von ihm dann wie ein stolzer Tänzer auf Eis? Der Nachtjunge schleicht eher wie ein Fuchs.

Und dann mache ich eine neue Erfahrung: Ich lerne, wie es ist, wenn dir auffällt, dass dir etwas auffallen sollte. In meinem Kopf leuchten rote Neonlichter auf – auch wenn ich noch nicht verstehe weshalb. Mein Gehirn muss erst noch ein paar Verbindungen konstruieren.

Samuels linke Hand greift nach einem grünen Apfel. Ich stehe hastig auf. »Lass mir den doch bitte, ich liebe Äpfel, aber rote ess ich nicht, wegen der Schneewittchensage«, plappere ich und nehme seine Hand aus der Obstschale. Dabei drehe ich sie unauffällig und entdecke eine verkrustete Wunde zwischen seinem Daumen und Zeigefinger. Sie hat die Form von Schneidezähnen.

Und zwar von meinen. Ich habe meine Antwort, ich habe meine Lösung.

»Hey, Mann!«, rufe ich überrascht aus. »Du bist es! Wusste ich's doch! Jetzt grad bist du wieder aalglatt! Aber dann ist das wohl nur aufgesetzt? Das ist ja der Wahnsinn, verstehst du mich, du kennst mich doch, oder? Du bist es!« Ich strahle ihn übermäßig an, sehe erwartungsvoll in Samuels smaragdgrüne Augen.

Doch der betrachtet mich nur stumm. »Ich möchte nichts mit dir zu tun haben. Akzeptiere das bitte, Sofia Wilden«, sagt er schließlich, dreht sich um und geht davon.

Ich beiße mir heftig auf die Zunge. Mein Kopf donnert, als würde er gleich entzweigerissen. Es gibt zwei Samuels. Er verändert sich bei Morgengrauen und in der Dämmerung. Er wird ein komplett anderer Mensch. Sein Lächeln ist anders, sein Gang, seine Ausstrahlung, seine Worte, einfach alles. Die Erkenntnis schnürt mir den Hals zu. Ich presse mir die Fäuste in den Schoß und atme ein – aus – ein – aus. Der Junge, der Kevin mit mir zum Krankenflügel getragen hat, geht unbeteiligt an mir vorbei. Ich beiße die Zähne zusammen und drücke mir die Fingernägel in die Handballen. Menschen verwandeln sich nicht. Das kann nicht sein. So etwas geht nicht. Blödsinn. NEIN.

Es wäre so leicht, jetzt aufzugeben. Das Handtuch zu schmeißen, noch ein bisschen zu kotzen, zu heulen und dann vielleicht zurück nach Hause zu dürfen. Für einen kurzen Moment suhle ich mich in dieser Vorstellung. Dann aber denke ich an den Nachtjungen, den ich immer noch nicht ganz mit Samuel zusammenbringen kann. Ich werde ihn einfach Sam nennen. Das geht. Hoffentlich. Und ich werde Sam nicht alleinlassen. Es ist mein Wunsch und meine Pflicht, ihm zu helfen. Ich werde nicht aufgeben. Auch wenn die wollen, dass ich verrückt werde.

Ich stehe auf. Frau Jordan geht an mir vorbei. Ich zaubere ein naives Lächeln auf meine Lippen. »Guten Tag, Frau Jordan. Es hat mir sehr leidgetan, Ihren Unterricht zu verpassen, aber ich war wirklich nicht fähig, das Bett zu verlassen«, sage ich und knickse vor ihr schon fast wie Maleen vor Madame Bellefleur.

Frau Jordan lächelt sanft zurück. »Du kannst das aufholen. Ich hoffe, du erholst dich«, erwidert sie.

Ich bin eine bessere Schauspielerin, als ich dachte.

Mit meinem leeren Collegeblock setze ich mich in die leere Bücherei. Aber kann ich das alles aufschreiben? Entweder es ist Psychokram und sie zweifeln an meinem Verstand und empfehlen mich an eine Psychiatrie weiter, wenn sie meine Notizen finden. Oder es ist die Wahrheit und dann will ich eigentlich nicht wissen, was mit mir passiert. Halten wir fest: Ich habe Feinde. Aber wer sind sie? Dass ich es nicht weiß, ist ihr Trumpf. Mein Trumpf ist, dass sie nicht mal wissen, dass sie ebenfalls Feinde haben – sogar zwei.

Ich fahre überrascht zusammen und lasse den Kuli fallen, als plötzlich etwas Dunkles hereinstolpert.

»Kev!«, stoße ich aus und recke den Hals. »Wenn Jasper hinter dir her ist …«

Aber Kevin ist allein. Er bleibt vor mir stehen und stößt den Collegeblock vom Pult, welcher quietschend über den Boden schlittert.

»Sofia, scheiße!«, schreit er mir entgegen. Seine Worte scheppern in meinen Ohren.

»Hey, was ist denn los? Hast du kein Leben mehr?«, frage ich um einen Scherz bemüht.

Kevin sieht zwar nicht so schlimm aus wie nach Jaspers Attacke, aber er wirkt verstörter denn je.

»Kev, du solltest im Bett liegen«, sage ich leise und eindringlich.

»Er hat kein Leben mehr, er hat keins mehr!«, flüstert Kevin. Seine Augen scheinen nur aus Pupillen zu bestehen. »Isch hab doch nur 'nen beschissenen Spaziergang gemacht, Sofia! Er ist tot! Da war diese Hand, im Schilf!«

Ich höre mir selbst zu, wie ich versuche, ihn zu beruhigen, während ich im Inneren zerberste. Ich verstecke meine bebenden Hände.

»Wenn du mir nicht glaubst, dann nicht!«, ruft Kevin und plötzlich ist sein Gesicht nass. Seine Hände sind schlammdunkel und er schleudert mein Pult gegen ein Bücherregal. Ein Schwall aus Sammelbänden ergießt sich auf den Boden. Ihr Prasseln ist das Einzige, was ich wahrnehme.

»Er ist tot!«, jault Kevin, presst sich die Hände vor das Gesicht und stürmt davon.

»Wer denn, Kevin?«, frage ich lautlos, aber er ist schon weg.

Mechanisch beginne ich, die Bücher wieder einzusortieren. Hinter dem Ballettstudio ist ein kleiner See, mit ordentlich gestutztem Schilf, klarem Wasser und drei orangefarbenen Goldfischen. Ich werde jetzt dorthin gehen, um mich zu vergewissern, dass es keine Leiche gibt. Kevin muss einen bösen Traum gehabt haben. Ich mache mich auf den Weg, eine leblose Hand vor Augen, die in blanker Verzweiflung grünes Schilf umklammert.

9. KAPITEL

MASKIERT

»Ich kann allem widerstehen –
außer der Versuchung.«

OSCAR WILDE

Der See liegt unberührt vor mir. Ich schaue mir selbst zu, wie ich ihn mit konzentrierten, kleinen Schritten umkreise. Meine Finger sind nervös ineinander verschlungen, während meine Augen ein ums andere Mal das Ufer abscannen. Doch nicht die geringste Spur. Keine Leiche. Kevin muss sich vertan haben, es gibt garantiert eine simple Erklärung. Vielleicht war's eine einfache optische Täuschung. Es muss einfach so sein. In meiner Welt sterben Leute nicht an einem in mildes Sonnenlicht getauchten See.

Ich drehe mich ruckartig um und laufe steif und mit hochgezogenen Schultern über den weißen Weg zurück zum Internatsgebäude. Meine Schritte sind das einzige Geräusch, ansonsten herrscht betäubende Stille. Ich lasse meine Schuhe extra laut knirschen. Ob ich jetzt auch überwacht werde? Werde ich aus blinden Engelsaugen beobachtet? Ein feuchter, klebriger Film liegt auf meiner Haut.

Ich durchquere die Eingangshalle, gehe am Speisesaal vorbei und gelange schließlich in den so gut wie immer leeren Innenhof. Im ersten Moment überkommt mich Klaustrophobie. Die vier Wände scheinen an mich heranzukriechen und mich zu erdrücken.

In der Mitte des Platzes stehen drei dekorative grüne Tischchen. An die Mauer links von mir grenzt ein Schuppen, in dem Golfmaterial untergebracht ist. Das könnte funktionieren. Nach einem raschen Blick zu allen Seiten husche ich zum Schuppen, drücke die silberne Metalltür auf und lasse mich innen auf den kalten Boden sinken. Spinnweben hängen von der Decke und reichen fast bis zu mir herunter, die muffige Luft riecht wie ein Haus voller Katzen.

Tatsächlich löst sich ein graziler Schatten aus dem Dunkel und sinkt mauzend vor mir nieder. »Hi, Baby«, flüstere ich den selbst im Schwarz leuchtend grünen Augen zu, die mich an Sams erinnern. Ich strecke den Zeigefinger vorsichtig nach einem

Flauschohr aus und komme mir augenblicklich nicht mehr ganz so beobachtet und ratlos vor. In diesem Schuppen kann es keine Kameraüberwachung geben. Aber Telefonnetz, wie ich hoffe. Ich ziehe Sams Handy aus der Innentasche meiner Stoffjacke und halte es prüfend hoch. Perfekt. Endlich einmal Glück. Die Katze stößt ein Schnurren aus und während ich ihr mit einer Hand das Kinn kraule, wähle ich mit der anderen Milas Nummer.

»Warum hast du nicht früher angerufen?«, fährt sie mich an.

»Ich hab dich auch sehr lieb«, stöhne ich leise.

»Du dumme Kuh«, zischt Mila. »Weißt du, was für Sorgen ich mir gemacht habe? Und nein, leider kann ich nicht einfach deine Nummer wählen, weil ich ja nie weiß, ob du gerade neben dem Direktor stehst. Ich denke an nichts anderes als an dich! Ich habe übrigens gerade Kunst, aber kann dennoch telefonieren. Der Luxemburg fehlt schon länger, erholt sich bestimmt immer noch von deinem Anschlag mit der Apfelschorle. Haben stattdessen so 'nen Vertretungsfuzzi, der 'n Durchsetzungsvermögen von 'nem Schwamm hat. Hannes trägt gerade Sina auf Händen und Fee hat schon gerötete Augen. Ich geh jetzt mal aufs Klo. Herr Fink? Ich geh aufs Klo. Ja? Danke.«

»Hm«, mache ich leise und drehe einen Golfschläger in meinen Händen. Die Katze maunzt empört und stupst mein Handgelenk an. Ich streichle beruhigend über ihren Hals.

»Was geht eigentlich ab?«, fragt Mila wenige Sekunden später. »Gibt es etwas Neues, abgesehen von den Götterkindern und dieser abnormalen Drogenberatungsstunde?«

»Ja, ich denke schon«, sage ich mit belegter Stimme. Mein Kopf tut schon wieder weh. Milas Stimme wird weicher. »Hey, S, was ist los? Stimmt was nicht?« Ihre Sorge ist nun kaum überhörbar. »Sag was«, drängt sie mich.

»Es ist eine ganze Menge passiert«, murmele ich. Und dann erzähle ich ihr von Maleens Veränderung, von Sams zwei Persönlichkeiten, von Kevin, der behauptet, Leichen zu sehen.

»Warum hast du nicht früher angerufen?« Milas Stimme bricht, so hoch ist sie.

»Wann denn? Bevor ich mal eben nach der Leiche gucken gehe?«, frage ich bitter.

»Du musst nach Hause kommen«, sagt Mila schrill. »Wir werden dich zurückholen. Das ist zu viel. Das kannst du nicht. Es wird alles gut, Süße.«

»Nein«, sage ich zu meiner eigenen Befremdung.

»S, wir suchen dir was anderes, irgendwas, das ist einfach zu abgefahren. Das wird auch Mum verstehen.«

»Glaubst du mir oder denkst du, dass ich auf den Kopf gefallen bin?«, frage ich nüchtern.

»Ich glaube dir immer«, entgegnet Mila, ohne zu zögern. »Deswegen solltest du da raus.«

»Nein«, wiederhole ich mit kräftiger Stimme. »Ich bin schon zu tief drin. Außerdem war keine Leiche am See.«

»Sofia, hallo!«, brüllt Mila so heftig in das Handy, dass ich zusammenfahre und die Katze beleidigt aufspringt und davonhuscht. »Man bildet sich keine Leichen ein, geht's noch? Wenn der jemanden gesehen hat, der tot ist, dann ist auch jemand tot!«

»Nein«, entgegne ich.

Milas hektischer Atem rasselt in der Leitung. Sie bemüht sich, ihre Lautstärke zu dämpfen. Ihre Stimme zittert und bleibt unnatürlich hoch. »Dann … lass dir von Kevin doch noch mal genau schildern, was er gesehen hat«, sagt sie fast piepsend. »Vielleicht, wäre das ein ganz guter nächster Schritt. Halt mich auf dem Laufenden. Du solltest da nicht bleiben, S, denn …«

Ich unterbreche sie. »Ich werde bleiben.« Ich weiß nicht genau, seit wann ich mir dessen so sicher bin. Vielleicht schon immer. Denn ich bin schließlich die Stärkste. Und wer macht weiter, wenn die Stärkste aufgibt?

Ich gehe durch den Gang zum Krankenflügel und recke suchend den Hals – was eigentlich unsinnig ist, denn wer übersieht schon

Kevin? Der weiße Raum ist leer, bis auf Sandra, die leere Spritzen sortiert. Ich kaue auf meiner Unterlippe. Er müsste hier sein. Er müsste im Bett liegen, aber das Laken ist cremeweiß und glatt. Ich muss mit ihm reden. Warum habe ich das nicht gleich getan? Warum habe ich ihn nicht daran gehindert wegzulaufen? Warum habe ich ihm nicht geglaubt?

Ich räuspere mich. Sandra reagiert nicht. Ihr Haar fällt ihr in einem schimmernden dunklen Zopf über den Elfenrücken. Ich kann nicht sagen, wie alt sie ist.

»Sandra?«, frage ich und klopfe gegen den Türrahmen.

Sie dreht sich zu mir herum, als wüsste sie schon die ganze Zeit, dass ich da bin. »Geht es dir besser?«, erkundigt sie sich mit weicher, aber klangloser Stimme und schließt eine weiße Schublade.

»Schon viel besser. Aber ich brauche wahrscheinlich noch ein bis zwei Wochen, damit es mir wieder vollkommen gut geht«, sage ich rasch. »Wo ist denn Kevin? Ich würde mich gern mit ihm unterhalten.«

»Er ist vorerst außer Haus. Er ist schwer erkrankt und benötigt vollkommene Ruhe. Zu Hause ist es da am besten für ihn«, sagt Sandra lächelnd.

Ich brauche zwei Sekunden, um zu verstehen, was sie sagt. »Das geht nicht!«, stoße ich hastig hervor. »Ich muss mit ihm reden!«

»Jedes Gespräch ist ein viel zu großes Risiko«, sagt Sandra sanft, streicht sich den braunen Pony aus der Stirn und wendet sich wieder ab.

»Aber ...« Ich schlucke den Rest meines Satzes herunter. »Okay«, murmele ich und wende mich zum Gehen.

Verdammte Scheiße. Kevin ist nicht krank. Man versucht, mich von ihm fernzuhalten. So wie sie ... ja, so wie Serafina versucht hat, mich von Maleen fernzuhalten. Vielleicht, damit man nicht zu zweit eine Lösung für all diese Rätsel austüftelt?

Ich sperre mich in eine Klokabine, drehe zitternd das Schloss herum und hocke mich mit angezogenen Knien auf den Klodeckel. Niemand darf mitbekommen, was in mir vorgeht. Ich kann niemandem vertrauen. Ich bin allein. Kevin ist weg. Aber

er ist nicht krank. Sie wollen nur, dass ich das glaube. Kevin hat
wahrscheinlich etwas gesagt, was wahr ist. Es gab einen Mord.

Die Versuchung, mich zu erbrechen und mich dann heulend
auf die Fliesen zu schmeißen, ist groß. Ich presse mir die Fäuste
an die Schläfen. Vielleicht bin ich die Chance. Und vielleicht ist es
eigentlich gar nicht so schwer. Ich muss fürs Erste einfach nur so
tun, als ob ich ihnen jedes Wort glaube.

Ich bete eine ausführliche Zusammenfassung der Ereignisse der
Französischen Revolution herunter und lächle. Ich esse meinen
Obstsalat und lächle. Ich spiele ein Match mit Elena, Nina und
Vio und lächle. Ich glaube alles. Es gibt keine Probleme, überhaupt keine Probleme. Alles ist vollkommen normal. Niemand
ist gestorben. Kevin ist da. Maleen mag mich. Niemand, niemand
ist tot. Es gibt keine Leiche am See. Ich lasse Kevin über Sandra
Genesungswünsche überbringen. Ich klage über meine nicht enden
wollenden Kopfschmerzen. Und abends, sobald ich mein Gesicht
von Elena Klee abwenden darf, verstecke ich mich unter meiner
Bettdecke, lasse die Maske zu Scherben zerfallen und krümme
mich zu einer kleinen Kugel zusammen.

Sobald Elena eingeschlafen ist, muss ich Sam suchen, ihm erklären, warum wir uns eine ganze Weile nicht sehen konnten.
Gemeinsam stehen wir das durch. Ob er noch da ist?

»Also ganz ehrlich, Prinzessin. Ich hab in meinem Leben noch
nie einen so schlimmen Korb bekommen.«

Ich fahre erschrocken hoch und versuche, die Bettdecke ab-
zustrampeln. Dabei bin ich so hektisch, dass ich mich nur noch
mehr verheddere. Die Decke wird mir weggezogen. Und er sitzt
vor mir. Lässig an die Wand gelehnt, blinzelt er mir zu. Sein linker
Mundwinkel ist hochgezogen, seine rechte Augenbraue ebenfalls.

»Sam«, flüstere ich mit hochrotem Kopf und verwuschelten
Haaren.

»Hi, die Schlüssel sind alle einheitlich«, sagt er. »Lass uns Pilze sammeln.«

Ich verstehe zwar nicht, was er von mir will, bin aber so froh, ihn zu sehen, so unendlich sehnsüchtig nach seinem Geruch, seinen Augen und seinem spöttischen Lächeln, dass ich mich gegen ihn fallen lasse und meine Arme um seinen Nacken schlinge. Sein Herz klopft leise, aber beständig.

Ich presse ihn so fest an mich, dass er schließlich beginnt zu röcheln. Ich will für immer bei ihm bleiben. Mit meinem Kopf an seiner Brust und mit seinem verhaltenen Lachen im Ohr. Seine Haut riecht nussig. Sein Atem kitzelt an meiner Wange und lässt eine meiner dünnen Haarsträhnen hin und her baumeln. Ich beiße mir heftig auf die Unterlippe, um mich selbst zu bremsen, löse mich abrupt von ihm und setze mich in einem Meter Abstand im Schneidersitz auf meine Bettdecke. Seine Hände liegen locker geöffnet in seinem Schoß.

»Ohaaa«, macht er.

Ich werde noch röter. Was erwartet er denn? Immerhin hat er mich so heftig geküsst, dass ich für einen Moment dachte, wir wären eins, wie die Figuren in einem Shakespeare-Drama.

»Eigentlich ist das hier ziemlich riskant«, flüstere ich kaum vernehmbar und mit klopfendem Herzen. Ich nicke zu Elena hinüber.

Sam zuckt gelassen mit den Schultern. Sein goldbraunes Haar funkelt im Mondlicht. Ich schaue konzentriert an ihm vorbei.

»Wir sollten hier weg. Wenn sie uns erwischt …«

»Sie schläft«, unterbricht mich Sam.

»Die Frage ist wie lange, Mann!«, antworte ich so spöttisch wie möglich.

»Sie wird die ganze Nacht schlafen. Vertrau mir.«

»Ach, komm schon«, flüstere ich mit einem leisen Lachen. »Auch du bist nicht der Master. Was machst du, wenn sie plötzlich zur Toilette muss?«

»Muss sie nicht«, entgegnet Sam ungerührt. »Sie wird nicht aufwachen. Sie schläft jede Nacht durch. Genau wie Jasper, verstehst du? Das ist etwas, was ich dir noch nicht gesagt habe. Niemand von ihnen wacht nachts je auf. Ich habe anfangs natürlich versucht, meinen besten Freund zu wecken. No way.«

Ich versuche, die Information einzusortieren. Es ist immerhin nichts, was Panik bei mir auslöst. »Alles klar«, sage ich.

»Also Pilze sammeln?«, fragt Sam erneut.

»Was meinst du denn damit?«, entgegne ich hilflos und schlage mir die Hände auf die Oberschenkel.

»Du hast mir 'nen Korb gegeben. Also sollte ich Pilze sammeln. Aber vielleicht machst du ja mit.«

»Komm, der ist echt schlecht«, antworte ich schnell. »Und warum hab ich dir 'nen Korb gegeben?«

»Weil du unsere hinreißenden Dachbodendates ... übrigens nenne ich sie jetzt DD, weil's cooler klingt ... weil du unsere DDs einfach abgebrochen und beschlossen hast, deine Nächte woanders zu verbringen. Ich mein, das ist jetzt peinlich, aber ja, ich war dreimal da und hab gewartet und du kamst einfach nicht. Gibt's noch mehr heiße Typen hier? Heißere als mich?«

Ich muss lächeln. »Ich hab gekotzt. Brechpulver, you know? Danke übrigens. Es ging mir nie beschissener. Kriegst ein Krönchen. Hast mir den beschissensten Tag meines Lebens ermöglicht.«

Sam streckt mir die Zunge raus, dann wird sein Gesicht plötzlich ernst. »Gut gemacht«, sagt er. »Ich bin froh, dass du noch da bist.«

Als seine grünen Augen in meine blicken, erinnere ich mich, dass ich ihm noch erklären muss, dass ich jetzt weiß, wer er tagsüber ist. Aber wie mache ich das? Wie erkläre ich ihm, dass ... Und dann schaue ich noch ein bisschen tiefer in seine Augen und alles ist still und grün und er ist einfach gottverdammt schön und alles, was ich jetzt gerade will. Ich bin kurz davor, mich erneut gegen ihn fallen zu lassen, um ihn endlich zu küssen. Doch dann fällt sein Blick auf das Handy, das unter meinem Kopfkissen hervorgerutscht ist.

»Das ist übrigens meins«, bricht er das Schweigen.

Verärgert beiße ich mir auf die Zunge. Er steht offensichtlich nicht auf mich. Er will mich gar nicht küssen und ich hänge ihm wie ein Mondkalb an den Lippen. Er möchte einfach nur ein bisschen Gesellschaft. Ich rutsche weiter von ihm weg, versuche, meine Enttäuschung zu verdrängen.

»Du wusstest doch von Anfang an, dass es dein Handy ist. Schon als du einen auf Perversling in der Nacht gemacht hast«, sage ich.

»Die Nudeln!«, sagt er und zeigt grinsend auf mich.

Ich verdrehe die Augen.

»Ja, ich wusste, dass es mein Handy ist. Aber ich dachte, dass du es gebrauchen könntest. Und hey, ich bin ein Held, kein Perverser!« Gespielt beleidigt schlägt er auf die Bettdecke. Dann holt er Luft. Das Lächeln wird wieder aus seinem Gesicht gewischt wie Kreide von einer Tafel. »Eigentlich sollten wir darüber reden, was wir inzwischen wissen, nicht wahr?«

Und das tun wir dann. Ich erzähle ihm alles, nein, fast alles. Ich weiß nicht, warum ich ihm nicht sagen kann, dass ich ihn schon länger kenne als er mich. Als ich kurz davor bin, verliert er sich in einem Monolog über sein Leben vor Hellenwald und ich will ihn nicht stören. Er lächelt. Endlich wieder.

»Ich war … total normal«, sagt er. »Einfach nur irgendein Penner, verstehst du? Ich hab's in Mathe nie gebracht, aber wenn es darum ging, Tickets für die nächste Oberstufenparty zu verkaufen, war ich der Allerbeste. Es gab immer Jasper und mich. Ich hab geschwänzt, Amaretto in der Schule getrunken. Ja, Amaretto um viertel vor acht. So viele Mädchen wie möglich, aber bloß keine Beziehung, dann hätte ich ja nicht mehr fünf haben können. Ich hatte einfach nie Probleme, kein einziges. Jasper und ich waren in Lloret, wir hatten the best years of our lives und so. Haben nie viel nachgedacht. Es ging mir einfach immer nur geil, ich hatte meine Hollister-Shirts und meinen iPod und meine Mutter hab ich fast umgebracht mit meinen Tadeln, glaub mir. Wir waren sprayen. Wir waren so oft sprayen. Am Anfang noch vorsorglich mit Strumpfmaske. Irgendwann dann ohne. Wir haben nicht mal geschmiert, wir waren richtig gut. Also ja, wir haben auch ›What the fuck‹ und so gesprüht, klar, aber das sah dann … schön aus.«

Er lacht und ich lache auch. »Jasper ist aufgeflogen. Es war, glaub ich, das erste Mal, dass in meinem Leben wirklich was schiefgegangen ist. Amaretto allein ist doof. Und er hat nicht geantwortet, er hat mich voll gestrichen. Ich mein, nicht nur für zwei Monate, für immer. Irgendwann hatte ich keine Lust mehr. Hab das Rathaus rot angesprüht. Tja, und dann war ich auch hier. Und jetzt stell ich plötzlich fest, dass mein Leben nicht mehr geil ist, denn mein bester Freund wacht nicht auf und tagsüber existier ich gar nicht. Das ist einfach nur krass. Einfach nur hart. Und viel zu viel für jemanden wie mich, ich denk inzwischen über Sachen nach, über die ich früher nie nachgedacht hab.«

Unsere Köpfe lehnen an der Wand. Unsere Augen sind ernst. Und ich glaube, ich habe nie lieber mit einem Jungen auf meinem Bett gesessen und einfach nur geredet.

Er blinzelt. »Wie auch immer.«

»Sag das nicht«, murmele ich leise.

»Hm?«, macht er.

»Nicht ›wie auch immer‹. Was du gesagt hast, war wichtig. Du darfst es nicht einfach mit einer Floskel abtun, weil du das Gefühl hast, ich würde nicht verstehen, was dir am Herzen liegt. Ich versteh es vollkommen.«

Und eigentlich ist jetzt der Moment, in dem ich es ihm sagen sollte. Aber wie sagt man jemandem, wer er ist?

Er räuspert sich und die Chance vergeht. »Ich hab noch was mitgebracht. Erstens …«, er greift in den Army-Rucksack, der am Fußende meines Bettes steht, »ein Radio. Wie gesagt, sie wacht nicht auf. Und Musik macht irgendwie alles okay – selbst wenn man sie nur ganz leise hört. Findest du nicht? Und zweitens … Akten.« Er legt mir schwarze Mappen in den Schoß und schaut mich erwartungsvoll an.

Ich lächele zurück. Meine Augen leuchten. Seine auch. Ich könnte ihn küssen. Sein Geruch benebelt meine Sinne. Ich muss wirklich sagen, dass man nicht weiß, was Liebe ist, wenn man sie nicht erlebt hat. Das, was ich jetzt fühle, wenn ich in seine Augen gucke und Angst habe, ihn zu küssen, ich schätze, das ist Liebe.

Er stellt das Radio an. *Shattered* von Trading Yesterday. Kein Lied für Diven wie mich. Kein Lied für Machos wie ihn. Trotzdem lächeln wir beide, synchron, es ist fast unerträglich romantisch und mein Bauch tut schon weh vor Sehnsucht.

Ich tippe auf die Akten. »Hm?«, mehr kriege ich nicht raus.

»Die Geschichte der Schüler. Ich war fleißig, während du flachlagst. Sie sollten verbrannt werden. Hab sie gefunden, während ich Essen gesucht hab. War schlau, sie in die Küche zu tun, bis jemand Zeit findet, sie zu vernichten. Welcher Schüler ist schon in der Küche? Ich dachte, sie sind hilfreich. Und interessant. Und das sind sie. Elena Klee und Serafina Seine, sieh selbst.«

Verwirrt klappe ich die erste schwarze Akte auf. Kurz bin ich von seiner Hand abgelenkt, die für eine Sekunde auf meiner Schulter ruht. Die Berührung betäubt mich. Ich schüttele mich und hefte meinen Blick auf das Papier. »Wer ist das?«, frage ich und schaue auf das Foto eines Mädchens mit schulterlangen, fettigen Haaren. Es hat eine lange, pinkfarbene Strähne, einen rosa Minidiamanten in der Nase und lila Schatten unter den Augen.

»Steht doch daneben«, spöttelt Sam.

»Elena Klee? Haha«, sage ich. »Komm schon, wer ist das?«

»Ist kein Witz. Das ist Elena Klee«, entgegnet er ungerührt. »Vor Hellenwald.«

Mir fällt die Kinnlade herunter. Ich halte das Foto so dicht wie möglich an mein Gesicht und lasse es dann vom Mond beleuchten. »Komm schon, Alter«, flüstere ich mit kaum vernehmbarer Stimme und lese leise: »Elena Klee, Jahrgang 1994, vorherige Schule: Marie-Curie-Hauptschule. Sie konsumiert seit ihrem zehnten Lebensjahr regelmäßig Alkohol und ist seit dem vierzehnten abhängig von Crystal. Um die finanziellen Mittel zur Beschaffung der Droge aufzutreiben, hat sie folgende Straftaten begangen: fünf Menschen bestohlen, ihren Mitschüler Lionel Weiß dauerhaft erpresst und bedroht, sich prostituiert. Elena Klee musste die Marie-Curie-Hauptschule im Frühjahr 2010 infolge der massiven Verstöße gegen die Schulordnung und das Gesetz der Bundesrepublik Deutschland verlassen. Sie hat einen Eintrag im Strafregister und wurde zu Sozialstunden verpflichtet (die Anzeige erfolgte durch die Familie Weiß).«

Das Radio knistert leise. Ich schlucke. Das Mädchen, das schlafend im Bett neben mir liegt, ist nicht Elena Klee. Nein, dieses Mädchen auf dem Papier sollte sich das Zimmer mit mir teilen.

Bei Serafina ist es nicht anders. Ich erkenne das picklige Gesicht mit den wunden Lippen erst nicht wieder. Serafina hat bis vor einem Jahr noch einer Straßengang angehört, die aus Langeweile an Bushaltestellen herumlungerte und Kinder zusammenschlug.

Ich klappe Serafinas Akte zu und hole tief Luft. Passend dazu setzt das Radio aus und brummt kläglich vor sich hin. »Jetzt mach schon«, fauche ich dem armen Ding zu. Ich ziehe die Knie wie so oft an, stütze mein Kinn darauf und schaue aus runden Augen zu Sam hinüber. »Oh mein Gott«, murmele ich.

»Oh mein Gott«, sagt er ebenfalls und nickt bestätigend.

»Was, wenn sie nachts ... alle normal wären?«, frage ich und wäge die Worte ab, während sie meine Lippen verlassen.

Sams Lächeln ist schmerzlich. »Sie wachen nicht auf«, flüstert er.

»Du schon. Wegen ... der Schlafstörung«, sage ich leise.

Er nickt nur und senkt den Blick.

»Es macht mich krank. Mit tut der Kopf so weh, ich weiß einfach gar nichts mehr«, sage ich leise und verzweifelt. »Ich wünschte, ich wüsste eine Lösung, hätte eine Idee, die garantiert funktioniert, aber ich bin halt nicht perfekt.«

»Gott sei Dank nicht«, sagt Sam und nun hält er meinen Blick. »Gott sei Dank bist du nicht perfekt. Denn gerade deine Fehler, die machen dich so schön.«

Ich starre ihn an. Er starrt mich an.

Dann presst er die Lippen zusammen. »Hm?«, fragt er.

»Hm, danke«, sage ich.

»Was würdest du jetzt gern tun?«, fragt er. Seine Augen sind ein grünes Meer.

»Schwimmen«, sage ich sofort. Oh Mann, ich könnte echt einen Lächerlichkeitsorden gewinnen. »Nein, doch besser nicht«, schieße ich hinterher. »Ich möchte irgendwohin, wo ich mir ganz sicher sein kann, dass niemand uns beobachtet. Nur leider gibt es einen solchen Platz hier nicht, schade Schokolade. Schokolade hätte ich übrigens auch gern.«

Er zuckt entschuldigend mit den Schultern. »Schokolade gibt's nicht.«

»Find ich blöd«, sage ich und ziehe eine Schnute.

»Aber einen Platz, an dem du nicht beobachtet wirst. Wo dich niemand erwartet.«

»Ich werde nicht über die mit Stacheldraht überspannten Zäune klettern«, warne ich.

»Nein, aber auf dem Dach ist es auch ganz schön.«

»Ha ... ha ... ha«, mache ich langsam.

Er bleibt schon wieder ernst, legt den Kopf neugierig schräg und wartet ab.

»Nein«, sage ich. »Als ob ich auf ein Dach klettern würde. Ich möchte nicht sterben.«

Sams Augen glitzern. Grünes Meer. Er zieht den linken Mundwinkel hoch.

»Nein«, sage ich. »Nein, auf gar keinen Fall.«

Ich sitze auf der Dachzinne und blinzele in die Sterne. »Komm, es war nicht schwer und nicht mal gefährlich«, raunt Sam mir ins Ohr. Er liegt neben mir. Sein T-Shirt ist ein bisschen hochgerutscht und sein flacher Bauch macht mich unheimlich nervös. Das ist auch der Grund, weshalb ich ihn anschweige und seinen Blick meide. Nicht etwa, weil ich unseren Trip so halsbrecherisch fand. Aber das muss er ja nicht wissen. »Komm schon, Sofia«, raunt er und schließt die Augen. Augenblicklich wende ich meinen Blick seinem Bauch zu, lasse ihn dort für ein paar köstliche Sekunden verharren und schaue schließlich auf sein Lächeln. Sam ist sehr gut darin, Dinge auszublenden und sich einfach nur seines Lebens zu freuen. »Leg dich neben mich«, flüstert er mit belegter Stimme.

Ich rutsche ein wenig herunter und tue, was er mir sagt. Hier ist wirklich niemand. Wir sind unbeobachtet. Die Sterne schimmern wie kleine Laternen und ich könnte schwören, dass ich gerade eine Sternschnuppe gesehen habe. Oh ja, ich weiß, was beziehungsweise *wen* ich mir wünsche.

»Entspann dich«, flüstert er. »Du bist die ganze Zeit auf Hochtouren. Lass los.«

»Versuch ich ja«, brumme ich verärgert. Wie soll ich mich bei seinem Striptease entspannen, hm? Ich strecke Arme und Beine.

Die Nacht ist unser Dach. Und sie ist so unendlich schön. Selbst hier in Hellenwald. Das ist ein entspannender Gedanke. Ich lächele und schließe die Augen.

»Na, endlich«, flüstert er und seine Lippen berühren dabei fast meinen Mund.

Ich schlage überrascht die Lider auf. Seine Wimpern berühren meine. Sein Atem huscht über meine Lippen. Er wartet viel zu lang.

»Ach, Mann«, knurre ich und lege meine Hand an seine linke Wange, um ihn zu mir heranzuziehen und unter dem Sternschnuppenhimmel so lange zu küssen, bis es wehtut. Dabei rutscht meine Daumenkuppe über eine kleine Vertiefung an seiner Schläfe. Erst will ich dies trunken vor Glück übergehen, dann jedoch habe ich einen Gedankenblitz und dieser reicht aus.

Sam ist verwirrt. Ich löse meine Hand von seinem Gesicht und starre ihn an. Entsetzt. Einfach nur ungläubig. »Du hast eine Narbe an der Schläfe«, sage ich leise.

Sam runzelt die Stirn, streicht sich den Pony zur Seite und fährt mit dem Finger über die kleine Delle an seinem Kopf. »Wusste ich gar nicht«, sagt er. »Aber egal, oder?«

Jeder Schüler in Hellenwald hat einen Pony. Hat jeder Schüler in Hellenwald dann auch eine Narbe? Oh mein Gott. Oh Scheiße. Ich vergesse zu atmen und hole erst nach zehn Sekunden wieder Luft. Ich zerre Sam auf die Füße und kralle meine Finger in sein Shirt.

»Geht's noch?«, fragt er belustigt.

»Tagsüber«, flüstere ich mit erstickter Stimme und klammere mich noch fester an ihn. »Tagsüber bist du zwar immer noch du selbst, aber ich glaube, andere bestimmen, was du tust. Ich glaube, dass sie dich ausschalten, Sam. Ich glaube, dass sie den Geist der Schüler ausschalten. Und sie steuern. Verstehst du das, Sam? Ihr seid tagsüber Figuren. Alle. Perfekte Puppen. Oh Scheiße. Oh nein. Es ergibt alles Sinn, du hast was im Kopf, verstehst du?« Meine Stimme ist flehend, weinerlich. Mein Herz donnert so kräftig gegen meine Rippen, dass ich Angst habe, dass sie gleich brechen. Ich sauge scharf die kühle Nachtluft ein und nicke.

Sams Gesicht ist unbewegt.

»Es ist so, Sam. Sie tun mit euch, was sie wollen. Eure Persönlichkeit wird ausgelöscht.«

Ich beiße mir so fest auf die Lippe, dass ich spüren kann, wie sie aufplatzt. All meine Sehnsucht ist plötzlich weg, der Funke in seinen grünen Augen erloschen. Wir stehen regungslos auf dem Dach in einer viel zu kalten Nacht. Und ich habe Angst. Ich habe einfach nur Angst.

»Sam?«, frage ich vorsichtig, flüsternd. Ich brauche ihn. Jetzt am allermeisten.

»Bist du irre geworden?«, fragt er schließlich abfällig. »Was für kranke Sachen produziert dein Gehirn? Ich bin bestimmt keine Puppe und auch nicht ausgelöscht oder sonst irgendwas. Du hast eindeutig zu viel Fantasie. Komm mal wieder runter, sei nicht paranoid.«

Seine plötzliche Wandlung schnürt mir den Hals zu. Ich schnappe noch mehr nach Luft. Mein Bauch fühlt sich hohl an. »Warum bist du denn jetzt sauer?«, frage ich kleinlaut.

»Ich … bin nicht sauer«, schnaubt er. Der Spott trieft wie ein Wasserfall auf mich herab. »Ich …«, er zögert. »Eigentlich wollte ich es dir nicht sagen, aber du bist halt nicht mehr als ein Zeitvertreib für mich. So wie früher, weißt du? Ein bisschen knutschen. Mach dir bitte keine Hoffnungen, ja? Ich hab das Gefühl, dass du dir da irgendwas zusammendenkst, lass es Sofia, okay? Zwischen uns wird nicht mehr sein. Du bist nicht mein Typ und ich bin nicht der Typ für eine Beziehung. Ich hoffe, das ist okay für dich.« Dann grinst er, klopft mir auf die Schulter, dreht sich um und geht.

10. KAPITEL

AUSGELÖSCHT

»Hero – not the handsome actor,
who plays a hero's role
Hero – not the glamour girl,
who'd love to sell her soul«

NOBODY'S HERO – RUSH

Was ist das für ein Gefühl, nachts allein auf dem Dach zu stehen und nur zwei Dinge zu wissen? Nämlich erstens, dass jeder um mich herum sich tagsüber selbst vergisst. Und zweitens, dass der einzige Junge, in den ich je verliebt war, mich nur benutzt hat. Das Gefühl ist betäubend.

Ich schaue zum Mond. Mir ist nicht mal kalt. Ich stehe auf der Kuppel des Krankenflügels, gehe langsam in die Knie und rutsche dabei auf der glatten, marmorweißen Rundung so unglücklich aus, dass ich mit der Schläfe auf den harten Stein schlage. »Mama?«, frage ich ganz, ganz leise. Was macht man, wenn man glaubt, fürchtet, letztendlich weiß, dass Roboter um einen herum existieren?

Ich suche auf dem Kuppeldach nach Halt, aber das ist ein sinnloses Unterfangen. Ich rutsche ab und gleite langsam gen Erdboden. Zum Glück befindet sich unter mir ein schmaler Mauervorsprung, auf dem ich zwar hart, aber heil lande. Von dort aus kann ich auf den Schuppen klettern. Meine Füße dellen das Metall ein. Ich springe auf den Boden, strauchele und schürfe mir die Handflächen auf. Es hat keinen Sinn, sich selbst zu belügen. Die ganze Zeit über war ich nie wirklich unter Menschen. Vielleicht habe ich es schon viel früher verstanden, bin aber erst jetzt bereit, es zuzulassen. Ich habe mit Puppen kommuniziert, gegessen und gelernt und mich immer wieder gefragt, warum niemand auf mich eingeht. Wie kann so etwas sein? Wie kann es so etwas geben? So etwas ist nicht möglich. Und doch wahr. Die ganze Zeit wahr.

Ich setze mich auf einen unschuldigen, zierlichen grünen Stuhl und atme. Ich weiß jetzt, was in der Drogenberatung passiert. Ich hätte dort ausgelöscht werden sollen. Zu einer Sofia-Puppe, die ihre arme Mutter endlich stolz macht. Ich habe vorgetäuscht, krank zu sein. Wahrscheinlich, ja, sehr wahrscheinlich operieren sie ihre Schützlinge nur, wenn sie vollkommen gesund sind – man will ja nicht, dass jemand in Hellenwald an einer Infektion stirbt und die ganze Sache auffliegt. Meine Zeit läuft also ab.

Ich glaube nicht, dass irgendjemand das Recht hat, mich mir selbst wegzunehmen. Und ich glaube nicht, dass irgendjemand das jemals schaffen kann. »Wenn Sie wüssten«, flüstere ich Elena Klees stolzen Eltern durch das Dunkel zu. »Wenn Sie wüssten, dass Ihr Mädchen gar nicht existiert …«

Man würde vielleicht glauben, dass ich bei jedem Schüler, der mir im Verlauf der nächsten Tage über den Weg läuft, als Erstes an eine Puppe denke. Dem ist aber nicht so. Wenn ich ihre Gesichter sehe, sehe ich Menschen. Und erst danach fällt mir schmerzlich wieder ein, dass sie gewissermaßen unmenschlich sind. Es fühlt sich an wie eine Hand, die zögert, bevor sie sich um meinen Magen legt und zudrückt. Ich bin allein, aber ich gebe vor, nicht allein zu sein. Ich gliedere mich so gut wie möglich in ihre perfekte Gesellschaft ein, mache nicht viel mehr als zu lernen und zu funktionieren und ab und zu zu äußern, wie sehr ich mir wünsche, schon gesund zu sein. Als ich mit Jette über die Popularität des Internets und die daraus entstehenden wirtschaftlichen Möglichkeiten spreche, fällt mir im Verlauf des Gesprächs auf, dass sie mich auch würgen könnte, wenn jemand das für sie entscheiden würde. Aber wer wäre das? Wer steuert die Generation der Selbstvergessenen? Wer hat solche kranken Ideen, kehrt die Menschenwürde unter den Tisch und macht aus Individuen Massenprodukte mit Goldhaaren und Zahncremelächeln?

Ich setze mich mit meinem Englischbuch in die Bibliothek und kann die Gänsehaut nicht unterdrücken. Wer an der Spitze dieser Schule steht, ist klar. Und ich habe mir selbst noch gesagt, Nicolas Franssen sei ein freundlicher Mann und habe meine paranoiden Clownassoziationen nicht verdient. Die Intuition täuscht einen halt doch nie wirklich. Gerade jetzt läuft er an der Bücherei vorbei, einen Stapel unschuldig bunter Akten auf dem Arm. Sein blondes Haar ist fast weiß und sein lässiger Gang für einen Direktor eigentlich eher untypisch. Ich verkrieche mich unwillkürlich hinter dem nächsten Regal und warte stumm ab, bis seine Schritte verhallen. Dann massiere ich mir die Schläfen und zwinge mich zur kontrollierten Sanftmut. Wer ist hier eigentlich alles eine Puppe? Nur die hübschen Schüler oder sind auch Alessia Johansson und vielleicht sogar mein unnatürlich gut aussehender Deutschlehrer welche?

Es hilft alles nichts. Ich habe mir bis jetzt verbissen, Mila anzurufen. Ich brauche keine mitternächtlichen Wir-holen-dich-raus-Pläne. Ich werde nicht aufgeben. Ich werde Nicolas Franssen nicht fröhlich dabei zuschauen, wie er mit Menschen umgeht wie mit Versuchstieren. Wenn ich seine Gründe nur kennen würde. Wenn ich nur wüsste, wie meine Mitschüler gesteuert werden. Wenn ich nur wüsste, wer Jasper dazu gebracht hat, Kevin krankenhausreif zu schlagen.

Die Eingangstür fällt ins Schloss. Ein kalter Luftzug fährt mir ins Gesicht. Ein mir unbekannter Junge verharrt scheinbar unschlüssig. Ich klappe mein Englischbuch zu, klemme es mir unter den Arm und hoffe, dass es nicht so ist, wie ich glaube.

Doch es ist genau so. Ich gehe mit kontrollierten, verdammt durchdachten Schritten auf ihn zu. Er hat relativ kurzes Haar und große, sanfte graue Augen. Sein Gesicht ist glatt, aber kantig, was ihm einen leichten Griechischer-Gott-Touch gibt. Er trägt ein dunkelblaues Polohemd, eine Krawatte und schwarze Stoffhosen. Seine Schuhe sind poliert. Und nein, er hat kein Totenkopftattoo mehr. Es ist weg. Ihre Methode ist unnachahmbar gut und unnachahmbar grausam.

»Hallo, Kevin. Ich hoffe, es geht dir besser«, sage ich.

»Hallo, Sofia Wilden, ja, alles auskuriert«, sagt er und schaut durch mich hindurch.

Mein Lächeln erreicht meine Augen nicht und friert auf meinen Lippen ein. »Das freut mich für dich. Du siehst gut aus«, sage ich, versuche mich an einem Augenzwinkern, schaffe es aber nicht.

»Danke schön«, sagt er, dreht sich um und geht. Er wirft keinen Blick zurück. Seine Füße schlurfen auch nicht über den Boden. Er kifft nicht mehr. Er hat auch keinen iPod mehr. Er wird auch nie wieder »Isch ja süsch« sagen. Ich drehe mich ebenfalls weg und gehe zurück an meinen Platz.

Vor der Tür höre ich Alessia, die Kevin mit Honigstimme ausfragt. Ich halte mir die Ohren zu, würge den Kloß in meinem Hals herunter und mache einfach weiter. Ich schaffe das nämlich auch ohne Sam. Er ist ein beschissenes Arschloch, das allerletzte Schwein und ein mieser Egoist. Natürlich tut es weh, aber es macht mich verdammt wütend, dass mir neben der Tatsache, dass ich nun die einzige frei denkende Schülerin bin, auch noch das Herz gebrochen wird. Ich brauche Sam nicht. Kein bisschen. Ich werde ihm keine Träne nachheulen und wenn das alles vorbei ist, wird Mila es ihm zeigen.

»Könntest du mir BITTE antworten? Wenn du dich nicht meldest, tret ich in den Hungerstreik. Ich kidnappe dich. Ich häng mich mit 'ner Metallkugel in Fees Pool. Such dir was aus, aber melde dich sofort. x M«

Ich seufze. Was soll ich ihr sagen? Sie würde ausrasten. Ich brauche noch ein bisschen Zeit, um eine passende Antwort zu formulieren.

Es gibt Abendessen. Ich habe keinen Hunger, aber es würde verdächtig wirken, wenn ich nicht erscheinen würde. Also verzehre ich grinsend Krabben und Kohlgemüse.

Samuel kreuzt gelassen meinen Weg und fängt dabei die Gabel auf, die mir vom Teller rutscht, weil ich so konzentriert darauf bin, ihm nicht meinen Kohl ins Gesicht zu schmeißen. Er drückt sie mir unbeteiligt in die Hand und setzt sich neben Maleen. Alles nur Puppen, alles, alles nur Puppen. Unter euren identischen Ponys sind identische winzige Narben. Der jetzige Samuel ist zwar ein Kühlschrank, aber wenigstens kein Arschloch. Hätte nicht gedacht, dass ich diese Version von ihm mal bevorzugen würde.

Ich esse brav meinen Teller leer, bringe ihn zur Geschirrrückgabe und gehe mit Elena Klee hoch. Elena Klee, die mal einen rosa Minidiamanten in der Nase hatte. Elena schließt unsere Zimmertür auf, schlüpft aus ihrer Kaschmirjacke für Vertrauensschülerinnen und macht sich umgehend bettfertig. Weil jemand sie dazu bringt. Ich schlucke. Jetzt ist auch klar, warum die Kameras nicht sorgfältiger installiert wurden und hier in den Zimmern keine sind. Schlafende Puppen muss man ja nicht überwachen.

Ich beobachte ihre gleichmäßigen Bewegungen aus dem Augenwinkel, dann zerre ich mir den Pulli über den Kopf. Meine Haare sind augenblicklich geladen und stehen wirr ab. Ich streiche sie mir so gut wie möglich hinter die Ohren, mache mich weiter fertig, schnappe mir die *Traumnovelle* und setze mich damit auf mein Bett.

Elena löscht das Licht in ihrem Teil des Zimmers, sagt brav »Gute Nacht« und ist auch schon eingeschlafen. Weil man sie dazu bringt. Ich zähle bis zehn, lasse das Buch dann nachlässig auf den Boden fallen, mache das Licht im gesamten Zimmer wieder an und beobachte Elena genauer. Sie ist so schön wie immer. »Wird ja schon fast langweilig«, brumme ich. Das dunkle Haar umschmiegt ihr Gesicht. Sie lächelt wieder einmal milde. Ihre linke Hand liegt geöffnet neben ihr auf dem Kissen und macht sie fast verletzlich. Vielleicht ist das etwas, was nicht kontrolliert und gesteuert wird.

Ich will mich schon fast wieder umdrehen, denn dass ihre Schönheit blendet, ist nun wirklich nichts Neues, da nehme ich ein winziges Detail wahr. Plastik. Ein Plastikröhrchen, das unter ihrer Bettdecke verschwindet. Eilig beuge ich mich über sie. Sie wird schon schlafen. Ich rupfe die Bettdecke von ihr herunter und halte schockiert die Luft an. Ein paar Sekunden vergehen, in denen mir nur das Herz im Brustkorb herumrüttelt. Ihre rechte Hand ist mit einem Infusionsschlauch verbunden, durch den eine farblose Flüssigkeit läuft. Und zwar eindeutig in sie hinein. Wie der Schlauch an ihre Hand kommt, frage ich mich gar nicht. Wenn man ihr befiehlt, den Schlauch anzulegen, dann tut sie das. Wenn man ihr befiehlt, nackt aus dem Fenster zu springen, dann tut sie das. Die Frage ist, was der Schlauch bezweckt.«»Mädchen, was tun sie dir an?«, hauche ich und drücke ihre Hand. Dann decke ich Elena wieder vorsichtig zu.

Ich gehe über den Flur, laufe um die Engelsstatue herum und bleibe im Jungenflur stehen. »Sam? Ich weiß, dass du da bist. Wir müssen zusammenarbeiten, das sollte dir klar sein.«

Er lehnt an der Wand neben den Spinden. Sein Lächeln ist ... herzlich? Im ersten Moment sehe ich nur Fragezeichen. Dann jedoch versteife ich mich.

»Sofia«, sagt er leise. »Ich muss dir was ...«

»Spar es dir, bitte«, sage ich sehr hart und sehr schnell. »Ich will überhaupt nichts anderes von dir, keine Angst. Ich bin nicht abhängig von dir, ich brauche keine Therapie für Mädchen, die nicht einsehen können, dass er nicht auf sie steht. Vermutlich habe ich ein bisschen Trost gebraucht, weil manches hier einen labil macht. Aber du machst mich kein Stück labil. Dass ich hier bin, hat mit Gefühlen gar nichts zu tun. Alles klar?«

Seine Augen werden dunkler. Habe ich mir sein Lächeln vorhin nur eingebildet? »Na klar, kein Ding«, sagt er unerträglich locker. »Ich wollte nur sichergehen, dass du dich nicht ritzt.«

»Bild dir nichts ein«, fauche ich. »Ich kenne Hunderte Jungs wie dich, nur mit mehr Charme, mehr Muskeln und 'nem hübscheren Po.«

»Klingt so, als ob du sehr verletzt wärst, hm? Das tut mir leid, Sofia.«

Ich schwöre, ich warte nicht mehr, bis Mila ihm an den Kragen geht. Das mach ich selbst. Ich atme tief ein. »Nein, wie gesagt, Sam, deine Bindungsangst kann dich loslassen.«

Sofia Wilden, konzentriere dich auf die Tatsachen und nicht auf einen Kampf um Stolz und Ehre, belehrt Milas Stimme mich in meinem Kopf.

Also setze ich hinterher: »Ich möchte, dass wir uns Jasper angucken.«

»Glaub mir, der steht nicht auf Hungerhaken, der will Dekolleté.«

»Es ist alles gut, Sam, ja? Ich will überhaupt nichts von dir, also lass mich doch bitte in Ruhe. Ich hoffe, du hast eingesehen, dass du tagsüber ausgelöscht bist. Ich habe soeben an Elena Klees Hand einen Infusionsschlauch gefunden und jetzt würde ich gern nachsehen, ob Jasper auch einen hat. Mehr nicht.«

Damit laufe ich los, warte nicht ab, ob er mir folgt, schlucke nur die unbändige Wut und all die Lügen in mir herunter. Ich drücke die Klinke, gehe an Jaspers Bett, nehme seine Hände und untersuche sie.

»Kein Schlauch«, meint Sam hinter mir.

»Nein, aber ein winziger Einstich.«

Ich tippe mit dem Daumennagel auf einen kleinen roten Punkt auf Jaspers Handrücken. Sams Geruch, der gleichmäßig in der Luft hängt, versuche ich so gut wie möglich zu ignorieren.

»Das bedeutet, dass sie unregelmäßig an einen Schlauch angeschlossen werden«, schlussfolgert Sam kühl.

»Wieso?«

»Vielleicht werden sie ja dadurch hübscher.«

»Du glaubst, man wird durch die Flüssigkeit hübsch?«, frage ich spöttisch.

»Spar dir den verletzten, oberklugen Tonfall. Ich hab recht.«

Ich presse meine Backenzähne aufeinander. »Wieso denkst du, dass der Schlauch was mit dem Aussehen zu tun hat?«

»Ich denke, die Flüssigkeit könnte ein unterstützender Faktor sein. Optimale Nährstoffversorgung, Medikamente, Schönheitstinkturen, oder so? Reine Haut, glänzendes Haar, alles, was du auch gern hättest.«

»Hör mal, es reicht, okay?«, schnauze ich. »Bitte sei doch reif genug, ein Gespräch ohne Seitenhiebe zu führen.«

»Bin ich«, zischt er.

»Ich auch, also ist doch alles perfekt«, schnauze ich, ehe ich so gelassen wie möglich fortfahre. »Okay. Ich denke, da ist irgendetwas dran. Du müsstest auch einen Einstich haben.«

Sam hält mir seine Hand hin. Mit meiner Bisswunde. Und einem kleinen, roten Punkt.

»Wie geht das bei dir überhaupt?«, frage ich kritisch. »Du schläfst doch gar nicht. Außerdem siehst du jetzt mächtig fertig aus.«

»Vor zwölf schlaf ich meistens schon. Und nach vier«, erwidert Sam. »Vielleicht bekomme ich dadurch nicht die volle Dosis und habe daher diese schrecklichen Augenränder.«

»Aber wie kommt es, dass du das bisher nicht mitbekommen hast?«, frage ich.

»Vielleicht liegt das an meinem unruhigen Schlaf. Ich wache auf, rupfe mir den Schlauch raus und schlafe wieder ein, ohne es mitzubekommen.«

»Das würde bedeuten …«

Ich krabbele zu Sams Bett, wühle mit der Hand hinter der Matratze herum und finde schließlich einen leeren Schlauch, der in die weiße Wand führt.

»Passt. Glaubst du mir also jetzt? Hatte ich damit recht, dass die Drogenberatung dir dein Selbst nimmt?«

»Ich denke, du hast es etwas unpassend formuliert«, meint er arrogant und pustet sich den Pony aus der Stirn.

»Weißt du was?« Ich springe von seinem Bett. »Ich brauche deine Hilfe nicht. Besser allein als mit dir zusammen, echt. Beziehungsweise. Ich hol mir andere Hilfe. Qualifizierte.«

»Woher willst du die denn bitte bekommen?«, höhnt er. »Gehst du beten?«

»Guck's dir an«, verkünde ich schulterzuckend.

»Das werd ich«, antwortet er.

In der folgenden Nacht soll es geschehen. Neben dem Speisesaal gibt es einen so gut wie nie genutzten Lieferanteneingang, neben dem ich auf der einen Seite lehne und Sam auf der anderen. Er grinst seit einer halben Stunde hämisch vor sich hin, ansonsten ist da nur vorwurfsvolles Schweigen. Dann huscht plötzlich ein schlanker Schatten über den Asphalt auf uns zu. Der kalte Wind pustet mir die Haare ins Gesicht. Die Gestalt bleibt vor uns stehen.

»Alter, ich seh ja gar nichts! Warum kann ich nicht 'ne Katze sein? Dann könnt ich jetzt was sehen.«

Ich strahle. »Hi, Hannes«, sage ich und dann stürze ich auf ihn zu und falle ihm um den Hals.

Wir gehen hinein, Hannes kickt die Tür nach draußen lässig mit seinem Fuß zu.

»Ich war der Meinung, der Trip wäre es irgendwie wert, Sofia. Nach der Story. Geht es dir gut? Bist du okay?«

Er hält mich weiter fest, ich nicke in seinen ultraweiten Pennerhoodie hinein, der nach Motoröl und Lagerfeuer riecht. Es ist ein vertrauter, tröstlicher Geruch. Seine Anwesenheit gibt mir für einen Moment das Gefühl, dass ich das schon schaffen werde.

Hannes löst sich von mir, nimmt mein Gesicht skeptisch in seine Hände und fixiert mich. »Sofia, bist du wirklich okay?«

»Jetzt schon«, sage ich lächelnd. »Weil ich auf dich zählen kann.« Ich habe ihm und Mila gestern Nacht die ganze Story per SMS geschickt, von Anfang an erklärt, dass ich nicht aufgeben werde, und geschrieben, dass ich ein bisschen Hilfe (unter anderem technisches Verständnis) wirklich gut gebrauchen könnte. Also schwingt meine Schwester sich mit meinem Lieblingskumpel auf dessen Motorrad, brettert den Hügel hoch und rettet mich – das war der Plan.

»Aber ... wo ist Mila?«, frage ich.

»Du weißt, dass ich bouldern kann«, sagt Hannes mit einem schiefen Grinsen. »Mila nicht. Sie steht auf der anderen Seite des Stacheldrahtzauns – der übrigens geladen ist – und heult fast. Wir haben es versucht, sie rüberzubekommen, aber es hat nicht funktioniert.«

Ich nicke rasch. Immerhin ist er hier. Bis jetzt war er für mich auf der anderen Seite der Welt. Ich knuffe seine Schulter. »Ich kann dir nicht sagen, wie froh ich bin, dich zu sehen.«

Hannes' blaue Augen funkeln. »Frauen und Technik, oder?« Er starrt zu Sam hinüber, den ich wirklich für einen kurzen Moment vergessen habe. »Wer ist das? Den seh ich ja jetzt erst, übelster Schock, Mann!«

Ich höre auf zu strahlen. »Ach so, das ist Sam. Er ... steckt auch irgendwie in der Scheiße hier drin. Sam? Das ist Hannes, mein Ex.«

Ich fasse es nicht, dass ich das gerade gesagt habe. Hannes fasst es sogar noch weniger. Oh, ich bin so dumm.

»Dein ...«, setzt Hannes vollkommen verwirrt an, aber ich jage ihm unbarmherzig meinen Ellbogen in die Brust.

»Ex, genau«, sage ich mit einem süßlichen Lächeln.

»Ihr ... Ex«, wiederholt Hannes belämmert.

Oh Scheiße. Was habe ich denn jetzt gemacht? Aber Hannes ist zum Glück nur in Mathe doof, in Liebessachen ist er gar nicht so schlecht, als Womanizer braucht man ja ein paar Strategien.

»Drei wunderbare Jahre. Nun ja, heute sind wir die besten Freunde. Und erinnern uns gern mal, zum Beispiel an den Venedig-urlaub.« Hannes zwinkert Sam zu.

»Hm, interessant«, macht Sam. »Und warum bist du jetzt hier?«

»Weil du zu unprofessionell bist«, erkläre ich Sam so sachlich wie möglich. »Du musst uns helfen, sie aufzuwecken, Hannes. Sie wachen nicht auf.« Ich ziehe ihn an der Hand hinter mir her. »Hannes hat es technisch einfach drauf«, erkläre ich Sam im Vorbeigehen. »Nur eine seiner vielen Stärken.«

Hannes drückt meine Finger.

»Er ist einfach ein toller Kerl«, schwärme ich.

Hannes tritt mir auf den Fuß. Oh, das Drücken sollte wohl doch keine Ermutigung sein.

»Ähm, ja, gigantisch«, macht Sam und geht die Treppe hoch.

»S?«, flüstert Hannes.

»Hm?«, mache ich unschuldig. »Was tust du? Du bist *so was* von schlecht, wenn du ihn eifersüchtig machen willst. Ein Blinder könnte sehen, dass du verrückt nach ihm bist.«

»Können wir das bitte lassen?« Meine Stimme wird schrill. »Er ist ein noch größerer Arsch, als du im Bezug auf Fee bist, okay?«

»Hä, was meinst du denn jetzt?«, fragt Hannes vollkommen perplex.

»Konzentrier dich auf die Fakten, Junge«, zische ich. »Du redest doch auch sonst nicht über Gefühle.«

»Dann lass uns doch bitte aufhören, Händchen zu halten, ja? Nimm's nicht persönlich, S. Aber das irritiert mich irgendwie. Und ihn macht es vollkommen fertig.«

»Schnauze!«, zische ich und löse meine Hand aus seiner.

Dann höre ich ihn verhalten lachen. »Ich glaub's nicht, S. Ohne Worte.«

Ich stoße ihn heftig nach links. »Du sollst dich darauf konzentrieren, sie aufzuwecken, Hannes. Darum geht es. Paartherapie ist nicht gefragt.«

Sam, Hannes und ich sitzen um Jaspers Bett herum. Ich tippe ungeduldig mit den Fingern auf den Parkettboden. Sam und Hannes beugen sich über den selig schlafenden Jasper, der mehr als je zuvor wie eine männliche Version von Schneewittchen aussieht.

»Also eigentlich ist dein Trip ein bisschen überflüssig. Ich hätte das schon geschafft«, sagt Sam zu Hannes und hebt eines von Jaspers Augenlidern an.

Hannes reagiert darauf nicht, dreht sich zu mir und grinst mich an. »It's so obvious«, formen seine Lippen, weil er sich mal wieder cooler fühlt, wenn er englisch spricht.

Ich verdrehe die Augen. Immerhin weiß ich, warum ich mich nie in Hannes verlieben können würde. Wir würden einander innerhalb der ersten drei Tage zu Tode nerven. Und so kann ich jeden Tag in seine Augen schauen, die bereits von Mädchen in Gedichten gewürdigt wurden, und sie alle auslachen. Und nur weil ich mich nie in ihn verliebt habe und es nie tun werde, ist er eine Instanz in meinem Leben, jemand, auf den ich zählen kann.

»Es ist so was von saukalt hier. Nordpol, oder was?«, fragt Hannes und streift sich die Kapuze über die dunkelbraunen Haare.

»Ach komm, sei ein Mann«, meint Sam.

Hannes grinst schon wieder.

»Ich weiß auch nicht, warum sie nicht heizen. Da muss man doch wirklich kein Geld sparen«, sage ich.

Hannes dreht sich zu mir, schnipst mit den Fingern und zeigt auf mich. »Du hast so recht! Jetzt weiß ich, warum ich so unsterblich verliebt in dich war, Sofia. Du teilst jeden meiner Gedanken.«

Sam wendet uns seinen Rücken zu. Hannes deutet einen lautlosen Lachanfall an, fasst sich dann aber wieder. »Sie brauchen für etwas anderes, Wichtigeres Geld. Irgendwas Krasses.«

Für ein paar Sekunden schweigen wir uns grübelnd an. Sam hat eine konzentrierte Falte oberhalb seiner Nasenwurzel, dann schnipst er plötzlich aufgeregt mit den Fingern.

»Als wir Radio gehört haben, hat es geknistert, erinnerst du dich? Eigentlich ist es logisch. Es muss ein elektrisches Feld im Zimmer geben. Darüber habe ich bisher nur einfach nicht nachgedacht.«

»Was habt ihr denn gehört?«, erkundigt Hannes sich unschuldig.

Ich deute an, ihm den Hals durchzuschneiden.

»Nachrichten«, erwidert Sam hart.

»Nun ja, das bedeutet … und ihr könnt so was von froh sein, mich hier zu haben … ich glaube, dass es bedeutet, dass sie die Schüler aufladen. Wie ein Handy, einen iPod, sucht's euch aus. Hast du 'nen iPod, Alter?«

»Hm«, grunzt Sam, schiebt Jaspers Bett von der Wand und holt erst mal den schon bekannten Infusionsschlauch hervor. Ich stehe auf und schaue ebenfalls hinter das Bett. Außer dem Schlauch sehe ich nichts.

»Falscher Ansatz, war klar«, meint Sam und setzt sich auf den Boden.

»Glaub ich nicht«, sagt Hannes bestimmt und schiebt auch das Kopfende von der Wand weg. »Immerhin habt ihr ja was im Gehirn.«

Sam zuckt zusammen.

»Ist doch so«, sagt Hannes. »Es wäre also logisch, dass es in Kopfnähe ist, hm?« Er beugt sich über die Bettkante und beginnt zu suchen.

Ich halte gespannt die Luft an.

»Tja, Leute, ich würde sagen, Hannes ist der Größte«, murmelt Hannes. Als er hochkommt, zieht sich ein Grinsen über sein ganzes Gesicht. »Die Betten sind verkabelt, Mann. Sagen wir mal, der Kontrollchip in euren Köpfen hat einen Akku, der nachts aufgeladen wird. Alles klar?«

»Ja, ist doch logisch«, schnauzt Sam. »Geh mal beiseite.« Er rempelt Hannes an und tastet selber danach. Sein Mund ist ein dünner Strich.

»Sofia, wir sind die Besten«, flötet Hannes. »Wir ergänzen uns wirklich wunderbar.« Er wechselt in einen Flüsterton. »Hörst und staunst du schon? Schau dir was vom Master ab.«

Ich presse die Lippen aufeinander.

Hannes wechselt gekonnt das Thema. »Ihr müsst aufpassen, dass ihr den Chip genug aufladet. Sonst wird vielleicht Verdacht geschöpft.«

»Danke für deine Hilfe, Hannes. Ich werde mich irgendwann bei dir revanchieren.«

»Das hast du schon. Mit unserer gemeinsamen Zeit.«

»Könnt ihr bitte in Erinnerungen schwelgen, wenn ihr zu zweit seid? Ist voll langweilig«, sagt Sam zur Wand und zieht den Stecker raus.

»Viel Glück, viel Spaß, ich gehe wieder«, verkündet Hannes. »Bevor das Wachpersonal aufkreuzt. Ciao, Chérie.« Er nimmt mich fest in die Arme. »Ich glaub an dich«, raunt er mir ins Ohr. Dann wendet er sich Sam zu. »Nimm's nicht so wild, Kumpel. Alles nur Spaß.« Und lässt uns zurück.

Sam und ich verharren in eisiger Stille. Er verschränkt die Arme hinter seinem Rücken. Der Ausdruck in seinen smaragdgrünen Augen ist nicht zu deuten. Und ich habe überhaupt keine Ahnung, was hier gerade mit mir und ihm abgeht. Das Lustige ist, so abweisend er auch ist, er ist immer noch ganz anders als Samuel. Samuel schaut durch mich hindurch, während Sam so schaut, als würde er nicht wollen, dass ich bemerke, dass er mich anschaut.

Ich ziehe meine Unterlippe zwischen meine Zähne.

»Na ja«, sagt Sam mit belegter Stimme. »Dann soll er doch mal aufwachen. Hey, Jas. Hörst du mich?« Er packt seinen besten Freund an den Schultern und schüttelt ihn. »Jasper, komm schon. Du bist da, das weiß ich. Hey. Bitte.« Ein leiser, flehender Unterton schleicht sich in seine Stimme. »Jasper!«, sagt er lauter, gibt ihm einen Klaps auf die Wange, hebt wieder seine Augenlider an, trommelt mit den Fäusten auf der Bettkante herum, holt schließlich aus und schlägt voll gegen die Wand. »Wie toll, dein Ex!«, meint er. »Bringt nichts, siehst du?«

»Wenn er darauf programmiert ist, tief zu schlafen … trag ihn in die Dusche.«

»Was?«, fragt er mit hochgezogenen Brauen.

»Ist doch klar. Durch einen Schock wird er aufwachen. Nimm seine Arme.«

Ich verdränge Sams komischen grünen Blick, schnappe mir Jaspers in Karoshorts steckenden Beine und hebe sie an. Sam verharrt noch immer. »Hallo?«, mache ich. Schließlich greift Sam zu. Über den Flur wanken wir in die Jungsdusche. Es ist kompliziert, Sam dabei nicht anzugucken. Ich starre auf das Muster von Jaspers Schlafshorts.

Wir legen ihn ab. Sam legt den Kopf misstrauisch in den Nacken und schaut zum Duschkopf hoch.

»Da muss er durch«, sage ich schulterzuckend und drehe unbarmherzig einen eiskalten Wasserstrahl auf, der Jasper voll ins Gesicht trifft.

Mit Erfolg. Sams bester Freund öffnet die Augen.

11. KAPITEL

REVOLUTIONÄR

»Nicht weil es schwer ist,
wagen wir es nicht, sondern weil wir
es nicht wagen, ist es schwer.«

SENECA

Alter, was geht? Sam? Bist du das? Wo bin ich? Was mach ich hier? Wer ist das?« Jasper sieht entgeistert von Sam zu mir. »Und wozu das saukalte Wasser?«

»Oh sorry«, sage ich und drehe den Hahn wieder zu.

»Das ist Sofia. Sie steckt auch irgendwie in der Scheiße hier drin«, antwortet Sam. Er zitiert mich. Ich presse die Lippen aufeinander.

»Oh Gott, ich fühle mich *dermaßen* beschissen. Ich weiß irgendwie nichts. Geht das wieder weg, Sam? Sam?«

»Es wird alles gut. Versprochen«, sagt Sam und streckt seinem besten Freund die Hand hin.

Jasper greift zögerlich zu und lässt sich auf die Füße ziehen. »Oh Gott.« Er lehnt seine Arme verschränkt an die weiße Fliesenwand und stützt seinen Kopf darauf ab. Ein paar Sekunden lang lausche ich dem Wasser, das aus Jaspers Karoshorts auf den Boden tropft.

»Du wirst okay sein«, sagt Sam leise. »Es gibt nur ziemlich viel, was ich dir erklären muss.«

Jasper wendet ihm ruckartig das Gesicht zu. Sein Kiefer wirkt angespannt. Es ist deutlich zu sehen, wie schwer es ihm fällt, sein Gesicht zu kontrollieren. Ich sehe die Angst in seinen übergroßen schwarzen Pupillen und erkenne die Verletzlichkeit am Pochen seiner Halsschlagader. »Was geht denn ab, Sam?«, fragt er tonlos.

Sam legt ihm die Hand auf die Schulter. »Ich hab's geschafft, siehst du das, Jas? Du schaffst es auch.«

»Ich werde Maleen wecken«, murmele ich leise und lasse die beiden allein.

Es ist wahrscheinlich, dass Jasper nicht vor einem fremden Mädchen zusammenbrechen möchte. Sam wird es schaffen, seinen besten Freund zu beruhigen. Also hole ich Maleen jetzt zurück. Vier Köpfe sind besser als zwei. Aber wir müssen vorsichtig sein. Wir wissen nicht, wer die anderen Schüler wirklich sind. Wir wissen nicht, wem wir trauen können.

Während ich vorsichtig das Aufladekabel von Maleens Bett löse und mir ihren zierlichen Arm um den Nacken lege, lasse ich mir meine eigene »Drogenberatungsstunde« erneut durch den Kopf gehen: Vielleicht war der hübsche Matthias so etwas wie ein Lockvogel? Die Hellenwaldpuppen sind attraktiv und Attraktivität kann bezaubern. Wer auch immer an der Spitze steht, er wird wissen, wie er Schönheit als Waffe einsetzen kann. Schön sind sie, intelligent, sanftmütig. Die Wachfrau, der ich in meiner ersten Nacht begegnet bin, war außerdem sonderbar stark. Sie machen mit den Menschen, was sie wollen. Jeder in diesem Gebäude ist möglicherweise ein Todfeind.

Ich schließe vorsichtig die Tür zu Maleens und Serafinas Zimmer. Maleens blonder Haarschopf ruht an meiner Schulter. Sie ist leicht wie eine Feder. Es fühlt sich an, als ob ich ein Kind trage. Automatisch schieben meine Finger den Pony aus ihrer hohen Marmorstirn und befühlen die winzige Unebenheit in der Haut, die schmale Narbe. Sie haben ihr ihre Persönlichkeit einfach genommen, als wäre es Knochenmark oder eine Niere.

Ich drücke Maleen fester an mich und gehe in die Mädchendusche. Ihr Atem ist so leise, dass ich ein paar Mal nachlausche, ob sie noch lebt. Wir werden das schaffen. Hier geht es nicht um Sams oder meine persönlichen Probleme. Hier geht es um einen grundlegenden Eingriff in das Leben von Menschen und ein ethisches Verbrechen. Wir sind stark genug. Menschlicher Kampfgeist kann jede noch so ausgefeilte Technik besiegen.

Wer wirklich lebt, hat nicht einfach einen Ausfall in der Ballettaufführung à la Musterpuppe Elena Klee, deren Steuermann wohl mal eben eine Banane essen musste oder was auch immer. Und jemand, der wirklich lebt, wird auch nicht in einer nächtlichen Aktion repariert, damit er anschließend noch ein bisschen talentierter und noch ein bisschen weniger er selbst ist.

Ich setze Maleen sachte ab. »Es tut mir leid, Süße. Es ist zu deinem Besten.« Ich stelle den kalten Duschstrahl an.

Maleen blinzelt und linst aus veilchenblauen Augen zu mir hoch. »Brrr ...«, macht sie und schüttelt sich. Nasse blonde Strähnen kleben an ihren Wangen. »Sofia? Was machst du denn hier? Und was ... was mach ich hier?«

Ich greife ihr unter die Arme, helfe ihr auf die Füße und umarme sie dann. »Ich bin so froh, dass du da bist. Also wirklich da«, flüstere ich und streiche ihr über den nassen Kopf.

»Können wir vielleicht das Wasser abdrehen?«, murmelt Maleen.

»Okay, klar«, sage ich hastig und greife zum Hahn.

»Schon besser. Aber morgen bin ich dank dieser Aktion bestimmt erkältet«, sagt Maleen und schnieft. Sie trägt ein weißes Nachthemd mit großen roten Erdbeeren, das an ihrem Körper klebt. »Was war so wichtig, dass du mich auf diese Weise wecken musstest, Sofia? Und wieso bin ich wirklich *da*? War ich irgendwann nicht für dich da? Hab ich was falsch gemacht?«

Ich schüttele den Kopf.

»Doch, schon. Wegen Serafina, nicht wahr? Das soll doch nicht heißen, dass wir keine Freunde mehr sind. Wir sind immer noch Freunde. Das weißt du doch. Ich bin immer noch ich. Ich habe riesengroße Fehler und würde alles tun, damit Chace Crawford mit mir ausgeht, aber ich bin immer noch ich, okay?«

Ich drehe mich von ihr weg und zwinge mich, ruhig zu bleiben. Im Spiegel über einem der Waschbecken sehe ich die Verlorenheit in ihren blauen Augen. Sie zittert, bemüht sich aber, es sich nicht anmerken zu lassen.

»Maleen, ich muss dich etwas fragen. Was war gestern, was ist noch mal passiert?«

Maleen zieht die Stirn kraus und stellt sich neben mich. Ihre bleichen Finger zupfen an dem Ärmel meiner Sweatjacke. »Gestern haben wir Versteckengespielt. Warum guckst du mich nicht an, Sofia? Hast du Angst? Wovor? Du musst keine Angst haben.«

»Welchen Tag hatten wir gestern, Maleen?«

»Den 15. September«, kommt es wie aus der Pistole geschossen. Ich halte ihr wortlos meine Uhr hin.

»20. Oktober«, murmelt Maleen. »Nee, da ist irgendwas falsch, es ist September, ganz sicher. Kann ich mir vielleicht wenigstens ein Handtuch holen? Du machst mir schon ein bisschen Angst.«

»Schau in den Spiegel, Maleen.«

»Was? Hör mal, Sofia, können wir das morgen besprechen? Ich bin ziemlich müde und ...«

»Schau in den Spiegel«, sage ich laut.

Maleen seufzt und richtet ihren Blick auf ihr Spiegelbild. Dann werden ihre Augen groß. Sie zuckt zusammen und geht näher an den Spiegel heran. Ich beiße mir auf die Unterlippe und folge ihrem Blick. Maleen betastet das Spiegelbild mit suchenden, verwirrten Fingern. Dann fährt sie zu mir herum. »Ich träume, nicht wahr?« Ein hysterischer Unterton hat sich in ihre Stimme geschlichen. »Das bin nicht ich. Das ist nur ein Traum. Garantiert.«

Ich strecke meine linke Hand aus und kneife sie fest in den Oberarm.

»Scheiße«, sagt Maleen. »Das hat verdammt wehgetan.« Sie stockt. »Das darf nicht wehtun. Und was ... was ist das?« Sie fixiert den frischen Einstich auf ihrem Handrücken.

»Ich muss dir ziemlich viel erklären, Maleen. Dazu musst du ruhig bleiben. Es geht nicht anders. Verstehst du das? Bleib ganz ruhig.«

Maleen nickt, aber ihre Augen zeigen die pure Panik. Sie lässt sich an der Wand zu Boden gleiten.

»Was denkst du, Maleen? Weißt du noch, wie wir die schönen, talentierten, perfekten Schüler beneidet haben? Was du alles für diese Perfektion gegeben hättest? Nun, du hast sie bekommen. Und dafür bezahlt. Du hast dich selbst dafür weggegeben.«

Maleen sitzt neben mir und umklammert ihre Knie. Tränen tropfen auf ihr Erdbeernachthemd. Ich halte sie fest in meinen Armen und lasse sie weinen. Sie legt sich auf meinen Schoß. Ihr Rücken zuckt. Ihre Hände umklammern meine Handgelenke.

»Warum tun sie das?«, fragt sie. »Warum tun sie das, Sofia?«

»Ich weiß es nicht«, sage ich. »Aber sie werden dafür bezahlen.«

Keine Ahnung, wie lange ich einfach nur dasitze und die Fliesen zähle, während Maleens Kopf in meinem Schoß liegt und ich beruhigend über ihr Haar streiche.

Plötzlich fährt Maleen hoch wie ein erschrockenes Kaninchen. Ich schrecke ebenfalls zusammen, nehme aber nichts wahr, vor dem ich flüchten müsste. Aus den Augen meiner Freundin quellen Tränen. Ihre Nase ist rot und glänzt. »Du möchtest, dass wir was dagegen tun?«, fragt sie.

Ich nicke. »Aber erst, wenn du bereit dafür bist.«

»Bin ich. Jetzt«, entgegnet Maleen.

»Maleen, das ist schon okay. Du brauchst ein bisschen Zeit. Du ...«

»Nein, jetzt«, sagt Maleen scharf und bestimmt. »Lass uns zu Samuel und Jasper gehen.«

»Vielleicht solltest du dich umziehen«, schlage ich vor.

»Nein«, sagt Maleen entschlossen. »Weißt du warum? Weil ich nicht will. Und was ich nicht will, darf man auch nicht mit mir machen. Niemand darf das.«

Ich lächele.

Wir sitzen auf dem Boden in Sams und Jaspers Zimmer. Maleen und ich lehnen mit dem Rücken an Jaspers Bett, die Jungs an Sams. Jasper beäugt Maleen kritisch. »Hübsch«, meint er und zieht eine Augenbraue hoch. Er selbst trägt inzwischen ein trockenes Abercrombie-Shirt. Sam grinst seinen Kumpel an, während Maleen so rot anläuft wie die Erdbeeren auf ihrem Nachthemd.

»Zum Anbeißen«, sagt Jasper provozierend. Sam beißt sich lachend auf die Lippe und legt den Kopf in den Nacken.

»Schnauze«, zische ich. »Du«, ich zeige auf Jasper. »Du hörst sofort auf damit, diese miese Machotour von wegen ›Hahaha, ich bin König der Welt, denn ich trage Abercrombie‹ kannst du dir sparen, denn diese Einstellung geht Hand in Hand mit Unselbstständigkeit bis zum vierzigsten Lebensjahr. Und du, Samuel, spar dir das Grinsen, du wirkst nicht halb so chronisch cool, wie du glaubst.«

»Was ist nur los mit der? Und warum sagt sie solche Sachen?«, fragt Jasper verwirrt und winkt in meine Richtung.

»Sie ist Feministin und hat immer 'nen verbalen Rammbock dabei, um den Männern die Hosen auszuziehen, weil sie selbst lieber die Hosen anhat.« Sam schnalzt mit der Zunge und grinst genießerisch weiter. Dabei verschränkt er die Arme hinter dem Kopf und knackt mit den Fingern. Damit habe ich nicht gerechnet. Ich bin bis jetzt noch nie auf jemanden gestoßen, der das Spiel umgedreht hat. »Und sie hat nicht damit gerechnet, dass ich meine Hosen immer anbehalte«, triumphiert Sam.

»Du bist ein ganz blödes Arschloch«, schnauzt Maleen plötzlich. »Und dein bester Freund ist auch eins. So richtig saublöd. Und noch nicht mal witzig. Ist mir jetzt aber auch egal. Ich hätte gern den Chip aus meinem Kopf. Ich schätze, dir, Jasper, geht es ganz genauso. Oder wüsstest du etwa nicht gern, wen du ins Krankenhaus schlägst und warum? Überleg mal, du könntest jemanden umbringen, einfach weil jemand anderes dich dazu bewegt. Also vergiss die Scheißsprüche.«

Jasper schluckt.

»Ich möchte noch etwas hinzufügen«, sage ich.

»Wenn sie mir jetzt noch eins auswischt, werd ich das nicht auf mir sitzen lassen«, flüstert Sam Jasper zu, seine grünen Augen funkeln.

»Ich wollte dir nur anbieten, dass wir den ganzen Scheiß vergessen. Ist doch egal, was war. Es geht um mehr.«

Sams Augen weiten sich kurz, dann nickt er. »Ja, ich denke, du hast recht.«

»Echt, was war denn?«, fragt Jasper. »Hattet ihr was miteinander? War's schön?«

Sam boxt Jasper gegen die Schulter, wir lachen und in diesem kurzen Moment ist irgendwie alles gut.

Bis Maleen Luft holt und fragt: »Heißt das, dass wir alle Stecker der Betten rausziehen und alle Schüler in die Duschen schleppen und anschließend aufwecken müssen?«

Jasper wird blass.

»Bevor wir alle in die Duschen geschleppt und es ihnen erklärt haben, ist Morgen«, sagt Sam. »Außerdem rennt garantiert jemand durch das Kamerabild und dann sind wir alle tot.«

»Wir können ihnen nicht mal vertrauen. Wir wissen nicht, wer sie sind«, füge ich hinzu.

Sam pflichtet mir bei. Ich linse aus dem Augenwinkel zu ihm hinüber. Sein Blick ruht auf mir.

Maleen knabbert auf ihrer Unterlippe herum und schnieft einmal, dann sagt sie: »Also zusammengefasst: Es geht uns um eine schnelle, effektive Methode, um die Leute hier rauszuholen? Und um was geht es noch?«

»Ihnen eins auszuwischen«, meint Sam.

»Ja«, sagt Jasper sofort.

»Denen, die dafür verantwortlich sind?«, frage ich kritisch. »Wenn wir das tun, begeben wir uns in Gefahr. Dann fliegen wir auf.«

»Revolution im Untergrund«, sagt Sam mit rauer Stimme und grinst.

Jasper pflichtet ihm bei: »Bin dafür.«

»Wir machen irgendwas, was sie so richtig abfuckt. Was ihnen zeigt, dass wir immer wir sein werden, immer Menschen, die tun, was sie wollen. Und danach hauen wir mit allen ab«, erklärt Sam.

»Also, ich finde, wir sollten einfach nur alle raus hier«, antwortet Maleen leise und kaut nun statt auf ihrer Lippe auf ihren Haaren herum.

»Ja, Erdbeerfee. Aber ich fände es absolut passend, ein Zeichen zu setzen. Und dann verschwinden wir. Alle. Nachts natürlich.

Wir brauchen nur eine Idee, wie wir sie alle auf einmal aufwecken können.«

»Warum rufen wir nicht einfach die Polizei?«, versucht Maleen es erneut.

Ich wende mich ihr zu. »Klar, als ob wir uns gegen diese schlauen Förderer der Schule und den Direktor durchsetzen könnten, Liebes. Für die Polizei sind wir Kinder, deren Eltern bei der Erziehung versagt haben. Und ich bin auch für ein Zeichen. Mir reicht es nicht, einfach zu gehen. Sie sollen sich fühlen, als ob ihnen jemand ins Gesicht spuckt.«

Sams wohlwollendes Grinsen ruht schon wieder auf mir. Ich werfe einen raschen Blick auf seine muskulösen Oberarme. »Find ich gut, Sofia Wilden. Hätte nichts anderes von dir erwartet«, meint er.

»Wie wär's mit 'nem zerdepperten Stromkasten und 'nem Feueralarm?«, fragt Jasper plötzlich. »Davon müssten doch alle wach werden, oder? Ich mein, auf Gefahren müssen sie doch reagieren, das Wasser hat mich immerhin auch geweckt.«

»Gut, Alter!« Sam schnipst aufgeregt mit den Fingern.

»Wir gehen gucken«, beschließe ich und suche nach Maleens Hand. »Und ihr überlegt euch einen Racheplan. Seid kreativ.«

Maleen und ich laufen durch die Flure und tasten die kahlen Wände immer entmutigter ab. »Weiß, weiß, weiß, beschissenes Weiß«, nuschelt Maleen. »Und Erdbeerfee nennt er mich? Geht's noch?«

Abgesehen von einem quadratischen Fenster, durch das der Vollmond hereinleuchtet, sind die Wände auf dem Jungenflur unbearbeitet und unbefleckt.

»Es gibt keinen Knopf«, sage ich. »Das ist überhaupt nicht zugelassen, oder?«

Ich muss kurz innehalten. Mir drohen vor Erschöpfung die Augen zuzufallen. Die Versuchung, mich auf den Boden zu legen und an Ort und Stelle einzuschlafen, ist groß.

»Hau mich bitte«, sage ich. »Sonst schlaf ich noch ein.«

»Nimm 'ne kalte Dusche«, schlägt Maleen belustigt vor. »Ich suche in der Zeit weiter.«

Ich nicke, gähne und schleiche mich zu den Mädchenduschen. Mein Spiegelbild besteht nur noch aus violetten Augenschatten und Tränensäcken. Ich drehe den Hahn auf und lasse mich von dem nahezu gefrorenen Wasser schocken, danach schlüpfe ich wieder in meine Klamotten. Mein Kopf fühlt sich an, als hätte er anstelle der Titanic den Eisberg gerammt, aber wenigstens bin ich etwas wacher.

»Nichts«, sagt Maleen, als ich zu ihr zurückkehre. »Bei den Jungs nicht, bei den Mädchen nicht, im Treppenhaus nicht.«

»Ich muss ins Bett«, stöhne ich. »Lass uns einfach was anzünden. Dann funktioniert das schon.«

»Du hast recht«, erklingt Sams leise Stimme plötzlich in der Dunkelheit.

»Das war ein Witz«, murmele ich und ignoriere die Gänsehaut, die er auf meine Haut haucht.

»Nein, wir müssen was anzünden, dann gibt's Feueralarm und alle werden wach. Nebenbei ruinieren wir dabei auch noch diesen Laden. Und Jasper und ich wissen, was wir machen. Wir suchen uns Farbe und malen die Wände an.«

»Bitte?«, fragt Maleen.

Ich drehe mich zu ihm herum. »Ja, das machen wir. Krass, das machen wir. Wow, ja, das machen wir.«

Ich lächele ihn an. Ich bin so müde, ich habe keine Lust mehr, beleidigt zu sein. »Das ist eine tolle Idee. Du siehst übrigens toll aus. Wie ein Nachtjunge. So hab ich dich genannt.«

»Du solltest wirklich schlafen gehen«, bemerkt Maleen entsetzt.

»Das ist 'ne geniale Idee«, sage ich und fixiere die weißen Wände. Ich selbst habe in Gedanken mit Farbe gefüllte Luftballons an sie geworfen.

»Wie beim Sprayen«, sagt Jasper, der nun ebenfalls im Flur steht.

Sam nickt ernst. »Wir lassen uns nicht ändern. Wir bleiben immer gleich.«

»Mit vierzig noch«, spottet Jasper und schaut mir in die Augen. Doch ich versteh schon nicht mehr, was er meint.

»Ihr müsst auch schlafen gehen«, nuschele ich. »Die bemerken was, wenn ihr morgen früh nicht aufgeladen und wunderschön seid.«

»Gute Nacht«, murmelt Maleen und entfernt sich.

»Kommst du, Alter?«, fragt Jasper und reibt sich die Augen.

»Ich brauch noch 'ne Minute«, sagt Sam.

»Ach so.« Jasper bleibt stehen, kickt einmal an die weiße Wand und wartet.

»Ohne dich«, fügt Sam hinzu.

»Hä?«, macht Jasper.

»Geh schlafen«, erwidert Sam sanft.

»Oh, habt ihr immer noch was?«

»Halt einfach die Schnauze«, nuschele ich.

Jasper johlt einmal leise auf, schlägt seine linke Faust in die rechte Handfläche und geht ebenfalls.

»Sam?«, frage ich unendlich müde und lehne mich an die Wand. »Es ist nicht fair, jetzt mit mir diskutieren zu wollen. Ich kann nicht mehr.«

Sam kommt einen Schritt auf mich zu und legt mir eine Hand an die Wange. Trotz der Müdigkeit überläuft mich ein Schauer, effektiver als jede Eisdusche. Das ist doch gemein. Ich schaue auf seine Hand und dann in seine Augen.

»Ich glaube nicht, dass du das tun solltest, wenn du einfach nur ein bisschen Abwechslung beziehungsweise Trost brauchst«, sage ich leise und unsicher.

Sams Fingerkuppen streichen über meine Haut. »Brauch ich nicht«, sagt er ernst. Seine Augen sind grünes Feuer, schon wieder.

Ein klägliches Männlein in meinem Bauch will, dass er mir gehört. »Hast du doch gesagt«, flüstere ich und schaue zu ihm hoch.

»Hab gelogen«, sagt Sam, lässt die Hand sinken und knetet seine Finger.

»Es tut mir leid, Sofia. Generell alles, was ich gesagt habe. Ich wollte es nicht akzeptieren, obwohl es wahr ist. Ich wollte nicht akzeptieren, dass man mich auslöschen und nach Belieben steuern kann. Es tut mir verdammt leid. Ich wollte es dir sagen – und zum Teufel mit männlicher Eitelkeit, okay: Ich mag dich.«

»Du verwirrst mich«, flüstere ich. »Aber es ist okay. Ich …«

Jasper streckt den Kopf aus dem Zimmer und hebt interessiert die Augenbrauen. »Sam? Kommst du jetzt mal?«

»Spanner«, faucht Sam.

»Gute Nacht«, sage ich. Ich stelle mich auf die Zehenspitzen, drücke Sam einen Kuss auf die Wange und wende mich zum Gehen.

Ich habe anderthalb Stunden geschlafen und erwäge kurz, aus dem Fenster zu springen, so schrecklich fühle ich mich. Doch mein Freitod wäre gegenüber Sam, Jasper und Maleen nicht fair. Oh Gott, Sam. Er mag mich. Das hat er so gesagt. Und ich habe ihm einen Kuss auf die Wange gegeben, bin gegangen und wirklich sofort eingeschlafen.

Ich stelle mich zum zweiten Mal in zwölf Stunden, in denen eindeutig zu viel passiert ist, unter die kalte Dusche, dann schreibe ich Mila schnell eine SMS.

»An Mila Wilden, 6:46 Uhr: ER MAG MICH!«

»Von Mila Wilden, 6:49 Uhr: Danke, jetzt bin ich auch wach.«

Ein Lächeln huscht über meine Lippen. Ich schaue versonnen aus dem Fenster, dann schlüpfe ich in meine kratzige Schuluniform und ganz ehrlich, es ist mir total egal, wie verkatert ich aussehe. Er mag mich. Ich bin so doof, aber glücklich. Ich setze mich auf die Bettkante, trippele mit den Füßen auf dem Boden herum und strahle, bis mein Mund wehtut. Ein Morgen kann so schön sein, wenn man die ganze Zeit grünes Funkeln vor Augen hat.

Beim Frühstück setze ich mich wie selbstverständlich zu Maleen und Jasper, schneide mein Croissant auf und wundere mich wirklich kurz, als Maleen unberührt und unbekümmert über mich hinwegsieht. Einen Augenblick lang habe ich das Gefühl, dass ihre Augen aus Glas sind.

»Guten Morgen, Samuel. Hast du das Feuilleton schon gelesen?«, fragt sie, schaut auf und lächelt ihn an. »Bitte schön. Es ist unterhaltsam.«

Das Feuilleton wird über meinen Kopf hinweggereicht.

Samuel setzt sich an meine andere Seite, schneidet sein Brötchen auf und bestreicht es mit Halbfettmargarine. Währenddessen unterhält er sich mit Maleen und ich bin unsichtbar. Pfff. Ich beobachte ihn. Er mag mich. Nur jetzt gerade nicht. Denn das hier ist nur seine Hülle. Mir wird plötzlich ganz kalt.

Aber dann sehe ich einen Funken in Samuels Augen. Und etwas stößt an meinen Knöchel. Es sind Maleens Füße. Ich brauche kurz, um es zu realisieren: Sie sind *da*. Sie sind nicht aufgeladen. Sie sind wirklich und vollständig anwesend und als Sam meinen Ellbogen streift, weil er nach seinem Wasserglas greift, ist das pure Absicht. Es fällt mir so schwer, ihn nicht anzustrahlen. Es fällt mir schwer, ihm nicht das Glas aus der Hand zu stoßen und ihn einfach zu küssen. Sam, Maleen und Jasper sind sie selbst und sehr konzentriert darauf, wie Puppen zu wirken. Diese Situation ist dermaßen abgefahren, dass mir kurz der Atem wegbleibt. Wahnsinn.

Ich linse ein weiteres Mal zu Sam. Dieser spielt seine Rolle gut. Er pustet sich den goldbraunen Pony aus der Stirn und nimmt einen großen Schluck Wasser, ohne mich anzuschauen. Ich weiß, dass er das tun muss. Hoffentlich hat keiner gesehen, wie er gerade seine hübsche römische Nase gekratzt hat. Ich versetze ihm einen unauffälligen Stoß ans Schienbein. Dann beschließe ich, ebenfalls professionell zu sein. Ist doch egal, dass ich innerlich unter Strom stehe. Ich beiße von meinem Croissant ab, werfe einen Blick zu Maleen und Jasper rüber – und verschlucke mich.

Jasper steht mitten im Speisesaal und ist kreidebleich.

»Sam, Sam«, winsele ich mit hauchdünner Stimme.

Sams gleichmütiges, aufgesetztes Lächeln gefriert auf seinen Lippen. Maleen verschluckt sich ebenfalls und würgt ihren Brötchenteig mit größter Mühe herunter. Wir sind zur Untätigkeit verdammt.

»Ich kann das nicht, das ist zu krass!«, stößt Jasper aus. »Was ist das denn? Was ist das denn, was macht ihr denn, so was darf man nicht tun, okay? So was darf man nicht! Ihr seid Monster, Psychopathen, ich wünsch euch, dass ihr draufgeht, ihr macht alles kaputt und ihr habt kein Recht dazu, verdammt!«

Jaspers dunkle Augen glitzern. Sams linke Hand verkrampft sich auf der Bank.

»Ich tu's«, flüstere ich. Ja, ich weiß, dass ich keine Aufmerksamkeit auf mich ziehen sollte. Aber ich bin die Einzige, die Menschlichkeit zeigen darf. Ich stehe auf und gehe vorsichtig auf Jasper zu.

»Kein Recht!«, schreit dieser. »Kein beschissenes Recht!«

»Jasper«, sage ich sanft und leise. »Jasper, es wird alles gut, du weißt das, du bist stark.«

»'Nen Scheiß weiß ich!«, brüllt er und wischt sich wütend über das Gesicht. Dann stürzt er zum Büfett und schleudert die Teller, Gläser, die Kaffeemaschine, die Obstschale herunter, er stößt den Tisch um und schlägt mit der Faust auf ihn ein, bis ich Holz splittern höre.

»Jasper!«, schreie ich verzweifelt.

Um uns herum sitzen die perfekten Puppen und frühstücken weiter. Sie sind nicht darauf gepolt, solche Ausbrüche wahrzunehmen. Aber andere werden sie wahrnehmen.

Aus Jaspers Faust tropft rotes Blut. Er schlägt gegen die weiße Wand, fährt zu mir herum. »Bleib weg, verdammt!« Er zieht Nina von der Bank, er schüttelt sie, sodass ihre Arme hin und her schlackern und ihre roten Haare um ihr Porzellangesicht fliegen. »Sie ist nicht echt!«, brüllt er. »Ich bin nicht echt!«

Schneller als ich gucken kann, steht ein hochgewachsener Mann im schwarzen Anzug vor ihm, dreht ihm die Arme in einem schnellen Griff auf den Rücken. Ein weiterer Mann kommt hinzu – ich habe ihm bei der Ballettaufführung in die Augen geguckt – und umklammert Jaspers Schultern. Sie zwingen Jasper aus dem Speisesaal.

»Was machen Sie?«, rufe ich und renne schnell hinterher. »Was …«

»Iss weiter, Sofia Wilden. Lass dich nicht aus der Ruhe bringen«, sagt Alessia Johansson, die plötzlich auftaucht und sich mir in den Weg stellt. Als ich nicke, schließt sie die Tür.

Ich habe hin und her überlegt, ob ich Sam und Maleen aufsuchen soll. Das Risiko ist verdammt groß – ja. Aber wir müssen besprechen, wie wir weiter vorgehen – nun, da Jasper zusammengebrochen und die geheime Bewegung nicht mehr ganz so geheim ist. Ich richte mich auf meinem Bett auf, greife nach meinem Sweater und stelle meine Füße auf den Boden. Die Türklinke wird heruntergedrückt. Ich erstarre wie ein hypnotisierter Hase und lege meinen Kopf umso schräger, je weiter sich die Tür öffnet.

»Buh«, macht Sam grinsend und springt in den dunklen Raum. Er ist kaum mehr als ein Schatten, aber er ist sogar als Schatten sexy. Und nein, ich kann mir selbst beim Denken nicht zuhören, ohne mich zu schämen.

»Huhu«, macht Maleen und tänzelt hinterher. Der Gedanke daran, dass sie bis jetzt zu zweit waren und er sie aufgeweckt hat, ärgert mich irgendwie.

»Hey«, sage ich schnell.

Maleen klettert über meine Oberschenkel, plumpst auf die Matratze und kuschelt sich in meine Decke. »Ich hatte schon Angst, dass man uns erwischt«, murmelt sie. »Deswegen hab ich eine Dreiviertelstunde gelauscht und beobachtet.«

»Ich hätte nicht gedacht, dass Jasper so zusammenbricht«, sage ich leise, stecke meine Füße ebenfalls wieder unter die Decke und mache Sam Platz.

»War klar, dass ich nur das Fußende kriege«, meint er mit einem gefährlichen Grinsen.

Ich hoffe, meine Ohren werden nicht so rot, dass sie im Dunkeln leuchten.

»Möchtest du mit mir tauschen?«, erkundigt Maleen sich unschuldig.

»Nee, ist klasse so«, sagt Sam und lächelt einen Augenblick in sich hinein, ehe sein Gesicht wieder ernst wird. Ob sein Bein absichtlich an meines stößt? »Ich hab Jas noch nie so erlebt. Ich hätte wissen müssen, dass er die ganze Zeit auf cool gemacht hat, aber es nur eine Frage der Zeit war, bis er explodiert.«

»Er tat mir so leid«, wispert Maleen. »Ich hab übelst gezittert und hab mir nur immer wieder gesagt, dass ich perfekt sein muss. Haha, das mit dem Feuilleton war gut, nicht wahr? Hätte nicht gedacht, dass ich je so ein Nerd sein könnte.«

»War nicht schlecht«, murmelt Sam gedankenverloren. »Ich hoffe, dass sie ihn zurückbringen, wenn sie glauben, ihn repariert zu haben, und dass wir dann einfach weitermachen können. Ich hoffe so sehr, dass sie nicht nachforschen. Dass sie es für technisches Versagen oder so halten. Das wäre doch wahrscheinlich, oder? Und ich hoffe, dass sie nicht mitbekommen, dass wir auch nicht *funktionieren*.« Hoffnung funkelt in seinen Augen. »Bis dahin sollten wir uns überlegen, wie wir das ...« Er stockt. »Sie ist wach.«

Ich will nicht hinsehen. Dennoch drehe ich den Kopf langsam zu Elena Klee. Ihre nachtblauen Augen schimmern. Sie sitzt aufrecht auf ihrem Bett und lächelt. Dieses Lächeln ist die schlimmste Drohung, das weiß ich. Elena schält sich aus ihrem Bett und geht sanft und unbeirrt auf Sam, Maleen und mich zu. Maleen stößt ein entsetztes Quietschen aus und versteckt sich unter der Bettdecke. Sam zögert und steht dann ebenfalls auf.

»Ich muss euch leider sagen, dass ihr keine Chance habt«, flüstert Elena. Schattenschwarzes Haar fällt über ihre nackten Schultern. Sie trägt ein weißes Nachthemd mit Spaghettiträgern.

»Elena?«, frage ich vorsichtig. »Pass auf ...«

Wie kann das sein? Sie müsste schlafen. Sie ist darauf gepolt zu schlafen.

»Elena, bist du echt?«, frage ich.

Sie führt etwas an ihre Lippen und sagt: »Kommt runter. Sie sind alle hier. Löscht sie aus.«

12. KAPITEL

GEOPFERT

»Once I was real, once I was somebody's child. Once I could feel, some
feeling once in a while. Once I was here,
once I was somebody's friend. Once
I appear, I will be real once again.«

ONCE – CALEB KANE

Elena Klee lässt das Walkie-Talkie sinken. Ihr Wimpernschlag ist hypnotisierend, aber nicht für mich.

»Tut mir leid, Elena. Eigentlich kannst du gar nichts dafür. Aber mir bleibt nichts anderes übrig.« Ich hole aus und ziele mit meiner Faust auf ihr Kinn. Sie kippt um wie ein Dominostein. In Sams Augen spiegelt sich Entsetzen.

»Sie tanzt nur Ballett, damit kann man sich nicht verteidigen«, sage ich schnell. »Kommt schon.« Sie kommen gleich. Sie sind jede Sekunde da.

»Du willst ihnen entgegenlaufen?«, fragt Sam.

»Nein, los, aufs Dach. Haben wir doch Erfahrung mit. Komm schon, Maleen.«

Maleen ist ein zittriges Bündel auf der Matratze. Ich zerre die Decke von ihrem Kopf. Das Gesicht meiner Freundin ist kreideweiß. Ihre Zähne schlagen aufeinander.

»Willst du aufgeben? Jetzt?«, frage ich. Das Herz pocht mir bis zum Hals. »Sam?«

Sam nickt, stürzt zum Fenster, öffnet es und hebt es mit einem geübten Griff aus den Angeln.

»Maleen!«, rufe ich panisch und ziehe an ihrem Bein.

»Es hat keinen Zweck«, schluchzt sie. »Wir sind erledigt.«

»Hör auf zu heulen!«, schreie ich sie an und schleife sie am Bein aus dem Bett. Ich schubse Maleen zum Fenster. »Mach's mir nach.«

»Nein«, sagt Maleen laut und plötzlich überhaupt nicht mehr weinerlich.

»Maleen, wir haben keine andere *Möglichkeit!*«, brülle ich heiser.

»Darum geht es nicht«, meint sie. »Du musst abhauen. Wir müssen sie aufhalten. Was sollen sie uns schon tun? Wir haben schon einen Chip im Kopf. Du nicht. Du bist unsere Waffe. Du musst fliehen.«

»Ach, Unsinn!«, rufe ich wütend aus. »Wir müssen alle weg, red keinen Scheiß, kommt jetzt!«

Ich hieve mich mit schweißverklebten Händen auf die Fensterbank.

»Sie hat recht«, höre ich Sams Stimme aus dem Hintergrund.

Ich fahre zu ihm herum und falle um ein Haar aus dem Fenster. »Sam, bitte!«, flehe ich. »Bitte kommt mit!« Ich strecke die Hände nach ihm aus.

Maleen schiebt mein Bett vor die Tür und stellt anschließend meinen Schreibtischstuhl darauf. Hastig wischt sie sich eine Träne von der Wange.

Sam zieht mich zu sich herunter. »Du weißt, dass Maleen recht hat.«

Ich schüttele wild den Kopf. Der Wind schlägt mir die Haare ins Gesicht. Er gibt mir einen schnellen, schmerzlichen Kuss, der die Welt für zwei Sekunden ausblendet. Sein Kuss bereitet mir Schmerzen, überall, wo es nur wehtun kann.

Er löst sich von mir. Ich wackele auf der Fensterbank hin und her und will ihn am Nacken festhalten, aber er weicht mir aus. Sein Atem geht schnell.

»Du weißt es«, sagt er. Ein letztes Mal sind seine Augen grün, dann drehe ich mich rasch herum und klettere, so schnell es geht, an der feuchten Dachrinne hinauf auf das Internatsgebäude.

Ich darf nicht runterschauen. Einfach weiter, Schritt für Schritt. Ich werde nicht darüber nachdenken, dass meine Flucht eigentlich sinnlos ist, denn früher oder später wird man mich sowieso finden. Ich könnte mich also direkt auf den OP-Stuhl setzen. Aber ich bin ja ein Held und Helden geben nicht einfach auf. Sam und Maleen zurückzulassen schmerzt. Ich bin wieder allein und der Wind pustet mir Sams Kuss von den Lippen. Niesel schlägt mir ins Gesicht. Ich kriege es sowieso nicht hin, das Schulgelände zu verlassen, denn ich kann nicht bouldern und das Risiko eines Stromschlags nehme ich nur ungern auf mich. Es ist schwer, mit der Gewissheit weiterzugehen, dass mir fremde Männer wie Bluthunde auf den Fersen sind und mir den Kopf aufschneiden werden, sobald sie mich haben. Warum haben wir nicht vorher darüber nachgedacht, dass es eine einfache Sache ist, ein paar Puppen für unsere Überwachung zu nutzen?

Nach zwei weiteren Schritten und Seitenstechen stehe ich ganz oben auf dem Dach. Ich presse mir die Hände in die Hüften. Der Wind zerrt wüst an meinen Haaren. Alles ist dunkel, alles ist still, ich stehe auf dem höchsten Punkt und werde gejagt. Ich halte mir die Hände vors Gesicht, gehe kurz in die Hocke und gebe mir eine Minute, um damit klarzukommen. Eine Minute, um mir zu sagen, dass ich weitermachen muss. Die Sterne glitzern in sicherer Entfernung und lächeln mir durch meine Finger hindurch zu, aber sie haben keine Ahnung, was hier auf der Erde passiert.

Ich rutsche das Dach vorsichtig hinunter und komme schließlich auf der Kuppel des Krankenflügels auf. Dann ziehe ich mir die Kapuze meiner Sweatjacke über den Kopf und taste mich vorsichtig mit den Füßen vorwärts, sodass ich schließlich auf dem Schuppen stehe. Von dort aus lasse ich mich so lautlos und katzenhaft wie möglich zu Boden gleiten.

Oh Gott. Und was jetzt? Wohin? Sie sind hier. Überall. Ich bin sozusagen im Herzen von Hellenwald. Ich habe früher oft davon geträumt, verfolgt zu werden. Aber im Schlaf konnte ich Schwimmbewegungen machen und wegfliegen, wenn ich mich in einer Sackgasse befand. Das geht hier nicht, denn das hier ist echt. Die Menschen sind es nicht, aber ich bin es. Und das ist mein Problem. Weg hier.

Ich husche über den stillen Platz an den grünen Schnörkelstühlchen vorbei und stolpere dabei fast über etwas. Mein Herz macht einen Satz. Die Katze faucht verärgert und verschwindet als schwarzer Streif im Schuppen. Aber ist das Versteck nicht langfristig zu offensichtlich? Ich schlüpfe klammheimlich zurück ins Gebäude und stehe dann am stockdunklen Speisesaal. Die Stille ist ohrenbetäubend. Ich verharre. Warte ab. Hier ist niemand.

Dann nehme ich es erst wahr. Im Stockwerk über mir: regelmäßige, recht hastige Schritte. Schwere und leichte. Schritte vieler Menschen. Mein Herz verkrampft sich und mein Atem wird hörbar. Ich drehe mich rasch nach allen Seiten, unterdrücke einen hysterischen Schrei und entdecke vor dem Lieferanteneingang schließlich eine so gut wie nie genutzte Treppe zu einem mir unbekannten Keller. Ich brauche so viel Abstand wie möglich von ihnen. Ich würde gern rennen, so schnell wie es geht, aber man darf mich nicht hören. Sie dürfen keine Ahnung haben, wo ich mich befinde. Ich gehe in schnellen Schritten die Treppe hinunter. Die Luft, die mich empfängt, ist kühl und muffig, im Hintergrund erklingt ein monotones maschinelles Summen. Ich verschränke die Arme und verharre kurz, damit meine Augen sich an die Dunkelheit gewöhnen können. Ich habe nicht mal Sams Handy dabei.

Mein Blick fällt in einen eckigen, schmalen Raum mit Gitterschächten in den Wänden. An einer Wand zeichnet sich ein Umriss ab. Ich stoße entsetzt einen Schwall Luft aus und will kehrtmachen, doch dann stößt die Gestalt ebenfalls einen Schwall Luft aus und macht genauso kehrt. »Gott sei Dank«, flüstere ich. Es ist ein gesprungener, alter Spiegel mit abblätternder Blattgoldverzierung. Abgestellt und vergessen. Von Spinnweben behangen. Ich rümpfe die Nase und gehe vorsichtig weiter in den Raum hinein. Hoffentlich, hoffentlich keine Kameraüberwachung.

In der anderen Ecke des Raumes entdecke ich einen bereits rot angelaufenen alten Kassenbon und zwei mit Alufolie bedeckte Eimer. Ich hebe die Alufolie an. Es riecht nach … Farbe. Auch die nachlässig in die Ecke geschmissenen verklebten Pinsel deuten daraufhin. Nicht perfekt. Dieser Keller ist nicht perfekt. Vor den Gitterschächten steht ein defekter Heizkörper. Außerdem ist zu meiner Linken eine Tür, hinter der das gleichmäßige Summen seinen Ursprung zu nehmen scheint. Ich werfe nur einen schnellen Blick auf Wasserpumpe und Co. Dann schiebe ich den Heizkörper beiseite. Ich weiß, wo ich halbwegs sicher bin.

Gerade als ich meine Finger prüfend an ein Gitter lege, kippt etwas um und fällt auf meine Füße. Ich verharre und hebe die

Gegenstände an. Es sind zwei verstaubte kaffeebraune Leinwände. Skeptisch halte ich sie mir vor die Nase. Das erste Bild zeigt eine nackte, blasse Frau unter einem Baum voller Kirschblüten, das zweite ist die Nahaufnahme eines kleinen Jungen mit langen blonden Locken. Komischerweise habe ich das Gefühl, dass die Kunstwerke mir etwas sagen müssten. Obwohl ich sie nie zuvor gesehen habe, sind sie mir dennoch vertraut. Die grauen Augen des Jungen schauen weich und seelenlos ins Nirgendwo und das Lächeln der Frau habe ich schon hundertmal auf Elena Klees Lippen gesehen. Ich schüttele mich und stoße die Leinwände mit dem Fuß von mir. Zwei selbstvergessene Menschen. Mehr nicht.

Dann fummele ich so lange an dem Schacht herum und bilde mir ein, ich sei meine geschickte Zwillingsschwester, bis mir das Gitter tatsächlich entgegenfällt. Ich schlüpfe in die dunkle enge Röhre. Erleichtert schiebe ich den Heizkörper zurück und schließe das Gitter notdürftig. Solange meine Hände beschäftigt sind, zittern sie wenigstens nicht so. Es ist mir egal, dass es hier stockfinster ist, erbärmlich stinkt, etwas von der Decke tropft und mir garantiert Ratten über die Beine laufen werden. Hannes würde sagen: »I've seen worse.«

Wer behauptet, nicht schlafen zu können, weil er so viel denkt, weiß nicht, wie es ist, wenn die Erschöpfung einen zum Schlafen zwingt. Ich bin so kaputt, dass ich sogar in einem Loch einschlafe, das wie eine Kloake stinkt, obwohl ich von Männern verfolgt werde, die mich aufschneiden und auslöschen wollen. Ich hatte mir fest vorgenommen, wach zu bleiben und zu lauschen, aber als ich die Augen öffne, verrät mir der Pausengong, dass es bereits Morgen ist. Das sollte mir neue Hoffnung geben. Ich habe eine Nacht überlebt.

Mir ist eiskalt, mein linkes Bein zuckt unkontrolliert und das Haar liegt mir schweißnass im Nacken. Diejenigen, die an meiner

Seite gekämpft haben, werden nun sicher weggesperrt, bis man mich gefunden hat. Sie haben das für mich getan. Sie haben sich selbst aufgegeben. Weil sie an mich glauben. Und solange sie das tun, werde ich weitermachen.

Plötzlich glaube ich, dumpfe Stimmen zu hören. Woher kommen die? Rasch richte ich mich auf und lausche in den Keller hinein, aber von dort stammen sie nicht, sie kommen von oben. Wie kann das sein? Ich schleiche vorsichtig den Kellerschacht entlang. Dieser wird heller. Die Dunkelheit färbt sich in Grautöne. Ich bleibe stehen, runzele die Stirn. Ungefähr zwei Meter vor mir fällt Tageslicht auf den Boden. Weitere Schächte. Auch über mir sind welche. Die Stimmen sind nun deutlich zu verstehen. Und das, was sie sagen, lässt mir das Blut in den Adern gefrieren.

»Der Unterricht fällt heute aus. Sofia Wilden soll von allen gesucht werden. Sie ist gefährlich für uns«, sagt Nina. Sonnenlicht bescheint ihre rostroten Haare. Die Absätze ihrer ebenso roten Schuhe treten auf das Gitter.

»Es gibt verschiedene Suchgruppen. Wir sollen uns Adam Stauber anschließen«, sagt die Stimme eines unbekanntes Mädchens.

»Tun wir das. Wir werden sie finden und ausliefern. Und uns dann wieder wichtigen Sachen widmen, ich muss beispielsweise noch meine Facharbeit zu den renommiertesten Physikern überarbeiten. Sofia Wilden ist da ein überaus unangenehmer Störenfried.« Samuel. Seine Worte bringen mich um.

»Dann lasst uns besser anfangen«, sagt Jasper.

Die vier Schüler gehen im Gleichschritt los und entfernen sich.

Ich lehne mich an die Mauer in meinem Rücken, beiße mir auf die Zungenspitze und schlucke die Galle herunter. Wie können sie ihn als Waffe benutzen? Wie können sie ihn zum Bluthund machen? Ausgerechnet Sam?

Ich traue mich den Rest des Tages nicht aus dem Loch heraus. Ich kann nichts tun, noch nicht mal heulend meine Schwester um Hilfe anflehen, denn mein Zimmer aufzusuchen wäre Selbstmord. Ich hätte gern einen Superplan, aber mein Kopf ist leer, wie wattiert. Am Rande nehme ich die Schüler wahr, die über das Gitter über meinem Kopf hinweggehen. Sie sagen immer meinen Namen und es ist ein Wunder, dass noch niemand in diesen Schacht geguckt hat. Ich bin taub. Denn Sam ist mein Todfeind.

Die Gruppe Schüler, die sich nun über mir sammelt, ist groß. Und irgendetwas daran ist wahnsinnig irritierend. Sie summen wie aufgeregte Insekten. Füße trampeln auf dem Boden herum. »Warum sind wir überhaupt hier?«, fragt eine raue Jungenstimme.

Ich runzele die Stirn und gehe näher an das Gitter heran. »Hey, gib sie mir zurück! Das ist meine Lieblingsmütze!«, quäkt eine Stimme.

Was um Gottes willen ist das?

»Was habt ihr hier zu suchen? Es gibt keinen Grund für euch, hier zu sein. Verlasst augenblicklich das Schulgelände oder das wird Konsequenzen haben«, sagt eine tiefe Männerstimme.

Eine leuchtend rote Mütze mit blauer Schleife aus Jeansstoff fällt auf das Gitter. »Weißt du, wie teuer die war?«, faucht die Mädchenstimme. Jemand hebt die Mütze wieder auf.

»Stiftet Verwirrung, irgendwie. Baut alle irgendeine Scheiße. Wie ihr es sonst auch immer macht«, höre ich nun meinen besten Freund flüstern.

»Brauche Verstärkung, sofort«, erklingt die Stimme des Wachmannes.

»Lass mal gegen ihn rennen«, sagt eine weitere Stimme.

»Macht alle etwas, irgendetwas. M? Los, rein mit dir!«

Auf dem Gang bricht ein Heidentumult aus. Die Jugendlichen stampfen auf dem Boden herum, schmeißen mit Gegenständen, laufen gegeneinander. Ein Junge rollt lallend auf dem Boden herum, einer zieht einen Kreis um die ganze Gruppe, zwei Mädchen spielen ein Händeklatschspiel. Und dann öffnet sich plötzlich das Gitter über mir. Ein schlankes, dunkelhaariges Mädchen fällt sozusagen vom Himmel in den Schacht. Im Hintergrund erklingt eine Mischung aus Geschrei und Gesinge. Hannes' breite Hände schließen das Gitter wieder, ein Schraubenschlüssel blitzt auf. Ich sehe das Mädchen vor mir fassungslos an. »Mila«, flüstere ich und schließe die Augen. Als ich sie wieder öffne, ist sie immer noch da.

Meine Stimme bricht, die Luft bleibt mir weg. Ich kann mich nicht von der Stelle bewegen, strecke aber die Arme nach ihr aus. Mila macht einen Satz und drückt mich fest an sich. In ihren Haaren kleben Tautropfen. Ihre Haut riecht nach Vanille und Milch. So wie immer. Schon seit 16 Jahren. Ich lege mein Gesicht an ihren Hals und sie hält mich fest.

»We will never let you down!«, singt Hannes von oben und springt wie ein Psycho auf dem Gitter herum.

»Oh Leute, lasst uns abhauen«, sagt die Stimme des Mützenklauers. »Da kommt Ärger.«

»Los, laaauft!«, brüllt Hannes. Eine gefühlte Elefantenherde setzt sich in Bewegung. Sie hat die Menschlichkeit nach Hellenwald zurückgebracht.

Ich hebe den Kopf und schaue meiner Schwester in die Augen. Erst jetzt stelle ich fest, dass etwas nicht stimmt. Ihr eines Auge ist blau, das andere grün. Und als ich noch einmal blinzele, stelle ich fest, dass sie keine Sommersprossen hat. Ihre Haut ist blankweiß. Ich fahre erschrocken zurück.

»Keine Angst«, wispert Mila. »Bunte Kontaktlinsen. Und Make-up. Sieht täuschend echt aus, oder?«

Sie schüttelt ihre dunkelbraunen Haare. Es ist befremdlich, zum ersten Mal keine Unterschiede zwischen uns zu sehen.

»Warum? Das verstehe ich nicht«, flüstere ich. »Das fühlt sich an, als ob ich Selbstgespräche führe.«

Mila lächelt. Ja, das ist ihr Lächeln. Schmal, den linken Mundwinkel nur leicht angehoben, eine Spur Zynismus liegt immer darin.

»Was soll das denn?«, frage ich verwirrt.

»Die Liebe deines Lebens hat mich gestern angerufen. Alles knapp geschildert und erklärt, dass du ganz dringend Riesenhilfe brauchst. Nun, die Hilfe ist da. Hannes und jeder Mensch, den er jemals auf einer Party kennengelernt hat, haben geholfen, mich hier reinzuschmuggeln.«

»Und warum siehst du aus wie ich?«, frage ich.

Sie fasst nach meinen Händen. »Lass uns hier rausgehen, Sofia. Hannes wartet an der Treppe.«

»Hannes? Der ist doch gerade noch weggelaufen?!« Ich bin vollkommen durcheinander.

»Pscht!« Mila legt ihren Zeigefinger an meine Lippen. »Alles geplant, alles Ablenkungsmanöver. Wir wollten nach dir suchen. Aber praktischerweise hast du hier ja direkt auf mich gewartet.«

Wir klettern zurück in den Kellerraum, aus dem ich gekommen bin, und aus dem Schacht heraus. Mila tritt gegen eine der Leinwände. Der grauäugige kleine Junge schlittert über den Boden.

»Das ist ... irgendwie unheimlich«, sagt sie. »Ich weiß auch nicht, warum ...« Dann blinzelt sie, nimmt meine Hand in ihre und zieht mich hinter sich her. Hannes' Schatten löst sich von der Treppe. Er schlendert seelenruhig und grinsend auf uns zu und umarmt Mila. »Ich bin nicht Sofia«, meint meine Schwester.

Hannes zögert, schiebt Mila beiseite und umarmt dann mich. »Krass«, meint er. »Soll ich dir sagen, was Fee getan hat? Zwei Bäume angezündet. Hättest du ihr auch nicht zugetraut, oder? Mit ihrer Hilfe sind wir hier überhaupt reingekommen.«

Ich verziehe beeindruckt die Mundwinkel. »Sie lässt dir einen Kuss überbringen«, sagt Hannes. »Willst du ihn haben? Bin immerhin dein Ex.«

»Machst du sie gerade an?«, fragt Mila befremdet und schnipst vor Hannes' Gesicht herum. »Vergessen, worum es geht? Es hat einen Grund, dass du hier bist.«

»Weil ich einfach so heiß bin, dass Bäume von selbst anfangen zu brennen, wenn ich danebenstehe?«

»Nicht witzig«, meint Mila. »Und jetzt tu, was wir abgesprochen haben. Du kennst die Story.«

»Hä?«, sage ich. »Könnt ihr mich bitte einweihen?« Ich schaue von Mila zu Hannes.

Mila gibt mir einen Kuss auf die Wange. »Du bist diejenige, die sie selbst bleiben muss. Du warst immer schon stärker als ich.«

»Hä, was um Gottes willen redest du?«, frage ich.

»Es tut mir wirklich leid, S. Aber es geht nicht anders.«

Hannes' kräftige Arme drehen meine blitzschnell auf meinen Rücken, mit einer Hand hält er meine Hände zusammen und

222

die andere presst er auf meine Lippen. Vollkommen entsetzt versuche ich, mich aus seinem Griff zu winden. Ich suche nach Milas Blick, suche nach einer Erklärung und plötzlich ist es glasklar. Nein, will ich schreien. Nein, nicht du, nicht meine Zwillingsschwester und allerbeste Freundin. Du sollst dich nicht als Sofia ausgeben und auslöschen lassen. Wie kommst du auf diese beschissene Idee? Das ergibt doch keinen Sinn, will ich brüllen. Doch Hannes' Finger dämpfen meine Worte und lassen nur ein ersticktes Röcheln durch.

»Lass sie nicht los«, sagt Mila und sieht konzentriert über mich hinweg. Ihre Augen glitzern. Sie hat Angst. Sie hat eine wahnsinnige Angst und macht es trotzdem. Meine Knie werden weich.

»Du wirst das schaffen, S«, sagt Mila und geht langsam die Stufen hoch. »Du bist die Kämpferin. Du holst uns da alle wieder raus. Sie sollen denken, dass sie dich haben. Dann hast du freie Bahn. Ich hab dich lieb. Vergiss das nicht.« Sie zwingt sich zu einem hastigen Lächeln, dann dreht sie sich blitzschnell um und stürzt die Treppe hoch.

Es tut mir wirklich, wirklich leid für Hannes. Aber hier ist es mit der Freundschaft vorbei. Ich werde auf gar keinen Fall zulassen, dass meine Schwester sich für mich opfert. Ich gebe mich ruhig und entspannt, lockere meine Muskeln. Hannes' Griff wird lascher. Und dann hole ich mit dem Ellbogen aus, um ihn ihm heftig ans Brustbein zu stoßen. Doch mein bester Freund fängt meinen Schlag mühelos ab.

»Ich kenne dich, S. Versuch es gar nicht erst«, sagt seine Stimme an meinem Ohr.

Aber ich werde es versuchen. Weil ich muss. Ich trete nach seinem Schienbein. Hannes schnappt es, zieht es mir weg und ehe ich mich versehe, liege ich auf dem Boden. Seine Arme halten mich mit einem Stahlgriff dort. Tränen schießen mir aus den Augen und laufen über meine Wangen.

»Das kannst du nicht tun«, flüstere ich flehend. »Sie ist meine Schwester. Sie ist deine beste Freundin. Hast du kein Gewissen, Hannes?«

Ich will anfangen zu schreien, aber Hannes' Ärmel dämpft meine Laute sofort. Er beißt sich auf die Unterlippe. Auf seinem Hals bilden sich rote Flecken.

Ich werde das nicht zulassen. Mit aller Kraft drücke ich mich hoch und stoße ihn dabei von mir. Ich komme zappelnd auf die Füße, entwische seinen schnappenden Fingern und jage die Treppe hinauf.

In der Eingangshalle tritt Mila Adam Stauber gegenüber. Sie lächelt. Aber die hinter ihrem Rücken verschränkten Hände zittern. Ich kann nichts tun. Wenn sie mich jetzt sehen, würde ich unseren einzigen Trumpf aus der Hand geben.

Hannes kommt schwer atmend hinter mir her. Entsetzt sehen wir zu, wie Adam Stauber meine Schwester am Arm fasst und mitnimmt.

13. KAPITEL

NEONORANGE

»Die Kunst ist,
einmal mehr aufzustehen,
als man umgeworfen wird.«

WINSTON CHURCHILL

Ich drehe mich um, laufe die Treppe hinunter und suche nach irgendetwas, was ich in hundert Stücke zerreißen kann. Die Leinwand mit dem blond gelockten Engeljungen liegt vor meinen Füßen. Ich hebe sie auf. »Alux«, steht rechts unten. Es sind feine, geschwungene Buchstaben. Ich schlage mit der Faust durch das Gesicht des Jungen. Alles hätte ich getan, damit man Mila nicht wehtut. Ich habe gekämpft, für uns alle, für meine Freunde, für Sam, für die Würde jedes einzelnen Menschen und unsere Zukunft. Und dabei meine Schwester verloren. Ich will Hannes zur Rede stellen. Ich will ihn anschreien und heulend auf ihn einschlagen. Ich will ihm sagen, dass er Mila und mich verraten hat. Aber die Chance dazu bleibt mir nicht. Hannes ist im Gang stehen geblieben und starrt mit glasigen Augen noch immer auf die Tür, hinter der Mila verschwunden ist. Bis zwei Wachmänner auf ihn zukommen und ihn aus der Eingangshalle zwingen. Hannes ist gar nicht richtig da. Und ich kann sie nicht aufhalten, denn mich dürfte es eigentlich gar nicht mehr geben. Ich kehre zurück in den Schacht.

Um Mitternacht schleiche ich mich von dort zum Schuppen, um die Katze zu holen. Ich nenne sie »Hope«. Sie liegt auf meinem Bauch und hält die Ratten fern. Tränen tropfen aus meinen Augen auf meine Haare. Ich weiß, dass Mila gerade einen unschuldig wirkenden kleinen Chip implantiert bekommt. Ich sehe vor mir, wie man ihr die langen Haare aus der Stirn streicht, wie eine scharfe Messerklinge ihre Schläfe aufschlitzt und winzige Blutstropfen über ihre Wange und ihren Hals rollen. Ich balle die Hände zu Fäusten und presse sie mir auf die Augen. In der Tasche meiner Jogginghose finde ich tatsächlich meinen iPod. Ich höre meine gesamte Playlist durch und nehme doch kein einziges Lied wahr.

Tagsüber höre ich ihre Stimme. Ihre makellose, gläserne Stimme. Sie geht neben Maleen und Anne her. Ich schaue durch die kleinen Gitterquadrate und presse mir eine Hand auf die Lippen, um das Entsetzen zu ersticken. Sie ist unerreichbar. Ihre Bewegungen sind fließend und tänzerisch. Das dunkelbraune Haar fällt ihr in goldenen Wellen über den Rücken. Sie lächelt wie eine Schaufensterpuppe und ihr Blick ist verschleiert. »Mila«, forme ich lautlos mit den Lippen und strecke die Hände nach oben.

»Für Menschen wie uns ist die Welt voller Möglichkeiten«, sagt sie zu Anne und pustet sich den Pony aus der Stirn.

Meine Schwester ist eine Marionette. Sie knöpft sich den blauen Samtblazer zu und bindet sich das Haar zu einem akkuraten, hohen Pferdeschwanz. Ich sehe meine Augen, ich sehe mich. Eine perfektionierte Sofia. Eine Sofia, die man einmal durch eine Maschine geschoben hat, die jegliche Produktionsfehler beseitigt. Ich sehe mich und trotzdem stehe ich hier unten. Mila, Maleen und Anne gehen in rhythmischem Gleichschritt den Gang hinunter. Ich setze mich auf den Boden und heule, bis ich keine Luft mehr kriege.

In der zweiten Nacht nach Milas Verwandlung stehe ich mit den zwei Eimern Farbe im ersten Stock. Ich setze sie ab, umrunde die Engelsstatue. Ich habe sie nicht ganz verloren. Aus irgendeinem Grund sind die Puppen nachts sie selbst. Ich gehe in mein Zimmer, an mein Bett. Da liege ich. Da schlummert die zauberhafte, seelenlose Sofia. Ich schüttele mich und ziehe das Ladekabel aus der Wand, dann hebe ich den Kopf meiner Schwester an. Zarte, rötliche Sommersprossen schimmern durch das Puder hindurch. Ich knie mich auf das Kopfkissen, bette ihren Kopf in meinem

Schoß und flüstere hastig in ihr Ohr: »M? Wach auf. Ich möchte dich ungern mit einer Eisdusche wecken. Komm schon. Du hast doch einen leichten Schlaf. Du bist aufgewacht, als die Jungs uns auf der Klassenfahrt Streiche spielen wollten, und hast uns alle gerettet. Das kann nicht weg sein. Niemand löscht dich ganz und gar aus. Niemand. Da bist immer noch du, irgendwo.«

Mila seufzt. Ich lege meine Hände an ihre Wangen. »Wach. Gefälligst. Auf.«

Ihre Lider flattern, dann schaut sie mich an. »Sofia?«, wispert sie.

Ich ziehe sie hastig aus dem Bett und auf den Flur hinaus. »Erstens bin ich total entsetzt von dir. Und zweitens einfach so glücklich, dich wirklich vor mir zu haben.« Ich drücke ihre Hände.

Mila beißt sich auf die Lippe. »Es gab keine andere Möglichkeit, S. Und immerhin merke ich ja nicht, dass ich tagsüber emotional tot bin.« Sie zieht spöttisch eine Augenbraue hoch.

»Ach, und das macht es akzeptabel?«, schnauze ich etwas zu laut. »Das war nicht dein Ei, Mila. Und nicht dein Schicksal. Verdammt«, schnauze ich und dann umarme ich sie.

»Na, Ladys. Heult ihr zusammen den Mond an?«

Mila löst sich von mir. Wir drehen uns synchron um.

Sam. Er geht ohne zu zögern auf mich und nicht auf Mila zu, was mir ein Lächeln auf die Lippen zaubert.

»Wowowow«, macht Mila.

Ich schlinge meine Arme um seinen Hals, mein eines Ohr an seinem leise, aber beständig klopfenden Herzen. Seine Hände ruhen warm auf meinen Schulterblättern. Ich wünsche mir einen Pulli von ihm, an dem sein Nachtduft haftet.

»Okay«, flüstert Mila im Hintergrund. »Ich kenn die Zusammenhänge ja. Ich lass dich und Prince Charming jetzt allein und suche den Stromkasten, um ihn zu zerhämmern, und irgendwas, was sich zum Anzünden eignet.«

Meine Hände rutschen an Sams Nacken herunter und bleiben auf seinen Schultern liegen, während seine wie selbstverständlich an meiner Taille ruhen. Unsere Nasenspitzen berühren sich. Zwischen uns befindet sich ein unsichtbares Spannungsfeld.

»Machen wir es heute Nacht schon?«, frage ich atemlos.

Er nickt bedacht, dann legt er seine Lippen an mein Ohr. »Überraschend, nicht wahr, Prinzessin?«

Ich widerstehe dem Drang, mich auf die Zehenspitzen zu stellen und ihn an die Wand zu knutschen, löse mich konzentriert von ihm, greife nach dem einen Eimer und husche auf den Flur.

»Anmalen?«, frage ich und reiche ihm einen Pinsel. »Ach so, willst du Jasper wecken? Immerhin seid ihr zwei die Wandkünstler, oder?«

»Nein, brauchen wir einen Spanner?«, fragt Sam mit blitzenden Augen, schnappt sich den Pinsel und taucht ihn in den einen Eimer. Gleißendes, giftiges Grün. Mein Eimer ist neonorange. Hm, ist logisch, dass diese beiden Farben praktisch ungenutzt sind, sie beißen in den Augen.

Ich tauche meinen Pinsel ebenfalls ein und lächele, als das Neonorange erwartungsvoll gluckert. »Wir sind immer noch wir«, sage ich atemlos, hole mit dem Pinsel aus und spritze Farbe gegen die Wände.

Sam tut es mir nach und zieht genüsslich einen giftgrünen Strich auf der weißen Wand. Gekonnt geht er dabei den Blicken der Engel aus dem Weg. »Boah, tut das gut«, sagt er. »Sie werden ausrasten.« Fasziniert fasst er mit den Fingern in die Farbe und verschmiert den Strich zu einem grünen Stern.

Ich luge zu ihm hinüber und muss lächeln.

»Schreib eine Botschaft«, verlangt er von mir. »Ich schreib auch eine.«

Ich drehe mich zur Wand und überlege nicht lange. Ich fange hinten im Gang an und hole mit den Armen weit aus, um riesige neonorangefarbene Buchstaben zu erschaffen. »We won't change.« Die gleiche Aufregung, die Sam bereits ergriffen hat, nimmt nun auch mich gefangen.

Ich streiche mir die Haare hinters Ohr. Farbe klebt in meinen Haaren, auf meinen weißen Händen und genauso muss es sein. Ich male ein großes Ausrufezeichen, für das ich mich sogar auf die Zehenspitzen stellen muss, dann drehe ich mich zu Sam herum.

»There's always hope.« Seine giftgrünen Hände finden meine orangefarbenen. Als er seine Hand an meine Wange legt, hinterlässt er grüne Spuren. Ich bücke mich, schnappe meinen Pinsel und kleckse ihm einen Tropfen Orange auf die Nase.

»Herausforderung angenommen«, raunt er gefährlich, stürzt plötzlich auf mich zu und umschließt meinen Oberkörper. Ich unterdrücke mit größter Mühe ein Quietschen. Er schiebt mich grinsend an eine Wand, hält mich mit seinem einen Arm fest und holt mit dem Pinsel in der anderen Hand aus. Ich winde mich und boxe ihm gegen die Brust, aber er zielt grinsend auf meine Stirn.

»Ein giftgrünes Herz«, verkündet er stolz, lässt mich los und reibt sich die Hände. »Sieht blöd aus. Tut mir leid, ich kann keine Herzen malen.«

Ich stupse mit dem Zeigefinger an seine orangefarbene Nase. Er lässt seinen Blick über die Wände schweifen. »We won't change. There's always hope. Wow, tiefsinnig. Da fehlt die Beleidigung, findest du nicht? Ich glaube, darüber gehört ein ›Wichser!‹. Das rundet das Ganze ab. Du malst, ich heb dich hoch.«

»Jaaa«, rufe ich aus und ziehe beide Pinsel hervor. Er hebt mich auf seine Schultern. Ich widerstehe dem Drang, meine Nase in seinen Haaren zu vergraben, strecke stattdessen die Arme in die Höhe. »Wichser«, sage ich fröhlich und male ein orangefarbenes W, dann ein grünes I, dann wieder orangefarben ein C.

»Wusste ich, dass dir das Spaß macht«, schmunzelt Sam.

»Fertig«, sage ich und rutsche langsam an seinem Rücken herunter.

Er dreht mich zu sich herum. Meine Jacke ist etwas hochgerutscht und seine Finger liegen nun auf meinem nackten Rücken. Ich könnte schwören, dass sie kleine Stromstöße abgeben. Ich schaue ihm schüchtern in die Augen. Auch seine Lippen sind nun orange. Er beugt sich zu mir herunter, streicht mir das Haar von den Schultern und legt seine Lippen sanft an meinen Hals. Ich muss sehr an mich halten, um nicht in Ohnmacht zu fallen. Seine Berührung kribbelt auf meiner Haut und sein Mund wandert langsam mein Kinn entlang, bis er meine Lippen findet.

»Jetzt hast du eine orangefarbene Kussspur«, flüstert er, nimmt mein Gesicht in seine Hände und gibt mir einen dieser unvergesslichen Küsse. Unsere Lippen öffnen sich, mein Herz rast und meine Hände zerwühlen selbstvergessen seine Haare. Seine rutschen derweil wieder unter meine Jacke und liegen glühend auf meinem Rücken.

»Es tut mir wirklich leid.« Mila räuspert sich. »Ich hab gedacht, ich leiste schon ein bisschen Vorarbeit. Nun ja, wie ihr seht: Das Licht ist aus, der Strom ist weg und im Treppenhaus brennt es jetzt. Und zwar ziemlich heftig. Also ich hoffe auf den Feueralarm.«

Sam und ich fahren erschrocken auseinander und starren in Richtung Treppenhaus. Einen Stock höher flackern bereits rotgoldene Flammen. Mia hat einen Haufen aus Holz und zerknülltem Zeitungspapier aufgetürmt, der lichterloh brennt. Mir fällt die Kinnlade herunter.

»Du hast es einfach angezündet?«, frage ich.

Mila zuckt mit den Schultern. »Wollte es euch noch ein bisschen heißer machen. Na, kommt schon, ging nicht anders. Hab mal lieber ein Stockwerk höher gemacht, damit wir alle rauskommen. Ich hoffe, der Feueralarm …«

In diesem Moment schrillt es ohrenbetäubend. Mila, Sam und ich pressen uns entsetzt die Hände auf die Ohren. Ich zucke so heftig zusammen, dass ich gegen die grüne Wand donnere. Wie in Trance lausche ich der kreischenden Sirene und schaue auf die flackernden Feuerzungen. Dann stürme ich in Elenas und mein Zimmer. Sie sitzt aufrecht auf ihrem Bett, Fassungslosigkeit in den ansonsten so makellosen Zügen.

»Raus hier, es brennt, es brennt!«, schreie ich ihr zu. »Alle müssen raus, es brennt!«

Elena springt von ihrem Bett und stolpert über den Saum ihres weißen Nachthemds. Ich reiße die Türen zu den anderen Zimmern auf. In der allgemein überbordenden Panik hätte ich fast vergessen, dass es funktioniert. Unser Plan geht auf. Sie sind wach.

»Raus, alle raus!«, brülle ich heiser, während Sam in den Jungenflur hinüberrennt.

Maleen kommt neben mir zu stehen. Bei dem Lärmpegel kann ich nur von ihren Lippen ablesen, was sie sagt: »Ich hab's gewusst.«

Ich nicke hastig und schiebe sie weiter. Jette, Vio, Serafina und Anne stürzen an mir vorbei. Nur Nina bleibt zitternd in ihrem Zimmer hocken. Ich mache einen Satz auf sie zu und umklammere ihre Handgelenke.

»Wir werden ersticken!«, winselt Nina. »Niemand wird überleben!«

»Das hier ist die einzige Chance, die du bekommst, um dem Tod zu entgehen!«, fauche ich sie an, gebe ihr einen kräftigen Stoß und manövriere sie aus dem Zimmer und ins Treppenhaus. Sie schwankt gefährlich.

Ich schnappe nach Luft und stelle nervös fest, dass diese allmählich dünn wird. »Nina, jetzt renn, verdammt!«, schreie ich und packe sie an den Schultern. Jasper kommt aus dem Jungenflur und reißt sie mit sich. Ich nicke ihm dankbar zu. Nina protestiert schluchzend.

»Geh mit ihm, immerhin seid ihr tagsüber ein Liebespaar!«, rufe ich ihr nach und scheuche weitere Mädchen und Jungen die Treppen hinunter.

»Das war's«, sagt Sam mit rasselndem Atem, als er plötzlich wieder neben mir steht.

Unsere Finger verknoten sich miteinander, während wir die Treppe hinunterstürzen. In der Eingangshalle steht eine vollkommen aufgelöste Alessia, die wohl ebenfalls einen Chip unter dem goldenen Pony hat. »Es brennt, es brennt«, stammelt sie.

»Renn!«, schreie ich ihr zu und zerre an ihrem Oberarm. Gemeinsam stolpern wir ins Freie. Beißender Rauch sitzt in meiner Lunge. Ich laufe fast gegen Kevin. Er hat tränende rote Augen und würgt. »Was soll die ganze Scheiße denn, Mann?«, fragt er aufgelöst.

Mila kommt mir entgegen. Ich sehe ihr erleichtert in die Augen. Wir schaffen das, sagt ihr Blick.

»Runter vom Schulgelände!«, brülle ich über den Platz. »Alle runter!«

Eine hysterische, schluchzende Masse bahnt sich einen Weg auf das Tor zu, vor dem ein erstarrter Wachmann wartet. Er wird einfach umgerannt, das Tor wird fast aus den Angeln gerissen.

Ich werfe einen schnellen Blick zurück. Im zweiten Stock des Ostflügels sind einige graue Herren zu erkennen. Sie laufen durcheinander, einer packt einen anderen an den Schultern und schlägt ihn gegen die Wand. Während die Schüler wie ein Wasserfall in den Wald strömen, sehe ich die flackernden Warnlichter eines roten Feuerwehrwagens auf uns zukommen. Feuerwehrmänner stürzen aus den Türen. Mit einem ohrenbetäubenden Knall zerspringen die Fenster im Erdgeschoss. Das Feuer muss inzwischen bis zum Gastank vorgedrungen sein.

Zu meiner Rechten scharen sich nun weitere graue Herren. Einige versuchen, die Schüler einzuholen und einzufangen, andere stürmen auf die Feuerwehrmänner zu. Alles, was wir tun müssen, ist die Verwirrung auszunutzen. Wir waren besser als sie. Wir haben etwas getan, womit sie im Traum nicht gerechnet haben.

»Sofia!«, schreit Mila.

Ich wende mich schnell ab und folge meinen Freunden. Am Tor kauert eine tränenüberströmte Nina, die gestolpert ist und sich den Knöchel angeknackst hat. Rasch schaue ich von Sam zu Mila, dann zu Jasper und zeige schließlich auf ihn. »Trag sie!«

»Was?«, entrüstet sich Jasper. »Sie ist 'ne verdammte Barbie!«

»Ja, und deine Freundin! Du küsst sie jeden Tag. Los jetzt.«

»Mach!«, fordert Sam seinen besten Freund auf.

Jasper stöhnt und hievt Nina auf seinen Rücken. Ihre Nase läuft. Tränen sickern in Jaspers Shirt.»Wie kann ich nur mit der zusammen sein?«, fragt Jasper und setzt sich in Bewegung.

»Ihr seid Barbie und Ken. Und jetzt halt die Schnauze«, meint Mila kühl. »Los, hopp.«

»Die Schüler müssen wieder eingetrieben werden!«, schreit eine mir irgendwoher bekannte Stimme. Sie durchschneidet die stürmische Nacht wie ein schnappendes Messer.

Wir durchqueren das Tor und rennen einfach nur noch in den Wald hinein. Mila stolpert über eine Baumwurzel. Hastig fange ich sie auf. Schwarze Äste schlagen uns ins Gesicht und zerkratzen unsere Wangen. Die kalte Luft brennt im Hals und mein Puls wummert in meinen Ohren wie ein tiefer Bass.

»Rennt, bleibt nicht stehen, rennt immer weiter!«, brülle ich. Meine Füße fliegen über den Boden. Sams Finger streifen meinen Handrücken. Wir rennen.

❧

Als die Sonne aufgeht, gehen wir nur noch. Seltsamerweise versucht niemand, uns einzuholen. Kein Auto schneidet uns den Weg ab, kein Hubschrauber sirrt am blassvioletten Himmel.

Meine schmerzenden Füße rutschen über den Waldboden und wühlen Laub und Erde auf. Aufgeschreckte Vögel entfliehen durch die Luft. Überall um mich herum sind Jugendliche, Menschen, die ich nicht kenne, kein bisschen. Sie haben hochgezogene Schultern und sind kreideweiß. Aber sie gehen weiter.

»Was passiert hier?«, flüstert Anne hinter mir.

Ich drücke ihr Schulterblatt und bemühe mich, zuversichtlich zu lächeln. »Vertrau mir.«

»Wieso? Ich habe dich nie zuvor gesehen«, antwortet sie mit verzweifelter, dünner Stimme.

»Du hast eine Narbe unter deinem Pony. Fühl mal«, sage ich und gehe dann einfach an ihr vorbei.

Es wird alles gut. Wir haben es fast geschafft. Wir sind stärker und unsere Herzen werden immer weiter schlagen.

Mila bleibt stehen. Ich drehe mich zu ihr um und lege fragend den Kopf schräg. Mila blinzelt, schaut auf. Aber sie schaut nicht zu mir. Sie schaut durch mich hindurch. Mein Herz rutscht mir in den Magen. Und plötzlich weiß ich, dass ich einen schrecklich dummen Fehler begangen habe. Ich fange augenblicklich an zu zittern. »M… Mila?« Mila steht da, im Boden verankert wie eine

Statue. Ich schaue zu den anderen. Jette bleibt ebenfalls stehen. Elena bleibt stehen. Kevin bleibt stehen. Maleen bleibt stehen. Sam bleibt stehen.

Ich kann nicht fassen, wie unglaublich naiv ich war. In was für einer trügerischen Hoffnung ich gebadet habe. Es ist Tag. Sie sind Puppen. Sie sind Waffen. Haben lange genug geschlummert, um zu funktionieren. Selbst Sam. Und ich bin genau in ihrer Mitte.

Meine Knie schlottern, meine Zähne schlagen aufeinander, als ob ich frieren würde. Ich weiß, dass ich wegrennen muss. Sofort. Wie Schachfiguren stehen sie um mich herum. Sams Augen sind aus Stahl. Ich muss. Also renne ich. An ihnen vorbei, durch die Masse hindurch. Ich ziehe kalte Luft in meine Lungen. Meine Füße stolpern auf dem unebenen Boden.

Und dann höre ich Elena Klees sanfte Stimme, aus der die Perfektion herauszuhören ist. »Verteilt euch. Baut ein Netz und zieht es zu. Samuel, du bist der Schnellste. Schneide ihr den Weg ab.«

»Ich hasse dich!«, schreie ich. »Ich hasse es, dass du mir das antust! Ich hasse es, dass du unser Leben ruinierst und ich gezwungen bin, vor ihm wegzulaufen!«

Ich kann nicht mehr. Ich bin kaputt, vollkommen am Ende. Nur ganz knapp weiche ich einem Baumstamm aus. Ich japse, schaue zurück. Sam hat die Verfolgung aufgenommen. Er sprintet wie ein Bluthund auf mich zu, wie ein bildschöner Bluthund. Seine Augen sind tot und während er rennt, lächelt er.

»Nein, tu es nicht!«, schreie ich und hetze weiter. Ich bin gezwungen, den Berg hinaufzulaufen, weil Jasper, Kevin und zwei weitere Jungen am Fuß des Hügels eine Kette bilden.

Ich habe keine Chance, ich bin zu langsam. In einem großen Satz springe ich hinter den nächsten Baum und presse meinen schweißnassen, zuckenden Körper an die harzige Baumrinde. Bitte, bitte, bitte nicht.

Ganz kurz ist es totenstill.

Dann geht Sam mit weichen Schritten um den Baum herum, bis er vor mir steht. »Sofia Wilden«, sagt er tonlos.

»Sam, bitte«, flüstere ich. Seine Hände umschließen meine Handgelenke. Der Druck schmerzt. Es fühlt sich an, als wären seine Hände Fesseln aus Blei. »Du tust mir weh!«, wimmere ich.

Der Junge, der mich eigentlich liebt, dreht mir die Arme so brutal auf den Rücken, dass ich schmerzerfüllt aufschreie.

»Sam!«, stoße ich zwischen meinen Zähnen hervor. »Sam, das bist du nicht. Du bist stärker, du bist stärker als ein bisschen Technik in deinem Kopf! Du bist menschlich! Aaah!«

Sam biegt meine Arme immer weiter, ich habe das Gefühl, dass er sie mir gleich bricht.

Jasper und Kevin kommen auf uns zu.

»Sam!«, röchele ich. Er hat noch Neonorange im Gesicht. »Sam, komm schon. Du hast mich geküsst. Wir haben uns so sehr gestritten. Wir waren zusammen auf dem Dach. Wir haben Schnulzenradio gehört. Weißt du noch, wie wir das erste Mal miteinander gesprochen haben, die Nudeln, weißt du das noch?«

Aber er sieht mich nicht. Er ist nicht da. Der Chip ist stärker.

»Sam«, flüstere ich. »Ich liebe dich. Okay? Hörst du, was ich sage?«

Und dann bleibt mir eigentlich nur noch eins. Auch ich habe ein großes Märchenbuch zu Hause. Und auch ich habe immer gehofft, dass an diesem Klischee irgendetwas dran ist. Ich lehne mich gegen ihn und drücke meine Lippen, so fest es geht, auf seine. Er muss es spüren. Er muss einfach. Ich denke an unseren farbverklebten, süßen Kuss und verstärke den Druck meines Mundes. Mein Herz zerspringt in meiner Brust. Ich kann nur hoffen.

Und dann fällt mir etwas auf. Sein Griff lockert sich. Meine Arme rutschen an meinem Oberkörper herab. Ein Hauch von Wärme ist auf seinen eiskalten Lippen. Ein Hauch von seinem Selbst. Weil wir menschlich sind. Weil man nicht alles mit uns machen kann.

»Ich weiß nicht, wie lang ...«, keucht er.

Ich renne.

»Lauf, Sam!«, ruft Elenas Stimme, aber er läuft nicht.

Er sieht mir nur nach.

14. KAPITEL

MANIPULIERT

»Man kann es als eine Ironie ansehen,
dass die führenden Männer der Industrie
relativ wenig von den technischen Vorgän-
gen der Produktion verstehen und haupt-
sächlich für die Manipulation und Koor-
dinierung von Menschen bezahlt werden.«

HANS KILIAN

Ich renne geradewegs zurück nach Hellenwald, eine andere Möglichkeit bleibt mir nicht. Die Schüler haben den anderen Weg abgeschirmt und sich dort zu einer Mauer verdichtet. Sam ist immer noch nicht wieder losgestürmt, um mich einzufangen.

Inzwischen wissen sie, dass Sofia Wilden doppelt anwesend ist. Aber sie hätten sicher nicht damit gerechnet, dass Liebe tatsächlich über alles andere siegen kann.

Schweren Herzens gehe ich durch das offen stehende Tor. Niemand ist da, das Dach vom Westflügel qualmt, aber alles ist still. Der Pavillon ist das erstbeste Versteck, das mir ins Auge fällt. Ich husche über die Wiese und verkrieche mich im Inneren des Zuckergusshäuschens. Wir waren viel zu unbedacht, haben überhaupt nicht über Konsequenzen nachgedacht. Wir waren der Meinung, wir würden siegen, einfach nur weil wir jung und energisch sind. Dabei hätte ich darüber nachdenken sollen, von wo aus die Schüler gesteuert werden. Natürlich muss es eine Zentrale geben. Aber nein, wir schreiben »Wichser« an die Wand und zünden die Schule an. Jeder sagt mal zum Spaß, er würde gern die Schule abfackeln. Sofia Wilden bringt das wirklich. Oh Mann.

»Das Mädchen ist gefährlich«, sagt eine kalte Stimme und ich nicke zustimmend – erst danach zucke ich zusammen. Blitzschnell suche ich die Wiese rund um den Pavillon nach der Person ab, aber sie ist vollkommen leer. Ich verharre. Mein Atem geht etwas zu schnell.

»Nun ja, praktischerweise werden wir keine Zeit mehr an sie verschwenden müssen. In ungefähr einer halben Stunde werden die Schüler mit ihr zurückkommen. Schneidet ihr um Gottes willen endlich den Schädel auf. Sie denkt wirklich, sie wäre eine ernst zu nehmende Gegnerin und strotzt nur so vor pubertären

Rachefantasien. Aber morgen ist das alles schon kein Problem mehr und ihre arme Mutter kann endlich stolz auf sie sein. Insofern sollten wir uns langsam auf die Aufführung für die Eltern vorbereiten und der Auftritt der Schüler auf der nächsten Messe sollte ebenfalls geplant werden. Natürlich wird das Interesse nur Hellenwald gelten. Man wird vorgeben, unsere Schüler aufgrund von ihren Talenten zu nehmen, aber es ist wohl offensichtlich, dass ihre Schönheit hier der wesentliche Faktor ist. Was soll ich sagen? Schönheit blendet. Wir nutzen dies aus.«

Ich weiß nicht, was mich mehr schockiert: dass die gefühllose, stählerne Stimme die Frank Grimms ist, oder dass sie in diesem Pavillon zu hören ist.

Mein Herz droht vor Verzweiflung in Stücke zu zerspringen. Der Kopf dieser Sache ist kein einfacher Schuldirektor, vermutlich haben sie Nicolas Franssens Gehirn ebenfalls angezapft. Der Kopf ist Frank Grimm. Der Mann, dessen Gesicht von jedem Plakat in jeder Stadt herunterlächelt. Er ist der Mann, der alles und jeden sponsert. Und nein, ich mochte sein Lächeln noch nie.

Ich stütze mich hastig auf den Holzdielen ab und komme auf die Füße. Es geht hier nicht um ein heimliches Experiment an einer Schule. Es geht eindeutig darum, die Schüler im Berufsleben einsetzen zu können und gnadenlos Profit zu machen. Frank Grimm bekäme dadurch noch mehr Macht und noch mehr Kontrolle. Er ist der grauste der grauen Herren. Er möchte sich über die Menschen stellen. Und das tut er, indem er sie schamlos manipuliert.

»Sind die Ärzte fertig für sie?«, fährt seine gefühllose Stimme fort. »Ich muss sagen, Adam Stauber haben wir nicht einmal wirklich etwas weggenommen. Er war unmenschlich, bevor wir ihn angerührt haben. Wir haben ihn nur ein bisschen geölt.«

Wahllos nimmt man den Menschen ihr Selbst weg. Frank Grimm schreckt vor nichts zurück. Ich befühle zaghaft den Dielenboden.

»Die Ärzte warten auf sie«, entgegnet eine Männerstimme.

Sie sind unter mir. Na klar, wieso sollte man sonst auch einen blöden, kitschigen Pavillon auf diese Wiese stellen? Alles hier hat seinen Sinn und Zweck. Die Engelsstatuen, der Pavillon. Er verdeckt den Zugang zu einem unterirdischen Raum, der mit viel Glück die Steuerzentrale Hellenwalds ist.

Ich bin zwischen angsterfüllter Fassungslosigkeit und nervöser Vorfreude gefangen. Zwei Holzbretter lassen sich problemlos vom Boden des Pavillons lösen. Darunter ist eine Falltür aus Glas. Ich schiebe die Bretter so weit auseinander, dass ich durch die Falltür schauen kann. Da ist Frank Grimm. Im tadellosen, schwarzen Nadelstreifenanzug geht er unbekümmert vor einem Tisch voller grauer Herren hin und her und malt mit einem schwarzen Edding Figuren in die Luft. Das schwarze, gewellte Haar ist geföhnt und schimmert, als hätte er eine Tube Glitzer darauf ausgedrückt. Er fühlt sich unbeobachtet und rechnet ganz sicher nicht mit einem kleinen Spion, dem er eigentlich das Hirn aufschneiden möchte.

Einige der Herren werden in seiner Anwesenheit zunehmend nervöser, zwei treten mit ihren polierten Schuhen auf dem Boden herum. Vor ihnen stehen schlanke, weiße Tassen mit schwarzem Kaffee. Am Rande entdecke ich eine ungeöffnete Flasche Champagner. Oh ja, trinkt ruhig auf den Coup. Ich fange vor Wut an zu zittern.

Dann aber fällt mein Blick auf flache, schimmernde Bildschirme, die in einem angrenzenden Raum an den Wänden befestigt sind. Vor jedem Bildschirm sitzt ein weiterer Mann. Absolut logisch, dass sie wie aus dem Nichts plötzlich auf der Wiese auftauchen konnten. Der Pavillon ist nur ein Maulwurfshaufen. Darunter läuft das wirkliche Leben ab.

Ich kneife meine Augen zu Schlitzen, sichere mich kurz ab, dass mich noch niemand entdeckt hat, und versuche, etwas auf einem der Bildschirme zu erkennen. Die Männer haben gigantische Tastaturen mit unzähligen roten Steuerknüppeln vor sich. Einer von ihnen klickt hastig herum. Das Bild eines Schülers wird auf den Schirm geworfen. Es ist kein Foto, am ehesten würde ich es mit einer *Sims*-Figur vergleichen. Mila und ich haben immer gern *Die Sims* gespielt. Es ist nicht zu übersehen, wer die Figur auf dem Bildschirm ist. Es ist Maleen. Ein zierliches Mädchen mit blonden, leicht gelockten Haaren und großen veilchenblauen Augen. *Sims-Maleen* trägt die Schuluniform. Auch auf dem Bildschirm hat sie winzige Füße. Der Mann klickt auf ihren Kopf. Ein Textfeld öffnet sich, aber leider kann ich die Buchstaben mit bloßen Augen nicht erkennen. Dass das, was er da tut, sich aber nicht allzu sehr von meinem Ex-Lieblingsspiel unterscheidet, ist offensichtlich. Ich habe vergessen einzuatmen und hole erst jetzt wieder tief und zittrig Luft.

Frank Grimms Stimme erregt wieder meine Aufmerksamkeit. »Ich hätte nicht gedacht, dass Sofia Wilden wirklich zum Problem wird. Und nun schleppt dieses Biest ihre Zwillingsschwester hierher und zündet die Schule an. Eine Botschaft hat sie übrigens auch zurückgelassen.« Er stößt ein heiseres Lachen aus, das mir einen Schauer über den Rücken jagt. Es fühlt sich an, als würde man einen Eimer Eis über mir ausleeren. »Außerdem habe ich offensichtlich nicht deutlich genug gemacht, dass die Chips immer noch nicht so weit sind, wie ich sie haben will. Warum können wir die Schüler nachts noch immer nicht ausreichend kontrollieren?«

Einer der Männer räuspert sich und hält sich an seiner Kaffeetasse fest. Er ist nicht mehr als ein graues Würmchen. »Sie wissen doch, dass es wichtig ist, den Trägern des Chips auch mal eine Ruhepause zu gönnen – sonst drehen sie durch, das wissen Sie doch. Wir versuchen, diese Pause immer weiter zu kürzen. Dadurch, dass wir die Wachmänner tagsüber ruhen lassen, können wir sie nachts einsetzen. Elena Klee haben wir nach dem Ballettauftritt ja bereits einen neuen Chip eingesetzt, sodass wir sie auch nachts steuern konnten. Wir arbeiten dran.«

»Das *reicht* mir nicht!« Frank Grimms beringte Faust donnert auf den Tisch. Kaffee schwappt über die Tassenränder. »Es ist *zu* gefährlich. Eine 16-Jährige glaubt, auf uns herabschauen zu können.«

Über die Doppeldeutigkeit seiner Aussage muss ich grinsen. Ich scheine ja doch ein größeres Problem zu sein, als Frank Grimm seinen schüchternen Gefolgsleuten weismachen will. Und in seinen metallicgrünen Insektenaugen steht die Fassungslosigkeit darüber geschrieben, dass seine Schwäne nachts entfliehen konnten, sein Schloss in Flammen stand und es obendrein noch jemand gewagt hat, ihn einen Wichser zu taufen.

»Wir gehen ihnen entgegen. Das Mädchen darf nicht entkommen«, beschließt Frank Grimm plötzlich.

Jetzt aber schnell.

»Es sollen alle mitkommen. Stellt sie auf Autopilot.«

Meine bebenden Hände schieben die Bretter wieder über die Falltür. Wo soll ich denn jetzt so schnell hin? Ich stürze los, stolpere dabei über meine Schnürsenkel und falle. Ich unterdrücke einen höchst obszönen Fluch, stehe wieder auf, renne einmal um den Pavillon herum. Wohin denn nur, verdammt? Die gesamte Wiese ist leer. Sowohl bis zum Tennisplatz als auch bis zum Eingang der Schule sind es bestimmt hundert Meter, das schaffe ich nie. Mir bleibt nichts anderes übrig, als mich ganz nah an die Außenwand des Pavillons zu rollen und zu hoffen.

Unter mir rumort es dumpf. Das Quietschen der sich öffnenden Falltür richtet die Härchen auf meinen Unterarmen auf. Ich halte die Luft an und vergrabe meine Nase im geruchlosen Gras. Die Holzbretter werden beiseite geschoben, dann steigt die erste Person ins Freie. Ich habe das Gefühl, dass der gesamte Pavillon im Rhythmus meines Herzens zittert. Die Männer sammeln sich vor dem Eingang des Zuckergusshäuschens. Frank Grimm tritt hinzu. Ich sehe es nicht, aber ich spüre seine Kühle. Die Luft wird dünner.

»Was haben wir denn da?«, fragt Frank Grimm.

Ich versteife mich und presse die Augen zusammen. Dann will ich wenigstens einen Versuch unternehmen wegzulaufen.

»Die Post. Richard, Sie erledigen das. Los jetzt.«

Ich atme erleichtert, aber so leise wie möglich aus. Gut 15 Männer gehen im strammen Schritt davon und keiner von ihnen dreht sich um. Richard sondert sich von der Gruppe ab und steuert auf den Mann im gelb-roten DHL-Anzug zu. Ich stöhne leise, warte, bis sie weg sind, und gehe dann ohne Umweg zur Falltür. Eilig klettere ich durch das quadratische Loch eine schmale Eisenleiter hinunter. Ich bin so nervös, dass ich auf der letzten Sprosse ausrutsche und auf den Boden stürze. Mein Knöchel verdreht sich schmerzhaft. Ich zische und bewege ihn vorsichtig. Ausgerechnet jetzt. Ich muss mich zusammenreißen. Es geht nicht anders. Ich stütze mich auf den Tisch, um aufstehen zu können, trinke wahllos Kaffee aus einer der Tassen und humpele dann in den Monitorraum.

Hier ist es. Hier hat das Grauen seinen Ursprung. Ein Zittern erfasst mich. Der Raum ist dunkel, allerdings kann ich dank vieler flirrend bunter Schalter und Knöpfe trotzdem alles erkennen. Meine Finger sind schweißnass. Die Atmosphäre ist beunruhigend. An einer bildschirmfreien Wand hängen aufgereiht die Porträts der Schüler. Ich finde sie alle. Sogar mich. Beziehungsweise Mila. Zweihundert Porzellangesichter, zweihundertmal das gleiche unbekümmerte Lächeln, vierhundert Diamantaugen, die alle durch mich hindurchschauen. Es ist einfach ekelhaft.

Ich trete an einen der acht spiegelglatten Monitore. Wie soll ich mich hier denn orientieren? Was habe ich überhaupt vor? Mal wieder renne ich todesmutig durch die Weltgeschichte, habe aber letztendlich doch keinen Plan. Zögernd tippe ich auf die Maus. Der Bildschirm wird hell und offenbart ein Mosaik aus Gesichtern. Auf den ersten Blick könnte es ein Memory-Spiel sein. Ich ziehe die Maus auf das Gesicht in der oberen linken Ecke. Kathleen Josephs. Dunkelblondes glattes Haar, hellbraune, goldgesprenkelte Augen. Mein Herz klopft immer noch und ich muss aufpassen, dass mir die Beine nicht wegknicken.

Hastig klicke ich auf Kathleens Gesicht. Sie erscheint in groß, so wie ich es eben bei Maleen beobachten konnte. Ich klicke noch einmal auf sie. Dabei überläuft mich ein abscheulicher Schauer. Man darf Menschen nicht einfach anklicken können. Ich kann Kathleen in alle Richtungen drehen. Auch hier erscheint nun das Textfeld. Meine Augen überfliegen die Worte: »Standardverhalten. Qualifikationen. Beziehungen. Details.« Ich spanne mich an und versuche, mein Entsetzen über all dies auszublenden. Das hilft niemandem hier raus.

Ich klicke auf »Qualifikationen«. »Astrophysik«, bietet mir der Computer an. Und dann »Emotionale Intelligenz«. Ich vergesse schon wieder zu atmen. Wenn ich jetzt auf das kleine Plus klicke, ist Kathleen ein neuer Newton oder eine Psychologin. Ganz wie ich es will. Es funktioniert. Menschen funktionieren. Ich schiebe die große Kathleen beiseite und gehe prüfend auf Nina, drücke dann auf »Beziehungen«. Und tatsächlich: Neben ihrem Namen steht Jaspers. »Ergänzen sich optimal«, hat jemand daneben geschrieben.

Unter »Standardverhalten« werden Ninas typischer Tagesablauf sowie Gesprächsthemen festgelegt, die sie aufgreifen soll, und ein Reaktionsmuster, falls sie auf ihre Eltern, Fremde oder andere Schüler trifft. Ich schlucke. Neben dem Textfeld erscheint eine Sprechblase, in der der Cursor blinkt. »Hi«, schreibe ich. Und Nina sagt mit Sicherheit gerade: »Hi.«

Ich schüttele mich, um die verdammte Gänsehaut loszuwerden. Vermutlich kann man sie mit den großen roten Knüppeln in beliebige Richtungen lenken, wenn sie auf manuelle Steuerung eingestellt ist. Jetzt verstehe ich auch, dass es mir manchmal so vorkam, als ob die Menschen in Hellenwald zwischendurch einen Ausfall hätten: Dann hat die Standardprozedur versagt oder derjenige, der sie manuell gesteuert hat, musste erst einmal verstehen, was passiert ist, und der Puppe dann schnellstmöglich eine Reaktion aufzwingen. In der Zwischenzeit frieren die Puppen einfach ein, wie eine kaputte Spieluhr.

Was mache ich denn jetzt, um Gottes willen? Ich klicke wild herum und finde schließlich eine Funktion, die mir sinnvoll erscheint: »Direkte Handlung«, steht dort. Ich hadere nicht lange. »Fliehe mit den anderen Schülern vor den Männern in den schwarzen Anzügen. Sammelt euch östlich vom Eingangstor. Seid geschickt.« Enter.

Ich scrolle von Avatar zu Avatar und wiederhole meinen Befehl. Meine Augen werden ganz glasig und meine Finger tun mir bald weh, so oft drücke ich die Tasten. Ich brauche einen Plan. Einen richtigen Plan.

Dann fallen mir die Bildchen der Erwachsenen ganz unten auf. Alessia. Die Lehrer. Die Wachposten. Nicolas Franssen. Und schließlich die Ärzte. Ich sehe die gleichmütigen Gesichter von Adam Stauber und Schwester Sandra. Auch der hübsche, verführerische Matthias ist unter ihnen. Und dann kenne ich plötzlich die Lösung. Ich weiß es. Es ist so offensichtlich. Ich muss einfach nur aufhören zu zittern und mich beeilen.

Hastig und mit flatternden Fingern gebe ich den Schülern weiterhin den gleichen Befehl. Als ich zwischendurch aus Versehen auf die rechte Maustaste klicke, stöhne ich zunächst genervt auf. Doch dann entdecke ich die unschuldigen Worte: »An alle«.

Ich hämmere meine Botschaft noch mal in die Tasten, markiere die Ärzte und klicke ebenfalls auf die rechte Maustaste. »Östlich vom Eingangstor versammeln. Die Schüler empfangen, in den Krankenflügel bringen und jedem einzelnen den Chip rausoperieren. Schnell machen. Die Männer in den schwarzen Anzügen abwehren, sperrt sie ein«, tippe ich.

Dann bewege ich vorsichtig meine malträtierten Finger und trete wieder hinaus in den ersten Raum. An der gegenüberliegenden Wand hängt das Bild einer unberührten Schneelandschaft. »Alux«, steht in der Ecke. Schon wieder »Alux«. Die Schneelandschaft ist nicht unpersönlicher als die nackte Frau oder der grauäugige Junge. Etwas an den feinen, gezielten Pinselstrichen beunruhigt mich. Ich nehme das Bild von der Wand, lege es auf den Tisch und schaue prüfend auf die Rückseite. »Albert Luxemburg, 2003. Die Perfektion des Winters.«

Mein Herz setzt aus. Alles verschwimmt vor meinen Augen. Ich stütze mich auf einer Stuhllehne ab, um nicht umzukippen. Warum hängt hier ein Bild meines Kunstlehrers? In den Rahmen wurde ein Kärtchen geklemmt. Ich ziehe es hervor.

»Lieber Frank,

ich hoffe, dies entspricht deiner Vorstellung von Perfektion. Ich sende dir anbei das neueste Monster, es nennt sich Sofia Wilden. Habe dein Internat wärmstens weiterempfohlen. Das Mädchen ist einfach missraten, aber du kriegst das hin. Werde demnächst ebenfalls da sein und deinem Angebot nachkommen. Ja, ich möchte es gern mal testen. Nebenbei kann ich Madame dann noch ein bisschen zurechtstutzen, bevor du sie richtest. Ihre Zimmergenossin wäre dafür sicher die Richtige. Das wird eine ganz große Sache. Albert«

Meine Hände zittern so sehr, dass das Kärtchen aus meinen Fingern rutscht und zu Boden segelt. Mein Lehrer wusste das alles. Mein Lehrer hat hier gesessen und nach seinem Belieben Menschen gesteuert. Mein Lehrer hat sich die Zeit genommen und mir über Elena eins ausgewischt. Und ich habe mich noch gefragt, wie sie so bissig sein kann.

Albert Luxemburg. Ich habe ihn immer verabscheut, aber ihn noch nie so gehasst. Ich greife nach der Champagnerflasche und schlage damit nach dem Bild. Aber wo ist Albert Luxemburg jetzt?

Ich muss eine Weile suchen, doch dann finde ich das Filmmaterial auf einem der Rechner. Es ist größtenteils unwichtig. Ich spule mich durch Massen von vor Schönheit strotzenden Hellenwaldschülern. Ein paar Mal entdecke ich mein eigenes frustriertes und eigentlich immer müdes Gesicht, sodass ich nur noch schneller vorspule. Ab und zu laufen mehrere graue Herren durchs Bild, die eigentlich immer in Eile sind, die Mundwinkel ganz nach unten gezogen.

Endlich, da sind sie ja: Frank Grimm und Albert Luxemburg. Hier habe ich den Beweis. Ich klicke auf »Play«. Sie gehen die Treppenstufen herunter. Ich presse meine Lippen aufeinander. Mein Kunstlehrer klopft Frank Grimm freundschaftlich auf die Schulter. Herr Luxemburg versucht sich an einem Lächeln – es steht ihm nicht, ist viel zu gewollt. Das kommt davon, wenn man sonst nie lächelt. »Wir müssen uns unterhalten«, höre ich Frank Grimms Stimme verhallen. »Über einiges.« Sein Tonfall ist lange nicht so herzlich, wie Herrn Luxemburgs Lächeln wirken soll. Dann verschwinden sie aus meinem Blickfeld. Ich schlage wütend auf die Tastatur. »Kommt zurück! Mann!«

Eine ganze Weile lang ist nichts zu sehen. Eine winzige weiße Spinne läuft über die Kameralinse. Ich will gerade weiterspulen, da kommt Frank Grimm zurück. Allein. Ich runzele die Stirn. Wieso haben sie sich getrennt? Verwirrt nähere ich mein Gesicht dem Bildschirm. Frank Grimm rennt. Kommt es mir nur so vor oder hat er irgendwas? Trotz seines Pokerfaces und dem kontrollierten Lächeln ist er kreideweiß. Zwischendurch stolpert er sogar über seine Füße. Er stürzt aus dem Bild. Was hat ihn dermaßen aus der Ruhe gebracht? Das hier ist Frank Grimm, Grausamkeit ist sein zweiter Name. Was um Gottes willen ist passiert?

Kaum ist Frank Grimm verschwunden, da schlurft Kevin unmotiviert durch das Bild. Ich sehe ihm nach und spüre einen Hauch von Melancholie. Kevin trottet von dannen und zieht dabei ein Päckchen Marlboro aus der Jeanstasche. Wohin er wohl unterwegs ist? Vielleicht will er zum See.

Ich stutze.

Und schreie. Schlage mit der Hand auf die Maus und hämmere auf »Vorspulen«. Und ich habe recht: Fünf Minuten später kommt Kevin tränenüberströmt zurück. »Sofia!«, nuschelt er. Sein massiger Körper wird von Zuckungen geschüttelt. Er stolpert an der Kamera vorbei. Kevin hatte mir die Wahrheit gesagt. Frank Grimm hat Albert Luxemburg umgebracht.

15. KAPITEL

NICHT PERFEKT

»Wir müssen die Veränderung sein,
die wir in der Welt sehen wollen.«

MAHATMA GANDHI

Ich will nicht wissen warum. Es soll einfach alles aufhören. Ich will meinen persönlichen Frieden, ich will nicht in Morde verstrickt werden, ich muss hier raus. Ich lasse den Computer so stehen, wie er ist, und gehe hinaus aus dem Pavillon und in Richtung Eingangshalle.

Albert Luxemburg ist tot. Was immer er auch getan hat, er musste mit seinem Leben dafür bezahlen. Frank Grimm schreckt vor nichts zurück. Nein, hier geht es nicht um ein paar zu schön geratene Schüler. Menschen werden benutzt. Und wenn sie nicht das tun, was Frank Grimm verlangt, dann tötet er sie. Manchen nimmt er ihre Persönlichkeit, anderen sogar ihr Leben. Oh Gott.

Plötzlich steht Sam vor mir. Ich lege den Kopf in den Nacken. Es ist mir egal. Ich kann nicht mehr. Ich gebe auf. Vielleicht ist es einfacher mit Chip im Kopf. Vielleicht soll es so sein. Ich werde es nicht mitbekommen. Und vielleicht tut es nur ganz kurz weh.

»Es ist okay. Ich gehe mit dir«, flüstere ich.

Sam streckt den linken Arm aus. Er öffnet seine Hand. Darin liegt ein kleiner schwarzer Chip. Die Miniaturversion einer Casinomünze. Ich tippe ihn vorsichtig mit dem Zeigefinger an. Sam fasst nach meinen Händen.

»Es ist vorbei, Sofia. Du hast es geschafft. Ich war einer der Ersten. Du hast Wahnsinniges geleistet. Du bist das tollste Mädchen der Welt. Du hast uns allen uns selbst wieder gegeben. Und ich kann nicht ohne dich.«

»Er ist tot«, sage ich tonlos. »Sam, er ist tot.« Ich breche zusammen, aber Sam fängt mich auf.

»Du hattest recht, Kev. Es tut mir leid, dass ich dir nicht geglaubt habe.« Er sitzt neben Sam und mir auf der Wiese.

Nach und nach sammeln sich befreite Schüler in kleinen Grüppchen. Sie erklären einander, was passiert ist. Viele liegen sich schluchzend in den Armen. Anne läuft auf und ab und schreit aufgelöst in ihr Handy: »Mama? Ich bin wieder da!« Nina und Jasper sitzen nebeneinander und beäugen sich befremdet.

»Dir muss gar nix leid tun, Sofia. Wir haben dir alles zu verdanken, alles«, erwidert Kevin. Er ist erstaunlich gefasst, zieht an seiner Zigarette und pustet einen Rauchkringel in die Luft.

»Ich hab dich vermisst«, sage ich leise.

»Isch ja süsch«, kommentiert Kevin schmunzelnd.

Sams Hand umschlingt meine und drückt sie vorsichtig. Ich lehne mich an seine Schulter.

»Ihr passt zusammen. Isch hoffe, ihr heiratet«, fügt Kevin hinzu.

Sam lächelt in meine Haare hinein und ich rücke näher an ihn heran. Sein Geruch beruhigt mich.

Kevin streckt seine Arme – und stutzt. »Sie haben das Tattoo weggemacht!«, brüllt er dann. »Diese Schweine! Isch murks sie alle ab … Oh sorry, Sofia. Aber das is doch echt unfassbar.«

Sam prustet stumm in sich hinein.

»Isch werd euer Trauzeuge, kay?«

Sam und ich nicken synchron.

Jemand berührt mich an der Schulter. Es ist Kathleen. Tränen schimmern in ihren Augen. »Hey. Ich … mir geht's nicht so gut. Es ist ein bisschen viel.« Sie schnieft. »Ich weiß nicht, wer du bist, aber ich weiß, dass du uns alle gerettet hast. Danke dir. Wirklich.«

Maleen kommt die Stufen herunter. »Sofia!«, ruft sie und stürmt los, sodass ihre winzigen Füße über den Boden rasen. Sie lässt sich neben mich auf die Wiese plumpsen und fällt mir um den Hals. »Wow, du und das Sahnebonbon!«, sagt sie und grinst.

Sam räuspert sich.

»Bist trotzdem noch ein Arschloch, Sam«, entgegnet Maleen. »Sofia, ich wusste, dass du es schaffst. Du bist so unglaublich stark. Haha, einige von den Männern sind da oben, aber die Ärzte haben sie in Schränke gesperrt. Nicht schlecht. Und guck: Hier ist er.«

Sie streckt die Hand mit dem schwarzen Chip aus. Ich nehme ihn und schleudere ihn weit weit weg.

Kevin steht auf, geht von Gruppe zu Gruppe. Er macht ein paar Witze, trocknet Tränen. Anne fällt ihm schluchzend in die Arme. Er nimmt Jasper und einen anderen Jungen mit, häuft Holz auf und zündet ein Lagerfeuer an. Sein Verhalten berührt mich. Die aufgelösten Jugendlichen sammeln sich um das Feuer und wärmen ihre Hände. »Ausgerechnet Feuer«, sagt die vertraute Stimme meiner Schwester.

Ich stürze aus Sams schützender Umarmung, springe auf die Füße und drücke sie an mich. Sie hat rote Augen, aber sie lächelt.

»Was hab ich gesagt, S? Dass du es schaffst. Und jetzt schau dir das an.«

»Du hast mir ja keine Wahl gelassen«, sage ich leise. »Ich musste es schaffen.«

Mila gibt mir einen warmen Kuss auf die Wange und streicht mir über die Haare.

Kevin ist konstruktiver, er hat Würstchen aus der Küche geholt, die er nun den schluchzenden Mädchen in die Hände drückt.

»Er ist klasse«, sagt Sam grinsend.

»Nimm es! Dann geht's dir bestimmt besser!«, fordert Kevin Elena Klee auf.

»Nein, tu das beschissene Ding weg!«, schluchzt sie.

Ich löse mich von Mila und gehe um das Lagerfeuer herum. »Elena.«

»Wer bist du? Die Retterin?«, fragt Elena Klee mit breitem bayrischen Dialekt und schlägt Kevin das Würstchen aus der Hand.

»Ja, das ist sie«, sagt Mila, die hinter mir steht und mir ihr Kinn auf die linke Schulter gelegt hat.

»Oh Gott, jetzt seh ich auch noch doppelt, bitte lasst mich einfach sterben«, winselt Elena. Sie so zu sehen ist mir wirklich … neu.

»Erdbeerfee!«, begrüßt Jasper Maleen mit seinem breitesten Machogrinsen.

Ich sage nichts. Nicht jetzt. Ich kann einfach nicht mehr.

Maleens Wangen röten sich. »Du Blödmann.«

»Sei nicht böse. Du wirst den Kosenamen noch sehr oft hören, wenn du mit mir ausgehst. Lust auf ein Picknick? Mit Erdbeeren vielleicht?«

Maleen verschluckt sich an ihrem Würstchen und beginnt, wild in ihre Handfläche zu husten. Jasper klopft ihr ritterlich auf den Rücken.

»Das war nicht Jas, oder?«, fragt Sam. »Er hat grad nicht allen Ernstes ein Mädchen auf ein *Picknick* eingeladen, oder? Jas, wenn du knutschen willst, dann mach's doch einfach jetzt!«

»Sam!«, stöhne ich.

Seine grünen Augen funkeln. »Im Ernst, Jas. Wieso tarnst du das mit einem Picknick?«

Maleen hustet noch mehr. Ihr Kopf ist eine blinkende rote Ampel. Jasper überlegt kurz, hebt sie dann hoch und küsst sie tatsächlich. Elena Klee fällt die Kinnlade herunter.

Zwischendurch bekommt Maleen einen weiteren Hustenanfall. Jasper verharrt, klopft auf ihrem Rücken herum, lächelt dann zufrieden, legt eine Hand an ihre Wange und küsst sie weiter.

»So kenn ich ihn«, meint Sam.

»War *ich* nicht mit dem zusammen?«, fragt Nina aus dem Hintergrund. »Geht der gerade fremd?«

Die Polizei ist da, außerdem meine Mutter, die wie eine Wilde auf Mila losgeht. Sie ist nach ihrem Wochenendtrip mit dem netten Manuel nach Hause gekommen und hat festgestellt, dass Mila verschwunden war. Spurlos.

»Nicht mal ein Zettel!«, keift meine Mutter, aber dann schließt sie sowohl Mila als auch mich in ihre Arme und drückt uns so fest und schmerzhaft, dass wir protestieren. »Meine Mädchen. Um Gottes willen. Warum habt ihr nichts gesagt? Warum habt ihr verdammt noch mal nichts gesagt?« Sie fasst mit der einen Hand nach Milas Kinn und mit der anderen nach meinem.

»Wer hätte uns schon geglaubt?«, nuschele ich. »Du hättest gesagt, ich soll nicht so viele Science-Fiction-Filme gucken.«

»Hätte ich nicht …«

»Doch Mum, hättest du«, erwidern Mila und ich im Chor.

»Aber das war viel zu gefährlich, es muss doch eine andere Möglichkeit gegeben haben …«

Während Frank Grimm verhaftet wird, schaue ich ihm in die Augen. Ja, ich bin das Mädchen, das geglaubt hat, es mit ihm aufnehmen zu können. Ich sehe nicht weg, blinzele nicht, schiebe die Lippen trotzig nach vorne. Die Polizisten zwingen ihn in ihren Wagen. Ich atme erleichtert aus.

»Ja, Mum, da hatte ich ihn, genau da!«, sagt Maleen. Sie schiebt sich den Pony aus der Stirn und deutet auf die kleine frische Narbe. »Jetzt glaub mir doch!«

Ihre blond gelockte Mutter besteht nur noch aus Tränen.

16. KAPITEL

MENSCHLICH

»Hast du einen Menschen gern,
so musst du ihn versteh'n. Musst nicht
immer hier und da, seine Fehler seh'n.
Schau mit Liebe und Verzeih', denn am
Ende bist du selbst nicht fehlerfrei.«

JOHANN WOLFGANG VON GOETHE

Albert Luxemburgs Tod war ein Unfall, kein Mord. Weil meinem Kunstlehrer zahlreiche Fehler unterlaufen sind – beispielsweise Elena Klees Ausfall in der Ballettaufführung –, haben Frank Grimm und er eine harsche Diskussion geführt, welche in einer Schlägerei geendet hat. Herr Luxemburg war nicht einverstanden damit, sich zukünftig aus dem Projekt herauszuhalten, und Frank Grimm durfte sich keinen Fehler mehr leisten. Herr Luxemburg ist nach einem heftigen Schlag von Frank Grimm in den See gefallen. Frank Grimm hat ihn nicht herausgezogen, ist später sogar noch einmal zurückgekehrt, um die Leiche zu beschweren, damit sie auf dem Grund des Sees bleibt. Sie ist inzwischen gefunden worden.

Vio und Jette haben Elena und Nina zu einem Tennismatch überredet. Sam und ich gehen Hand in Hand am Court vorbei. Elena holt aus und schlägt den Ball weit über den Platz hinaus, bis zum Ballettstudio.

Jette kichert.

»Waaas?«, schnauzt Elena.

»Hey, alles gut, alles gut!«

Vio hebt beruhigend die Hände. »Wir spielen einfach weiter, Mädels, kommt schon.« Sie dreht sich zu Sam und mir um und lächelt dankbar.

Sams Daumen streichelt meinen Handrücken. Ich seufze. Er zieht mich sanft von den Massen aus Schülern und Eltern weg, die heute die Sachen ihrer Kinder aus Hellenwald abholen. Es ist eine Woche vergangen. Etwas abseits setzen wir uns beide unter eine große, dunkle Tanne.

»Wünsch dir was«, schlägt Sam vor und schaut mir aufmerksam in die Augen.

»Ehrlich gesagt, hab ich total Hunger«, brumme ich kläglich. Ich habe vor lauter Aufregung, Sam sehen zu können, nichts gegessen.

»Hab ich mir gedacht«, entgegnet er grinsend und zieht ein zerknittertes rotweißes Stück Papier aus der Hosentasche.

»Was ist das?«, frage ich und strecke die Hände aus. Er hält es mir unter die Nase und rutscht währenddessen näher an mich heran. Wir sitzen beide im Schneidersitz. Die Sonne wärmt unsere Köpfe.

»Der erste Asia-Imbiss, den du findest, wenn du hier runter läufst. Ich möchte, dass du die Nudeln bestellst. Da.« Er legt mir sein Handy in den Schoß und grinst erwartungsvoll.

»Ach, Mann, Sam!« Ich hole mit der Menükarte aus und haue ihm auf den Kopf.

»Bitte. Tu's für mich. Bitte, bitte, bitte.« Sam legt seine Hände an mein Kinn und zieht mich zu sich.

»Nein«, sträube ich mich.

Er drückt mir einen Kuss auf den Mund.

»Bitte«, sagt er. »Bitte, bitte, bitte.«

»Unfair!«, sage ich. »Das ist Nötigung!« Meine Lippen kribbeln. Ich bestelle die Nudeln auf Deutsch. Währenddessen haucht Sam Küsschen in meinen Nacken und lässt seine Finger meine Arme hoch und runter wandern.

»Der chinesische Touch fehlt!«, flüstert er, küsst mein Ohrläppchen und macht mich allmählich ganz schön konfus.

Eine Stunde später hält ein uralter Lieferwagen vor der Schule. Der untersetzte Chinese drückt mir mit einem eigenartig breiten

Grinsen eine Pappschachtel in die Hand. Ich bedanke mich, zucke mit den Schultern und gehe zurück zu Sam.

»Du musst dir vorstellen«, sage ich zu ihm und stelle die Schachtel auf dem Boden ab. »Wenn wir wollen, können wir hier alle noch mal ganz neu kennenlernen.«

Elena Klee stößt in der Ferne einen Kampfschrei aus. Vio duckt sich vor einem Tennisball, der auf ihr Gesicht zugeschossen kommt. Sam hält sich grinsend die Hand vor den Mund.

»Und«, fahre ich fort, »wir sind von nun an einfach ganz brav. Dann landen wir nie wieder in so einem Höllenwald.« Ich kichere. »Kannst du das, Sam? Brav sein?«

Sam schüttelt den Kopf und grinst hoch in den Himmel.

»Was hast du?«, frage ich irritiert und öffne die Pappschachtel. »Hey, warte mal, das ist falsch«, sage ich verwirrt. »Was ist daaas?«

»Garnelen, Schätzchen«, sagt Sam feixend, schmeißt sich ins Gras und wälzt sich lachend auf dem Boden herum.

»Aber ich hab doch ganz deutlich gesagt, dass ich Nudeln will!«, rufe ich verzweifelt aus. »Auf Deutsch! Verdammt!« Ich starre auf die rosafarbenen Tiere mit dem schuppigen gekrümmten Schwanz. »Aber Sam, ich hab doch solchen Hunger!«, jammere ich, doch dann wird mir klar, was passiert ist. Meine Augen werden schmal. »Du wusstest das! Du hast ihm gesagt, er soll Garnelen bringen! Damit ich mich dumm fühle!« Ich greife ein Tier aus der Packung und ziele auf Sams Gesicht.

»Warte!«, ruft Sam hastig aus. »Warte, Süße!« Er springt auf die Füße und winkt.

Der untersetzte Chinese kommt plötzlich hinter einem Baum hervor. »Ahehe«, macht er und legt grinsend den Kopf schief. Dann zieht er eine weitere Pappschachtel hinter seinem Rücken hervor, deutet eine Verbeugung an und öffnet sie. Ich sehe Nudeln, Entenbruststreifen, geröstete Erdnüsse und Bambussprossen.

»Nach deinen Wünschen?«, fragt Sam unschuldig lächelnd.

Ich werfe ihm die Garnele vor die Füße, gehe zum Chinesen, mache ebenfalls »Ahehe« und nehme die Nudeln entgegen. Dann setze ich mich auf den Boden, verdrehe die Augen und fange an zu essen.

»Jetzt ist sie beleidigt«, stellt der Chinese besorgt fest.

Ein Grinsen huscht über meine Lippen. Sam setzt sich neben mich und macht einen Kussmund. Ich schüttele den Kopf, pike ein Stück Ente auf und schmatze zufrieden.

Da wirft er sich einfach auf mich und küsst mich. Ich lache, bis ich keine Luft mehr kriege. Ich liebe diesen Jungen. Und Gott sei Dank ist er kein bisschen perfekt.

GEISTERZEILEN

ES GIBT DICHTERSEELEN, DIE NICHT RUHEN, EHE SIE IHRER MUSE EIN LETZTES MAL
BEGEGNET SIND – EIN SCHAURIG-ROMANTISCHER FANTASY-ROMAN

GEISTERZEILEN
ROMAN
Von Janina Ebert
312 Seiten, Hardcover
ISBN 978-3-86265-139-9 | Preis 12,95 €

Manchmal sind die Menschen, die einen am meisten prägen, bereits tot: Es ist tiefe Nacht, als Helena zum ersten Mal vom Drang zu schreiben erfasst wird. Ihre Hand saust förmlich über das Papier und hinterlässt einen stilistisch ausgefeilten Text. Helena spürt, dass jemand von ihr Besitz ergriffen hat, beschließt aber, niemandem davon zu erzählen. Fortan verlässt sich die bisher durchschnittliche Schülerin bei Hausauf-
gaben und Tests auf ihre »Gabe« und staubt eine gute Note nach der anderen ab.

Erst als ein fremder Name auf ihrer Geschichtsarbeit erscheint, bekommt es die 16-Jährige mit der Angst zu tun. Wer ist dieser Oskar Schiller, der ihre Hand führt, und was will er von ihr? Helena beginnt nachzuforschen und schon bald taucht ein weiterer Geist auf, der ihr Herz höher schlagen lässt ...

DIE AUTORIN

Anna Palm wurde 1995 in Aachen geboren und ist Schülerin an einem Gymnasium in Neuss. 2010 gewann sie den Schreibwettbewerb »Frühlingsflattern«. Im Jahr darauf veröffentlichte sie ihren himmlisch humorvollen Debütroman »Ellen, Schutzengel – Mit dem Kopf in den Wolken und den Füßen im Chaos«. »Die Selbstvergessenen« ist ihr zweites Buch.

Anna Palm
DIE SELBSTVERGESSENEN
ROMAN

ISBN 978-3-86265-138-2
© Schwarzkopf & Schwarzkopf Verlag GmbH, Berlin 2012
Herzklopfen Fantasy ist das neue Fantasy-Jugendbuchprogramm von Schwarzkopf & Schwarzkopf. Alle Rechte vorbehalten. Dieses Werk ist urheberrechtlich geschützt. Jede Verwendung, die über den Rahmen des Zitatrechtes bei korrekter und vollständiger Quellenangabe hinausgeht, ist honorarpflichtig und bedarf der schriftlichen Genehmigung des Verlages. Titelfoto: © Nora Heinisch / photocase.com (Foto oben); © Maugli / shutterstock.com (Bild unten) | Autorinnenfoto: © Nico Klein-Allermann | Fotos im Innenteil: Maugli / shutterstock.com; upstudio / shutterstock.com | Lektorat: Annika Kühn

KATALOG
Wir senden Ihnen gern kostenlos unseren Katalog.
Schwarzkopf & Schwarzkopf Verlag GmbH
Kastanienallee 32, 10435 Berlin
Telefon: 030 – 44 33 63 00 | Fax: 030 – 44 33 63 044

INTERNET | E-MAIL
www.herzklopfen-fantasy.de
info@schwarzkopf-schwarzkopf.de